移民英語

An overview of spoken English for daily use

100日融入生活攻略

由日常生活、起居飲食、銀行申請、安排住屋、
緊急求助、寒暄聯誼以至求職搵工
安頓生活必學範例全攻略

JW LEUNG 編寫

自序

在轉型為英語教學的一份子前，我在不同類型的法律事務所及公營機構參與法律相關助理工作。當中最深刻的，莫過於在考取澳洲 (新南威爾士州) 律師以前，在香港法庭裏看見不同的事務律師以至大律師 (大狀) 以英語向法庭展示證物、盤問證人及對案件作不同的陳述。而往往有別於大眾所理解，最有實力及成功的律師，並不需要地道或完美的英國或美國口音；一般人所嚮往的牛津或劍橋口音，在法庭裏竟起不了任何優勢。相反，有趣的是，那些帶有"濃烈廣東話"英語口音的律師，往往能旗開得勝——他們的英語表達，雖然並非像對手那樣以流利英語陳述。但我觀察到，他們有着一個共通點，就是說話清晰，而且在表達意見及內容時，能以最簡單及直接的英文句子向法庭講解事情的由來。任何花巧的詞彙及語句也給省略了。

這些早年經歷讓我深深體會到，在任何時候，英語溝通內容的結構、清晰及組織在任何溝通及表達對話時，有着最重要的地位；因此，在過去數年的教學中，我和我的老師團隊也強調，只要發音正確(最少對方也知道你在說什麼)，英文溝通往往要以簡單、清晰及直接這幾個元素出發。

除了口音以外，我們嘗試踏出第一步也是一個非常重要的里程碑。以前曾有一名老師告訴我，在他的教學中，有一名同學並不認識"swimming pool"(游泳池)這個生字。在這時候他告訴這名同學，就算你不懂或不知道 "游泳池" 這個英文生字，你也可以以最基本的英語形容告訴對方你想表達這個意思——例如"a big hole with water and people moving inside the hole"。當然這裏是一個較為極端及「搞笑」的例子，但最重要的訊息是，我們不需要害怕自己的詞彙不夠豐富，文法是否100%準確；相反，我們最重要的是踏出第一步，盡可能以自己的英文能力表達 一個意思。當對方明白你意思時，這個英文語句經已達到你說話的目的了。而我在很多場合也告訴同學,假設一個外國人以非常有限及不流利的廣東話嘗試與你溝通時,你也會雀躍與他以廣東話交談。你絕不會介意他的口音不夠「港式」或辭令不夠豐富吧!

因此,本書將提供不同類型的情境、範例及參考語句,讓讀者在不同生活環境中靈活運用。本書亦提供不同類型的語句,讓讀者在不同情況以不同的開場白與在場人士溝通。各位讀者可嘗試理解,本書並非單純英文教學,相反是透過不同的例子讓大家了解不同類型的溝通技巧。因此在閱讀時,我們要以多角度了解內容結構及何時運用哪一些類型的語句,盡可能緊記每一個表達語句及當中的含意。而最後,觀看不同的外國英文電影及劇集,對於英語聆聽及會話 (在不同情況準確運用語句) 也有着重大的幫助。

JW LEUNG

I want to start by thanking my Mom and Dad. They taught me how to care, to respect and to do good deeds. They shape my life with positivity.

And to my awesome wife, Amy. She gives me the power to achieve anything beyond imaginable. Thank you dear.

語言的力量

語言的力量勢不可當，所言何解？您看，現實生活中，有人放棄自己艱辛得來的食品科學專業資歷，更捨棄人人趨之若鶩的律師工作，投身語言教育事業，此人是誰？他就是本書作者。

我和作者相識在聖若瑟書院，他就讀初中三時，我是他的中文老師。當年的他，和眾多男孩子相同，語文成績並不特別出色。但我記得，每一節中文課，他安靜坐在教室裡，眼睛看著老師講課，有時候，也會舉手提提問題。到後來我才知道，當年的中文課，為他現在的語言教育事業埋下一顆小小的種子。

社會工作歷練多年，作者留意到不少人，尤其是青少年，由於在語言訓練方面有所欠缺，以致在人生道路上吃了虧，他為此深感痛心。因此，他致力參與語言訓練研究及教學，祈盼更多人能以具邏輯思維、有條理、有組織的語言方式，表達自己心中所想；也能主動地，以不同角度去觀察及體驗他人感受。作者相信，語言的力量能讓社會上更多人掌握溝通能力，從而構建和諧共融的社會。

作者的新書《移民英語》出版了，在此為他送上衷心祝福，祝願新書洛陽紙貴，祝願作者的語言力量繼續造福大眾，為社會帶來更多貢獻！

周月齡老師

目錄

Chapter
1

基本個人介紹及社交聯誼

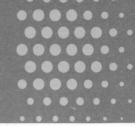

入門介紹自己及家庭成員

　　介紹自己時，我們可以從自己的名稱、年紀、出生地、名稱及相關工作行業開始，著手簡單介紹家人以及他們的相關資訊；在這裏，我會統稱這些相關資料為「FACT 事實」資料。對比其他，這些「事實」資料相對簡單、直接及變化不大。而在一般介紹後，我們將討論個人感受、體會以及對人或事情的看法；消遣及興趣等這些會根據不同年資、人生閱歷經驗、身處所在地而改變的個人感受。而很多時候，我們將根據 i) 所接觸的對象或 ii) 場合表達其他不同類型的資訊；這些資訊的內容將取決於表達的場地、聆聽者個人背景及其他環境因素。例如，如果有關個人介紹發生在求職的面試中時，我們將加強討論一些我們的長處、過往經驗、工作態度、及其他相關經歷，以不同的描述讓面試者了解到我們有什麼相關技能可勝任工作。

　　相反，如果我們在餐廳認識新朋友時，我們將會集中在我們自身興趣、運動嗜好、或其他社會熱話的看法，從而讓對方了解我們更多。這時候我們所談論的話題將會是一些比較受歡迎或熱門的共同題目。

本課題希望達致：
1) 了解首次見面的開場對白及查詢例句。
2) 以簡單及直接的方式介紹自己個人及家庭成員的的有關資料；以輕鬆的手法敘述近況及獲得其他相關資料。

　　以下這些問題，將會是你們之間的開場白。為表現自如，我們建議你為以下問題作準備 (當然你也可以根據以下句子向詢問對方資料及背景)。

YOURSELF & YOUR FAMILY 你及屋企人

What is your name ? 你的名字是什麼 **Can I have your name please?**

How old are you? 你多大年紀？

Are you single or married? 你是單身還是已婚？

Where are you from? 你來自哪裏？ **What made you decided to move here?**

Can you tell me why you are here? 可以告訴我為何你在這裏？

Where do you live now? 現在你住在什麼地方？

Let's talk about your kids / family members / your relatives / brothers and sisters. 說說你的小朋友，家庭成員，親戚，兄弟姊妹。

How old are they? 他們的年紀？

Are they still in Hong Kong or are they in the UK with you? 他們本人在香港或在英國 **Will they join you later?** 他們會否跟你一起？

YOUR WORK 你的工作

What do you do for a living? 你做什麼工作維生？

What is your line of work? 你從事哪一個行業？ (line of work 類似 field of work) **What is the nature of your job?** 你工作的性質？

What was your occupation in Hong Kong? 你在香港從事什麼職業？

What kind of job are you looking for ? 你希望尋找什麼類型的工作？

Can you tell me something about your qualifications and your education background? 你可以告訴我有關你的專業資格及教育背景嗎？

What are your qualifications and do you currently hold any degree? 你現在持有哪一類型的專業資格及你現在持有哪些學位？

What was your job title and your job responsibilities in Hong Kong? 你的工作銜頭是什麼以及你在香港工作的責任範圍？

Do you run your own business? 你有經營你自己的生意？

Was your job interesting as well as challenging? 你的工作是否富有趣味性及挑戰性？

YOUR HOBBY & INTEREST 你的嗜好及興趣：

What are your favourite foods/cuisines? 你喜歡的食品 / 菜式是什麼？

What kind of sports do you like to play? 你喜歡參與什麼類型的運動？

Where are the places that you wish to travel? 你希望前往哪些地方旅遊？

What are your favourite seasons / hobbies / movies / book?
說說你喜歡的季節 / 興趣/ 電影 / 書本

Do you like to travel 你喜歡旅遊嗎？

What do you usually like to do over the weekend? 通常週末你會喜歡做什麼？ **Any particular activities?** 有哪一些活動？

Did you watch football league / basketball NBA etc?

Do you like watching the football league or the NBA basketball?
你會不會觀看足球或 NBA 球賽等項目？

YOUR FUTURE PLANNING 你將來的計劃

What sort of jobs are you currently looking for? 現在你在尋找哪一些工種？

Do you prefer working as part time or are you looking for a full time job?
你會尋找兼職或全職？

What kind of job nature would you be interested in? 有什麼工作性質你會感興趣？

In the long run, would you prefer/like to rent a house or an apartment?

長遠來說，你會選擇租住平房或住宅單位？

What sort of neighbourhood would you be interested to live in? 你期望居住在哪一種社區環境？

Which area in the suburbs will you be interested in? 你心目中哪些市鎮區域會感興趣？

Have you made any school arrangement for your children yet? 你已安排了子女就讀學校嗎？

YOUR FEELING 你的感受

Have you ever been to Britain before? 之前有沒有來過英國？

Why do you want to move here? 有什麼原因驅使你移居這裏？

Are you excited 刺激 / **worry** 擔憂 / **frustrated** 苦惱 **about the move?**

What are your major concerns at the moment? 現在你最擔心的是什麼？

What make you decide to move to the UK? 有什麼驅使你決定移居至英國？

What kind of help do you need at the moment? 你想尋求什麼類型的幫忙？

就有關以上問題；我們可根據以下範例作出回應

NAME 名稱

My name is Natalie Lee (Lee Tao Ling) 我的名字是 Natalie Lee。

All my friends call me Nat 所有我的朋友會叫我 Nat。

My nickname is _____ 我的暱稱/外號 叫作 _____。

I do not have an English name 我沒有英文名稱。

You can simply call me Ling 你可以直接叫我阿玲。

像中國傳統社會一樣，在西方，外國人替兒子或女兒取名的時候，當中的意思會包含着他們對子女的一種期盼及祝福；因此，我們除了簡單介紹自己以外，也可以在名稱上解釋當中的意思。

My Name is Yung. In Chinese, it means "to be brave" 我的名字叫阿勇；在中文我的名稱意思解作「勇敢」。
My father gave me this name and wish I could be a fair, truthful and frank person 我爸爸給我這個名稱，希望我是一個公平 fair，真誠 truthful 以及坦率 frank 的人。

有些朋友為表示友好，會直接稱呼你的名稱；他們會這樣問你：**"Can I call you Jack?"** 我可以叫你做 Jack 嗎？而有些時候，他們會這樣查詢你的英語名稱串法：

Can you spell your name out for me please? 你的名字怎樣串法?
Hi Yung, is it Y-U-N or is it Y-U-N-G? 阿勇！你的串法是 Y-U-N 還是 Y-U-N-G?

YEARS OF AGE 年紀

- **I am 40 years old** 我 40 歲。
- **I will be 50 in a couple of months.** 再過數個月，我便 50 歲了。
- **I just had my 40th birthday last month** 我上個月剛剛到過我 40 歲的生日
- **I am 35 years old and my wife is three years younger than me** 我今年

35 歲，我的太太比我年輕三年。

ORIGIN 籍貫 / 出生地

I am from Hong Kong and we moved to London/UK two months ago.
我來自香港，兩個月前到達倫敦/英國
I was born in China. When I was three years old, I moved to Hong Kong with my family. 我在中國出世，三歲的時候與家人前往香港
I am proficient in both Cantonese and Mandarin. 我精通廣東話及普通話

* 我們表達自己對某一種語言的流暢程度時，可以根據以下的詞彙形容：
   BASIC (基本) → CONVERSATIONAL (一般會話) → FLUENT (流利) → PROFI-CIENT(精通)

例子:

1. **I can understand and speak basic English** 我明白及可以說一些簡單的英語

2. **My English is a bit rusty since I haven't been using it for a while.** 我有一段時間沒有使用英文而我的英語會話已經有點生疏 (**"rusty"** 本身是指金屬的氧化化學作用，亦即是我們常常說的生銹——但在這裏則是「生疏」)。

3. **If they speak slowly, I may be able to understand what they mean.** 如果別人說慢一些，我也許能明白他們的意思。

如果你是已婚及有小朋友人士，你可以這樣介紹家人：

This is my wife Jane and these are my daughters, Anna and Joey. Anna is the elder sister, aged 6 and Joey is the younger daughter, aged 4.
這是我的妻子Jane以及我兩名女兒，Anna 和 Joey. Anna 是家姐今年六歲，Joey 是妹妹今年四歲。

These are my twins, Jennifer and Jannie. 這是我的孖女兒。

This is my son, David. David, please say hello to Mr. Smith. 這是我的兒子大衛；大衛，跟史密夫先生說 Hello！

基本介紹完你的家人後，你可以多說少少有關你們小朋友的安排：

Currently, we are looking for local public schooling for my two daughters, do you have any suggestions？ 現階段我們嘗試幫 Anna & Joey 尋找一些本地公立學校，你有沒有好提議？

Are there any special requirements for the application that needs my attention? 在申請時，有什麼特定的要求我需要留意？

What are the differences between public and private schools in the UK? 在英國，公立及私立學校有什麼分別？

Jack loves playing football and I would like to enrol him to the football training programme. Jack熱愛足球，我想協助他申請 (enrol) 加入本地足球訓練活動。

Jannie loves to play piano and she is now preparing for her Grade 8 examination. Jannie喜愛鋼琴，現在她正為她的第八級鋼琴考試作準備。

在介紹的時候，你可說說你「伴侶在尋找工作」等這些容易製造話題的簡短介紹

My wife is currently looking for a part time job. 我太太現正尋找兼職工作。
She prefers to work in our nearby Café or restaurant. 她希望可以在就近咖啡店或餐廳上班。
My husband was working as a mechanic in Hong Kong. 在香港的時候，我的先生/丈夫是一個維修員。**He is flexible to either working as part time or full time in similar industry.** 他願意在相關行業中尋找兼職或全職工作。
My son will be graduating from University next year and he would like to know the minimum wages for a part time position. 我的兒子將於下年大學畢業，他想知道兼職工作最低時薪的有關法例？
What are your usual business hours？ 在這裏，營業時間通常是幾時到幾時？

你的個人性格

本課題希望達致：
1) 跳出固有謙虛的關卡，嘗試尋找自己的正面的性格特質。
2) 以直接及以第三身角度等不同英語句子描述自己。

　　對比西方人士，東方人比較內斂及謙虛；對於自己的專長或強項都不太喜歡展露出來；在傳統的教育下，我們往往被灌輸「無論何時何地都要以謙虛」的態度待人對事。因此，在對方讚美的時候，我們常常聽見「邊度係呀?! 好彩啫！」「我都唔識㗎，聽人講得多咋」這些看似謙虛但實際意義不大的回應。而當大家以這種態度回覆時，其實變相否定對方的觀察及讚賞，某程度上這是不禮貌及不尊重當事人。　因此要緊記，在外地，當人們稱讚你的時候，我們的回應並非否定或過分謙讓的態度回答；相反我們會以多謝及感激讚賞的態度，表示我們對對方的稱讚表示感恩。

　　(在討論我們的過往工作及經驗時，由於並非工作面試關係，所以在這課題上我們不會太着墨討論。在之後的章節中我們將詳細分析求職面試中，面對面試的時候所應有的態度及表達方式。)

　　因此，我們在介紹自己的時候，也要以一個全新的態度；「欣賞及讚美」自己。在描述有關你個人性格時，我們應着重以自我正面感覺上加以描述。如果覺得不好意思，則可以選擇以一些舊上司、同事或朋友，以第三者的方式表達出我們的長處或個性。例如：「我的上司常常說我是一個有責任心的人」　/　「我的朋友常常稱讚我很樂意幫助別人」。

1. 以第一身角度介紹你自己

I am a lively and outgoing person. 我是一個活潑以及外向的人。

I am a shy and an introvert person. 我是一個害羞及內向的人。

I like to make new friends and help others. 我喜歡認識新朋友及幫助他人。

I have an easy-going personality. 我擁有一個隨和的性格。

I am kind of stubborn. 我有一點兒固執。

I am an impatient person. 我是個性急的人。

2. 你亦可以以朋友角度介紹你自己

Most of my colleagues said I am a responsible person. 同事覺得我是個有責任感的人。

My manager speaks highly about my positive working attitude. 我經理誇我對於工作態度認真。

Everyone says I am a patient person. 人人都說我是個有耐性的人。

My boyfriend thinks I am too dependent. 我男朋友覺得我太依賴 (**dependent**; 依賴的相反是獨立 (**independent**)。

My sister tells me not to be overly emotional 我姐姐告訴我別太情緒化。('**moody**' 這個形容詞也可解作「情緒化」；'**mood**' 本身解作「氣氛」)

Everyone says I have a good temper. 人人都說我好脾氣。

My friends said I am an optimistic person. Are you optimistic like me too? 我的朋友說我是一個天性樂觀的人，你一向也這麼樂觀嗎? (樂觀 "**optimistic**"的相反是悲觀 "**pessimistic**")

有關你的興趣及嗜好

本課題希望達致：

1) 嘗試了解自己的興趣或喜愛，透過這課題以英語表達自己。

2) 透過討論「興趣」這些較為輕鬆的話題，增加對話的互動性及持久性，從而加深別人對你的印象。

　　一些閑談中，少不免會分享個人週末活動、興趣或嗜好，而為避免欠缺相關資訊及準備，我們可下多一點點功夫，就自己的興趣多加了解，避免減少因欠缺相關英語詞彙而導致尷尬場面等情況。我們可以嘗試：

1) 先了解自己生活中有哪一些興趣可以討論；傳統戶外活動包括不同的球類活動及運動。而如果想增加對話的持續性，我們可以準備兩至三句句子說明我們對某一興趣的觀感、看法及參與程度。在這裏：「持續性」意思是指在對話當中，當我們回應對方的時候，我們可以說明更多我們的感受，以及以反問的句子來增加雙方交流。

例子：

I like to play football very much and we team up with our friends and practice twice a week. How about you? Do you like football as well?

我非常喜歡足球，我會與我的朋友組隊及參與一星期兩次的訓練。我們打算參加本地聯賽。那你又怎麼樣？你也會踢足球嗎？

拆解以上的句子如下：

第一句 "**I like to play football very much**" 先說明你所喜歡的活動。

第二句及第三句則告訴聆聽者你對有關活動的熱愛及參與程度。

而到最後則表示你對聆聽者表達興趣，查詢他自身的活動。在這裏你甚至可以加上 "**Do you like football as well?**" 或 "**Would you like to join us** 「你可以隨時加入我們」" 等表達邀請他加入足球活動。

2) 除了基本的興趣例如閱讀、戶外露營、郊遊等較常見的興趣之外，我們可以說說一些我們喜歡做的事情及持有的相關資格以增加獨特及話題性：

例子：

1. **I like going to art galleries and museums.** 我喜歡前往本地藝術館及博物館。
2. **I love cooking, especially Italian cuisine.** 我喜歡烹飪，尤其是意大利菜。
3. **I am good at making cakes and desserts.** 我擅長做各種蛋糕及甜品。**I am planning to set up a Youtube channel and share my interests, do you think it will work?** 我計劃開設一個 YOUTUBE 頻道，你說這是否可行嗎？
4. **Since I love swimming so much, I got a lifeguard certification so that I can teach what I love.** 我喜歡游水，我有一個救生員執照。
5. **I love watching TV drama particularly horror or science fiction. I wonder whether there is any good one recently.** 我喜歡看電視劇集，尤其是恐怖或科幻系列；最近上演什麼好劇集？

在以上有關例子中，你可以看見在表達自己的興趣之外，也可以以反問的方式作結尾，從而鼓勵對方表達更多意見及增加互動性。

例子：

During the weekend, I will participate in some local charity services, would you like to join us? 於週末我們會參與 (**participate**) 一些本地慈善服

務 **(local charity services)**，你有興趣加入我們嗎？ (**participate** 這個動詞對比 **'join'** 有更多的投入及參與程度)

I usually will go for a swim every Saturday, do you like swimming too?
每逢星期六我會前往去游水，你也喜歡游水嗎？

有關你的工種或職業

本課題希望達致：

1) 簡單描述自己的工作及相關經驗。

2) 了解所屬行業，明白當地市場運作及有關資訊。

　　在對話中，很多時候也會被查詢所屬工作及職業。這時，我們可概括介紹自己的行業及有關專業資格。由於不同的工種及類別，在這裏我們先以最基本及普遍的工種入手；由於是基本介紹，所以不會以大篇幅論述自己相關的工作性質。通常以兩至三句介紹自己就可以。(在往後單元，我們將專題探討有關尋找全職或兼職工作、相關面試等英語對答技巧及準備)

1) **I used to work in the _____ industry.** 我從事_____行業。

2) **I was a civil servant when I was in Hong Kong.** 我是一個公務員。

3) **I am part of the 9-to-5 workforce but I have also taken up some free-lance jobs** 自由工作 / **Casual work** 散工. 我屬於一個朝九晚五的打工族但有時我會接洽不同的自由工作或散工。

4) **I currently hold more than one job** 我現在有多個一份工作. **I teach piano at the weekend / I also take up teaching piano over the weekend.** 週末我會教授鋼琴。

5) **I have my own business in Hong Kong.** 我在香港有自己的生意。 **I wish to start my own business in Britain.** 我希望在英國發展自己的生意業務。

6) **I have tried my hand at various professions / I have engaged myself to various professions such as ……** 我嘗試過很多不同的工作，例如……。

7) **I managed a shop together with my friend.** 我朋友與我共同管理一間店舖。

8) **My job is to assist my manager** 我的工作是協助公司經理 。
9) **I am in charge of …… and it entails…….**我主要負責…….
    a) **dealing with enquiries from the clients.** 處理顧客提出的問題。
    b) **planning sales and marketing strategy for the company** 協助公司計劃銷售及市場推廣策略。

其他可以提及的話題包括

- **recent arrangement after arrived Britain** 到達英國後有關安排
- **part time job** 尋找兼職或全職
- **school environment and enrolment** 申請學校
- **rent a flat** 租樓/ 搵樓
- **applications** 申請
- **open bank accounts** 開啟銀行戶口
- **contact friends in the UK** 聯絡當地朋友

你可以根據以下的介紹例句，表達你相關資訊

Personal (個人資料)

Hi, my name's _____ 我的名稱是 ……
I am from _____ 我來自 ……
I am _____ years old 我今年 …….
I 'm _____(single /married/ in a long term relationship with _____ ,
). We have two children, _____ & _____ (aged _____ and _____)
我….. (單身 / 已婚/ 與……長久關係) 我有兩個 小朋友 …….(…歲及 …歲)

參考例子:

Hi! My name's David Lee. I am from Hong Kong. I am 40 years old. This is my wife, Dora. (有些時候我們也可以這樣說: "I am married to Dora"; 意思一樣) We have two children, John aged 13 and Anna, aged 8.

Work (工作及相關專業)

In Hong Kong, I am a _____(job). My main job duty includes _____. 在香港,我的工作是 …… 。我的主要職責包括……..

參考例子:

I was the senior mechanic (資深工程人員) at the car services maintenance (汽車保養服務中心) in Hong Kong, and my job duties include (我的主要工作範圍包括):

  i) ensuring members of our staff (員工) to follow (遵從) through our company protocol (公司守則).

  ii) maintaining (維持) our high quality standard services (高質素服務) for our clients (客人).

Hobbies and Interests (興趣及活動)

My favourite sport is _____ 我喜愛的運動是…..

In my free time / For leisure, I would like to _____ 在空閒時間,我喜歡……

I love _____ cuisine (e.g. Thai cuisine). 我喜歡…. 菜式 (例如 泰國菜)

My favourite singer (or band) is _____ 我喜愛的歌手 (或組合) 是…..

I like _____ (movies) 我喜愛…….
I like (don't like) travelling. I have been to _____ 我喜歡(不喜歡) 旅遊。
我曾前往……..

例子：

One of my favourite sports is football and I will follow/watch all local and international leagues. (可以在之後加上一句說出你對該運動的熱愛，例如 I follow all local and international league. (我會追看所有本地及國際聯賽。)

In my free time, I like to cook. I love Thailand cuisine. My favourite singer is BlackPinK. I like all sort of movies and TV drama during my spare time

當然，我們也可以這樣說：

I love to cook especially Thai cuisine (泰國菜) and I like to watch all sorts of movies (我喜歡所有類型的電影) and TV dramas (電視劇). My favourite singer is BlackPink.

很多時候，我們接觸的對象並非當地的傳統英國白人；他們有機會是來自不同種族或國家；他們可能是因學業或工作關係前往英國，也可能因不同政治或經濟原因選擇定居英國。當中，他們可能是定居於英國的第二或第三代移民並已經落地生根。

在以下的基本範例，你可看到開始時我們先聚焦個人資料及相關工作性質。繼而提及一些個人興趣或其他輕鬆的話題。之後，如果你想保持交往，你可以在對話中邀請朋友前往你屋企或參與你們相關活動。這樣的說法會比較自然，亦能在第一次見面中建立一個較正面的印象 (請留意，在實際情況中，以下對話將會是雙向的而非單方面的介紹)。

例子一 ：

Hi! My name is Kashvi! I am your next-door neighbour. Nice meeting you!
你好! 我的名字是Kashvi。我是你的鄰居！高興認識你！

I am a third generation immigrant from India. We have lots of relatives living in different cities, like Manchester, Liverpool and London. I have two kids, Aarav, aged 5 and Aarna, aged 9. I work in the information technology industry and provide network supports for large logistic company. So, if you are looking for work in the I.T. industry just let me know!
我是由印度來的第三代移民 **(third generation immigrant)**。很多不同的親戚在不同的城市例如曼徹斯特，利物浦及倫敦市。我有兩個小朋友分別是 Aarav，五歲及 Aarna，九歲。我從事資訊科技 **(I.T. = Information Technology)** 行業，主要為大型物流公司 **(logistic company)** 提供網絡支援 **(network supports)**。 所以，如果你現正尋找相關 IT 行業的話，請告訴我！

By the way, do you like cricket? It's my favourite activity and I will practice with my female colleagues once every three weeks. We have basic training programmes for newcomers so there is no need to worry. If you are interested, please feel free to join us.
話說回來，你喜歡木球**(cricket)**嗎？它是一個我熱愛的活動，而每三星期一次 **(once every three weeks)** 我會與我的女性同事一起訓練 **(practice)**。我們會給新人 **(newcomers)** 舉辦一些基本的訓練活動，所以不用擔心！如果你有興趣， 歡迎加入我們。

Anyway, if you're free, my husband and I would like to invite your family to our house. Will next week be alright with you? If you are okay, I can

introduce to you our friends and we can see how we can be of help to you in the new neighbourhood.

無論如何，如果你有空的話，我和我的丈夫想邀請你前來我們屋企；下一個週末 (weekend) 好嗎？如果你可以的話，我會介紹 (introduce) 你我的一些朋友，讓我們看看如何協助你融入這個新社區 (neighbourhood)。("how we can be of help to you" 另外一個講法會是 ".....and see how we can support (支持) you......")

因此，當你與新朋友、鄰居或其他同事接觸時，你可以根據上述這個鋪排及表達方法作簡單介紹。

例子二：

Hey, I am Peter Conor O'Sullivan and this is my wife Dora. You can call me Pete. Nice meeting you!

你好我的名字叫做 Peter Conor O'Sullivan 而這一個是我的妻子Dora。你可以叫我做Pete. 很高興認識你。(這裏，中間的 'Conor' 正是我們常說的 middle name (中間名字))

I'm from Ireland. We moved to this neighbourhood a bit earlier than you. We live in Dickson Street, three streets from where we are now. My Friend Kashvi told me about you and it's truly an honour to meet you. So, If you need anything, just give me a call. Dora always love to help.

我來自愛爾蘭 (Ireland)。我們早一陣子前來這個社區。我們住在Dickson Street；距離這裏三條街。我的朋友 Kashvi 告訴我有關你們，真係非常榮幸認識你們。所以，如果你需要什麼東西，請隨時打電話給我，Dora非常喜歡幫助人。

I heard from Kashvi that you are from Hong Kong, I love Hong Kong and I've been there 10 years ago. It's such a wonderful place. It was the best time of my life when I was working in Hong Kong. So, how is it now? I still miss the Chinese food a lot!

Kashvi告訴我你們來自香港；我非常喜歡香港，而我曾於10年前前往過香港。香港是一個非常美麗的地方，而我在香港工作的時間可以說是我人生一個最美滿的時期。現在香港怎麼樣？我仍然非常懷念當地的中國美食！

Anyway, we formed a daddy support group. Fill free to join us anytime if you need local support. There will be football league once every week so we can hang around to meet new friends. Just come and have fun! Also, on every Friday night, we will hang out after work for a drink. Please join us if you are interested.

說起，我們成立了一個爸爸支援群組 (daddy support group)。 如果你有空及需要本地支援時可以加入我們。我們每個星期會舉辦一次足球聯賽 (football league)。目的是為了讓我們聯誼及認識新朋友。請來看看吧！還有每個星期五晚上，我們都會一起 (hang out) 前往出外飲酒 (for a drink)，看看你有沒有興趣加入我們？

例子三：

Hi, I am Sophia and this is my partner Darcy. We are from Sydney and we moved to Britain around three years ago. We are deeply moved by the culture and lifestyle in London so we decided to stay here after our last visit. Anyway, how about you? I know you are from Hong Kong. How is it now? Darcy always want to go and visit Hong Kong. What is the best time of the year to visit Hong Kong?

你好我是**Sophia** 而這個是我的伴侶**Darcy**。我們來自雪梨，而大約三年前我們移居英國。自從上次我們前來後，我們深深嚮往 **(deeply moved)** 倫敦這裏的文化氣息 **(culture)** 及社交生活 **(lifestyle)**，因此在最後的到訪後決定定居下來。話時話你又如何？我知道你們來自香港，現在香港怎麼樣？**Darcy** 常常希望前往香港，你覺得一年之中什麼時候我們去會最好？

I overheard from Pete that you were a teacher at the President Education and are currently looking for a job. We have some contacts/connections around here so we may be able to help you.   Since the COVID-19, the economy is still recovering so there might not be a lot of choices that you can choose from.

我聽**Pete**說你是首學府的老師，而現在正尋找工作。我們在這裏有一些人脈 **(some connections)**，所以你可以告訴我你在尋找哪一類型的工作。自從新冠疫情之後，這裏的經濟正慢慢復甦**(recovering)**，所以並沒有很多工作上的選擇。(**"overheard"** 指「在沒有演講人士留意及得悉下聽到」——在這裏有「唔覺意聽到」的意思。)

If it is alright with you, I can connect you with some of the locals and see if there is any job available in schools or other community services groups.   I heard there are a few openings at the Tesco Express. The pay is not bad so you can think about it.

所以如果你不介意我可以把你與一些本地人士聯繫 **(connect you with)** 起來，以看看在學校或其他社區服務團體中有沒有任何工作。我也聽見**Tesco Express** 有一些聘請 (**some opening**；**open** = 「開」的意思，但這裏有「空缺招聘崗位」的意思)，而且人工待遇不錯，你可以考慮一下。

Anyway, we'd got your back! Everything will be alright!
點樣也好，我們會支持你！一切會很好的！

基本英語表達 I

　　無論是認識新朋友、或與之前已經見面的朋友打招呼時，除了 Hi! Hello! 我們可以這樣說：

- **How've you been lately?** 你最近如何？
- **What are you into recently？** 你最近的興趣是什麼 (對某些事熱衷或入迷)
- **How was your day?** 今天過得如何？
- **How are you keeping?** 你可好嗎？
- **You look great today! Any good news?** 你今日好像很好喎！有什麼好消息?!
- **Where are you heading?** 你要去哪裏 (在街上遇到朋友的時候可以這樣說)
- **You look down today. What happen?** 你今天開始失落，有什麼事？**You don't look too well today, are you ok?** 你今天看似有點不妥，你還可以嗎？
- **Such a terrible weather, isn't it / The weather is so terrible, isn't it?** 今天天氣真的很差，對嗎？
- **May I ask you a question？** 我可以問你一個問題？
- **Do you have any pets?** 你有沒有養任何寵物 **I'm planning to adopt a puppy from RSPCA** 我正計劃從 RSPCA 收養一隻小狗。
- **What do you usually do on the weekends?** 通常週末你會做什麼？
- **What do you usually do during your past time?** 你平時消遣 (pastime) 會做什麼？

30

閒談聊天的英語交談

　　無論何時，大家都喜歡以自己的經歷、所見所聞及對某事情的觀點與別人討論。很多時候，基於個別性格、文化背景及其他私人因素，很多人對閒談（或稱之為「吹水」）這個課題比較內斂、陌生以至恐懼。因此，若要求大家以英語作溝通語言的話，對很多人來說是一個非常巨大的挑戰。若沒有適當的準備，了解自身興趣及有關英語詞彙，與別人輕鬆對談相信並非容易。

　　因此在這課，我們將討論一些較易上手及容易打開話題的題目；英國人最喜歡討論的天氣，繼而是一些文化生活話題，例如電影及音樂等相關形容。之後我們將討論網上串流電視節目、社交網絡平台以至家庭生活點滴分享。最後，我們將提供參考，讓大家以類似的敘述方法表達其他不同範疇；如體育、生活經驗、熱門時事政局及國際議題。

一些英語對話的錯誤了解：

　　很多人學習英語，會崇尚使用當地諺語 (idioms) 或俚語 (slang)， 誤以為要融入當地生活圈，就要好像他們的方式說話；而在坊間，一些網上免費英語教學影片以及 YouTube 等串流平台，為了吸納更多訂閱或追隨者，也會強烈標榜「應該說這些俚語」或「現在最熱門五大說法……」 這類為求「吸睛」的標題；大家請留意，這些教材其實都只可以歸納為休閒閱讀而大於實際應用。因此不難發現在正規的英語教學中，俚語這一部份的針對相對較少。

　　不論是以母語或是以英語與任何人溝通時，溝通的內容、結構及資訊性較使用一些冷門或奇怪的詞彙更為重要得多！俚語的實際運用將取決於你在當地生活一段時間後，對當地文化溝通有初步了解後而逐漸形成的一種本土溝通語調。 因此現階段，當大家嘗試使用諺語及俚語時，就要小心運用，避免尷尬場面。

[交流性] 及 [持續性]：
何謂對話?

對話 (Conversation) 要求雙方舒適地將自己心中的想法或意見表達出來。換句話說，除了說話的表達能力外，我們的聆聽能力也十分重要。「一來一回」的聆聽及說話構成「對話」(Conversation) 這個目的。由此可見，我們說話的內容是否「一面倒的說出心中想說」或「在說話中鼓勵對方給予意見或分享」，將決定這對話可否持續及資訊是否有效交流，這是兩個決定性的元素。

人人也喜歡將心中所想多加描述及表達。 有些時候，我們誤將一些說話風趣幽默、能將一些平淡無奇的事「繪型繪聲」的人界定為溝通能力極佳。但大家要清楚知道， 表達能力高並不代表這些人能在雙方對話的互動上取得平衡。大家應注意，表達及敘事能力在乎質量以及數量。一面倒「有你講，冇人講」也不見得是一個健康的會談；因此，一個良好的對話除了要求講者的表達能力外，也講求如何發問問題、引導及鼓勵對方分享等數個特點。

當然，聆聽是一個重要的議題；在對方分享意見後，你能否有耐性地聆聽及消化，繼而有條理的表達你的個人感想及看法 (質量)？若然你只是流於表面的附和或敷衍回應，或相反，當到你表達時卻「長篇大論」，沒有就對方的言論作出分析、理解或評論；這樣罔顧對方感受、欠缺交流的基本特質也不見得稱得上為良好的溝通。

因此，以英語表達更非易事；所以我們應多加訓練、熟讀有關句子、不斷嘗試及跳出舒適圈 (comfort zone) 與陌生人對話。 當然，透過現今互聯網吸收「有質量」的信息、增加個人的興趣及所見所聞將會是鍛煉英語溝通能力的最好方法。

本課文將集中討論個別主題， 我們鼓勵同學根據自身的興趣，將有關參考敘述的方法應用在其他話題之上。

本課學習目標:

1)於不同宴會、同事或朋友聚會場合中，透過本課閑談與新認識的朋友打開話題。

2)重新了解自身興趣或個人嗜好；在開始閑談時兩手準備；(例如在之後，我們將講述遊覽不同英國市集、購物以至乘搭英倫海峽列車等不同議題)　因此除了說「你好嗎？」"HOW ARE YOU?"，我們可以透過一些當地人較為熟悉的議題 (例如一些週末受歡迎的市集)，查詢什麼市集店舖可以購買某些地道美食等；這樣比純粹 「問候」更為有「交流性」及「持續性」。

3)在我們機構「英國移民英語實戰班」裏的面對面教授中，我們經常建議同學寫下自己一些比較熟悉的題目，搜尋相關的英語詞彙及例句，包括性質、專有名稱或其他個人感受的形容詞。以下幾個例子將提供一個「引點」，希望能啟發大家。

說說天氣

英國人喜歡談論生活享受，兒童教育，天氣甚至乎政治——在眾多議題中，讓我們先從一些相對「較中性及沒有爭議」的話題開始；即大家所喜歡的天氣、運動、興趣及嗜好！

在這一個章節，讓我們一起重溫天氣的不同種類、活動及日期稱呼。 例如：

Today is Wednesday. The weather is warm and sunny. Let's go to the beach 今天是星期三。天氣和暖及有陽光。一起去沙灘吧！

Yesterday, I stayed at home because the weather was stormy. 昨天由於天氣有風暴 (stormy)，因此我留在家裏。

On Sunday, we can go hiking. The weather forecast says the temperature will be 20 degrees Celsius. 星期天我們可以去遠足。天氣預測說溫度是華氏20度。

星期一至星期日的英語叫法：

MONDAY (星期一)

TUESDAY (星期二)

WEDNESDAY (星期三)

THURSDAY (星期四)

FRIDAY (星期五)

SATURDAY (星期六)

SUNDAY (星期日)

　　大家請留意，當我們說出日期的時候，例如6月3日，英語我們並不會叫作 Three of June. 我們會說 "third of June"。中文可以叫作是六月的第三天。所以在書寫或講述日期的時候我們可以留意其分別，以下是一些例子：

中文	英文寫法	英文說法
(1月3日)	3rd January	Third of January
(2月16日)	16th February	Sixteenth of February
(3月22日)	22nd March	Twenty-second of March
(4月5日)	5th April	Fifth of April

一般普遍情況下

    1, 21, 31...... = 我們會以 **"st"** 作結尾

    2, 22......   = 我們會以 **"nd"** 作結尾

    3, 23......   = 我們會以 **"rd"** 作結尾

    但是,在日期表示中: 11 / 12 / 13,即11號12號及13號;我們會以 **"th"** 作結尾。這是一個比較特殊的例外例子:

中文	英文寫法	英文說法
(9月11日)	11th of September	Eleventh of September
(10月12日)	12th of October	Twelfth of October
(11月13日)	13th of November	Thirteen of November

形容天氣及對天氣感覺的詞彙

(當中一些感覺可應用在對人、事件或某一個意見的看法)

Rain 下雨	Warm 溫暖	Hot 炎熱	Sunny 陽光普照	Icy 冰凍	Cold 寒冷
Snowy 落雪	Frosty 結冰	Dry 乾	Windy 大風	Foggy 有霧	Cloudy 多雲
Cool 清涼	Calm 穩定	Humid 潮濕	Wet 濕	Clear 清透	Mild 一般
Fine 好	Dull 沉悶	Pleasant 愉快	Nasty 討厭	Terrible 恐怖	Awful 可怕
Miserable 淒涼	Lovely 可愛	Bad 壞	Unpleasant 不討好	Nice 優美/美好	Terrific 很好/了不起

Freezing 顫抖	Pouring rain 傾盆大雨	Raining cats and dogs 傾盆大雨 (即我們香港人廣東話所說的 「落雨落到狗屎咁」)		Breeze 微風
Spring 春天	Summer 夏天	Autumn / Fall 秋天	Winter 冬天	Season 季節

討論天氣及週末活動

David: **Shall we go hiking this weekend? My kids and I need more out-door exercise and sunlight.** 這個週末我們去遠足好嗎? 我以及我的小朋友需要更多戶外運動及陽光。

Keith: **I'm not sure. I watched the weather forecast just now. It says there will be a light shower in the morning but not in the afternoon.** 我不肯定,剛剛看了天氣預告說早上會有輕量的陣雨,但下午則沒有。(**"Light"** 是指「少量/輕量」而非「光亮」的「光」)

David: **So we can plan and go in the afternoon?** 那麼我們計劃下午出發?

Keith: **I believe we should check again later this Friday. Anyway, we can put on the raincoat or poncho** (雨衣). 我相信稍後星期五再查看一次會比較好,不論如何,我們可穿上雨衣。

*英國的雨具包括:連帽式輕便長雨衣 (cagoule) or 短身雨衣 (anorak) and the wellington boots 雨鞋 (或當地人所稱的 'wellies') (美國人稱之為rain boots)。

David: **Well then, what else can we do if we can't go outdoor? I am afraid**

it may be very slippery and dangerous... How about squash? 如果
不能出戶外的話，我們還可以做什麼？雨天外出非常滑 (**slippery**) 及危險
(**dangerous**)。打壁球 (**squash**) 如何？

Keith: **Sure. Let me contact the reception at the stadium and see if there
are any squash courts available (to book).** 當然，不如我先嘗試聯絡
體育館接待處，看看有沒有壁球場可以租借 (租場)。(**Outdoor activity**
戶外活動的相反就是 **Indoor activity** 室內活動。)

David: **Great. Thank you.**

與朋友笑說天氣及詩意 (透過以下情境，了解不同形容感受的詞彙)

Anton: **I like sunny weather where you can feel the warmth of the sun.
It's pleasant and nice.** 我喜歡有陽光的天氣因為你能夠感受太陽的
溫暖 (**warmth**)，這是非常愉快 (**pleasant**) 及美好 (**nice**)。**Imagine
the breeze touches your face, fingers and your hair. It could
calm your soul.** 試想想微風 (**breeze**) 輕撫你的面，觸碰你的手指及
頭髮。這個真是可以安撫 (**calm**) 你的心靈 (**soul**)..........

Candy: **Hey! You are so poetic. I agree with you.** 你真是很有詩意 (**poetic**)，
我同意。**On rainy days, my house becomes humid. It's awful and
unpleasant.** 在下雨天，我的住所會變得潮濕 (**humid**)，實在可怕 (**aw-
ful**) 及不討好 (**unpleasant**) 啊！

Anton: **Exactly! On cloudy days, I may feel sad and miserable.** 對啊！在多
雲的日子，我有時候會覺得悲傷 (**sad**) 及淒涼 (**miserable**). **Maybe I am
too sentimental and pessimistic.** 可能我太過多愁善感 (**sentimen-
tal**) 及悲觀 (**pessimistic**) 吧。

Anton: **So, did you hear about the storm that is coming tomorrow morn-**

ing? 你有沒有聽說過關於明天早上會到來的暴風雨 **(storm)**？

Candy: **Yes. I wish it will disappear by the evening.** 有! 我期望晚上就會消失 **(disappear)**！

Anton: **Not a chance!** 不可能吧！

*除了 "Not a chance 不可能" 之外，我們亦可以說：

 1) It's very unlikely 應該比較不可能了
 2) I suspect it will disappear by the evening. 我懷疑暴風雨不會於傍晚消失
 3) It's highly unlikely 應該非常不可能
 4) I don't think so 我不這樣認為
 5) Impossible 不可能

小知識 : 有關英國天氣

The weather in the UK changes dramatically over the year. 英國的天氣全年變幻莫測 (**dramatically** 在這裏會解作「變幻莫測」而非「戲劇性」)。

No matter what season you're in, I highly suggest you bring along a light coat or a waterproof jacket. 無論是什麼季節，我強烈建議 (**suggest**) 你們隨身帶備 (**bring along**) 輕身的外套或防水 (**waterproof**) 風褸 (**jacket**)。

It's best to take an umbrella at all times (always bring an umbrella) as the rainy days may last for days up to a week. 由於下雨天可以持續數天甚至乎一個禮拜，因此最好經常攜帶雨傘 (**umbrella** 雨傘；即英國人常常說的 **'brolly'**)。

我們可以形容下雨為：**shower** 陣雨 / **drizzle** 毛毛雨 / **pouring rain** 傾盆大雨

以下一些外國人會掛在口邊，與天氣有關的英語諺語及詞彙，
大家可以看看！

- **It's howling out there** - 解作非常大風 **(windy)**。**Howling** 意思是「嚎叫」。
  例如我們常常在電影中看見，豺狼對着月亮嚎叫的情景就是這個意思。

- **It's baltic out there** - 意思即是說今天的天氣非常寒冷。如果使用 **"bleak"**
  這個字則意思是一個寒冷及令人產生疑惑 **(miserable)** 的日子。**Bleak** 是一個
  形容詞 : **"A bleak midwinter's day"**。

- **chilly** - 在這裏解作寒冷；如果我們聽見 **"Let's chill out!"** 這裏就有 「放鬆，
  不用那麼擔憂及疑慮」的意思。另外，如果不是非常寒冷，我們可以說 **'A bit
  nippy'**。

- **shower** – 有陣雨的意思。本身這個字可解釋為沐浴時使用花灑。

- **It's slushy** - **slush** 這個字本身有「半融的雪」的意思；這裏說「積雪現在溶化」。

- **It's a grey day** - **grey** = 灰色的意思，這裏是指天氣陰暗及多雲。

- **brolly** - 雨傘 **umbrella**；**brolly** 是當地英國人一般的叫法。**It's drizzling
  outside. Don't forget to bring your brolly!** 出邊毛毛雨，不要忘記帶備一
  把雨傘！

- **anorak** – 雨衣 **(rain coat)** 的另外一個叫法。 現在當形容一些有奇怪或較為冷
  門嗜好或興趣的人時，也會用上這一個字，如一些鐵路迷及巴士迷等。例如：

Jason is such an anorak. He will go mad when we talk anything about train trivia (trivia = 即我們常常說的「冷知識」) 他絕對是一個 **anorak**，當我們提及任何有關火車的冷知識時他便會瘋狂雀躍。

電影以及音樂的英語討論

　　音樂及電影是任何年紀都適合的話題；以下例子可以互相調換及適用於其他不同環境及情況。

當有人說起電影:

What's playing tonight? / What's airing tonight? 今晚播放什麼？

What kind of movie do you like? 你喜歡什麼類型的電影？

I like... 我喜歡

除此之外，我們也可這樣說：

Are you into action movies? 你喜愛動作電影嗎？

When will it be in theatres? 這套電影幾時上畫？

When will this movie be released? 這套電影何時推出？

Has this movie got any good reviews? 這套電影有沒有獲得好評語？

What are people saying about it? (坊間) 人們怎樣評論這套電影？

Are you a big comedy movie fan? 你是否一個超級喜劇電影粉絲？

一些普遍的熱門電影種類：

horror 恐怖片 / **drama** 劇情片 / **romance** 浪漫愛情片

comedy 喜劇 / **animation** 動畫 / **documentary** 紀錄片

musical 音樂劇 / **sci-fi** 科幻 / **action** 動作片

邀請朋友一同前往音樂表演

Andrea: **Do you want to join us (for the show)? I bought two tickets for my friends but they're unable to go.** 你會否有興趣與我們一起觀看表演？我多買了兩張門票給我的朋友，但他們並不能前往。(**join us** 參與/加入我們)

Beatrice: **Is this a live musical performance? I would like to join you** 這個是現場音樂表演 (**musical performance**) 嗎？我很希望參與你們。**The show is so popular I couldn't make any reservation (or booking).** 這個表演太受歡迎我未能預訂 (**reservation**)。

Andrea: **Yes, it is! The show starts at 7:00 pm. Be there half an hour before the show begins!** 表演晚上7:00開始，最好半個鐘頭前到達哦! (**or** 我們可以說成 '**You should arrive half hour before the show begins**' 意思一樣)

Beatrice: **Great. I like to listen to music a lot. I like listening to music when I exercise / work out / work / drive. My favourite music is……**我非常喜歡聽音樂；我喜歡在運動 (**exercise**) / 健身 (**work out**)/ 工作 (**work**)及駕駛 (**drive**) 的時候聆聽音樂。我喜愛的音樂包括…… (類型 = **Genre** 或 類別 = **category**)

*簡單我們可以直接說 I love music a lot 或 I like listening to music a lot 會更好

一些普遍的熱門音樂種類：
    soundtrack 電影配樂 / **opera** 歌劇 / **electronic** 電音舞曲
    classic 古典音樂 / **country music**鄉村音樂 / **pop** 流行音樂 / **rock** 搖滾樂

討論「追劇」

Beatrice: **I like watching TV Drama** 我喜歡看電視劇。 **I can stay home all day just to catch up some soaps** 我可以整天留在屋企就為了「追劇」 **(catch up some soaps)**。(**UK: Soaps** 在這裏並不是指「番棍」，而是我們常常會說的「肥皂劇」)

Andrea: **Me too! What kind of tv shows you'd like to watch?** 你喜歡看什麼類型的電視劇？

Beatrice:

i) **I don't have any specific genre* (I'd like to watch....)** 我沒有特別喜好的類別 (我喜歡觀看....)

ii) **I am fine with anything** 我任何類型也可以

iii) **I like to watch shows such as** _____ 我喜歡看節目例如………

例如:

Talent show 才藝表演 **like the British got talent, X-factors, TV game shows** 比賽節目 **and reality shows** 實況劇

*除了 "I don't have any specific genre that I'd like to watch" 這個之外，我們可以說 "I don't have any preference. " (我們沒有特別偏嗜)

Andrea: **I'd like to watch TV drama productions from Korea. It's very popular in Hong Kong. We love the storyline even though we couldn't understand Korean.** 我比較喜歡看韓國的電視劇製作 **(pro-**

duction)，在香港非常流行 (**very popular**)。就算我們不明白韓文，我們也非常喜歡有關劇情。(**Korean**：韓文或韓國人) **Luckily, there are subtitles we can read and follow.** 好在，有字幕可供閱讀及追隨。

Beatrice: **Indeed. I love TV drama so much that I subscribed to both NET-FLIX and Amazon Prime.** 的確，我非常分喜愛電視劇，我已訂閱 **NETFLIX**及亞馬遜**PRIME**。

網上串流節目及社交平台

Alex: **I like watching videos on the internet.** 我愛在網上看影片。 **I'd like to learn new things through different YouTube channels such as cooking, home repair hacks** (屋企家居維修) **and other DIY (DIY: Do It Yourself) ideas.** 我喜歡透過 **YouTube** 頻道學習新技能，例如烹飪 (**cooking**)，屋企家居維修 (**home repair hacks**) 及其他**DIY** 項目。

Hack 這個詞彙是來自英國的 **Hackneyed**；意思解作「過份使用導致到物件本身的價值減少」；當然大家也聽說過有關黑客 **Hacker** 這個名稱 (非法入侵別人電腦盜取資料的人)。而我們在網絡上常聽見的 lifestyle hack (或在這裏的 **home repair hacks**) 意思解作「使用一些簡單及聰明的方法完成一些原本較複雜的處理」；例如 **home repair hacks** = 使用簡單而便宜的維修技巧處理家居問題。

Baine: **Yes, I make new friends through different social media platforms like Facebook. Sometimes, I stay late at night just to meet up with some friends online.** 我會透過不同的社交平台 (**social media platform**)，例如 **Facebook** 去認識不同的新朋友，有時候我會為此徹夜不眠。**We like to share different memes a lot. Some are so hilarious.** 我們喜歡分享不同的二次元截圖 (**memes**)，當中有些非常滑稽。

Alex: **For me, I'd like to write my diary online.** 而我就喜歡在網上寫日記。

Baine: **Oh! Do you mean blog?** 你是指博客 (blog) 嗎？**That's very popular nowadays** 現在這個非常流行。**Do you have any fans?** 你有沒有任何粉絲啊？

Alex: **Yes, I have 80 followers/ subscribers.** 正是，現在我有80個追隨/ 訂閱者。

Baine: **Other than YouTube, do you know Dailymotion and Vimeo?** 除了 YouTube 之外，你認識 Dailymotion and Vimeo 嗎？**They are also very popular!** 那兩個也是非常流行！

Alex: **Really? I should try it some time. I am so occupied with many different things right now.** 我有時間應該會試一試，現在很多事情佔據 (occupy) 我很多時間!

Occupied = 意思解作佔據或佔有。在地產的用語上**occupant** 佔領者（「佔領者」或「佔據者」這當中的含意（並非一定是租客或業主本身）可以是未有相關法律認可或非法進入人士。只要在相關地址及範圍符合有關　「佔據/佔有」的定義則可以。

Meme = 網路二次元改圖 (例如大家熟悉的　「黑人問號」/「這些機會不是我的」　經典的截圖/改圖)

應用相關影片的詞彙
以下這些形容詞可方便大家切入話題，無論電視連續劇或電影都適合。

It's too bloody 血腥 (**bloody**在英國非常流行，解作　「極度/非常」　**e.g. It's bloody marvelous**。原本這個字一般被視作為較粗魯及不禮貌的說法，但自從在哈利波特 Harry Potter 電影中使用這個詞 **'That was bloody brilliant'** **'bloody hell'** 後，　現在大家已廣泛使用這個字。)

It's so boring 沉悶
It's so touching 感動
It's so moving 與 touching 一樣;「感動」
It's hilarious 滑稽、搞笑
It's too violent 過分暴力 and I would say it's not appropriate 適合 for children.

以第一身的感覺形容這些電影或電視劇

I couldn't stop laughing 停不了地大笑
I am confused 疑惑
I believe this is the worst movie I have ever watched. 我相信這是我看過最差(worst)的電影
I love dirty jokes. This one is great! 我喜歡不文(dirty)笑話,這個很好!

回覆邀請

在當地,朋友會互相邀請對方前往家中作客;當大家獲邀請時,大家可以以下句子回覆。

A:
i) Yes! I am interested! The time and date are fine with me. 可以!我有興趣!時間地點我沒有問題!
ii) Sure! When will it begin? 當然好,什麼時候開始?
iii) Yes, two tickets for me and my wife, please. 很好,我和我的妻子共兩張套票。
iv) Great. Can I bring my two children with us or is this gathering just for the adults? 太好了,我可以帶我兩個小朋友同行還是這是一個純粹大

人的聚會？

v) **Thanks for inviting us. I'll love to join you. See you soon!** 多謝你的邀請!我很希望參加，到時見！

vi) **Great. Let me check my calendar and get back to you soon!** 你好，讓我查看我的日程／日曆，然後盡快回覆你！

vii) **I would love to join you.** 我很希望可以參與你們。**Unfortunately** 可惜，**I have another appointment to attend** 我已經有其他約會要出席。

viii) **Sorry! I am not available on Tuesday.** 對不起！我星期二沒有空。很多時我們會看見英文字母組合 **'RSVP'**：這個其實是來自法語中的 **'Repondez, s'il vous plaît'.** RSVP 當中的意思解作「請確認出席邀請」；意思是請你回覆會否出席相關的邀請。

根據過往朋友所提及的事情與他們打開話題

Audrey: **Hey Dave! It's been a while. What are you up to? Are you still practising Kendo lately?** Dave，都有一段時間了；你現在如何？有沒有練習劍道 **(Kendo)**？

Dave: **Nah! I start my own online business recently and so I don't have the time to keep up with my Kendo.** 沒有啦！我最近開展我的網上生意，所以我沒有時間追上 **(keep up)** 劍道的進度。**However, I start reading books on how to communicate with people.** 我開始閱讀有關與人溝通 **(communicate)** 的書籍。

Audrey: **I like to buy new books at bookstores or simply, borrow books from the local library. I love science fiction a lot.** 我喜到書局 **(bookstores)** 購買新書或從附近的圖書館 **(library)** 借書，我非常喜歡科幻小說 **(science fiction)**。

Dave: **I like non-fiction and biography of some famous and successful people.**

我喜歡非小說類別 (non-fiction) 或一些有名氣 (famous) 及成功 (success-ful) 人士的自傳 (biography)。

Audrey: **Yes. We spent too much time on tablets** (平板電腦) **and smart-phones** (智能電話) **and we shouldn't give up reading.** 我們已花了太多時間在平板電腦及智能電話上，我們不能夠放棄閱讀。

Dave: **I can't agree more!** 我不能同意更多 (我完全同意)。**By the way, shall we go for breakfast sometime later? Next Friday is fine with me.** 話說回來，我們遲些前往吃早餐？星期五可以嗎？

Audrey: **Let me think about it! I can't promise anything as you know it all depends on what I have for dinner the day before.** 讓我仔細想一想，我會否出席視乎我在當天之前吃過什麼晚餐；我不能保證任何東西呢！

Dave: **Come on! That's totally irrelevant!** 不是吧！這完全沒有關係 (irrelevant)吧！

與剛剛到達英國的朋友對話

Dave: **Hi! How are you doing? Settled into the new environment?** 你幾好嗎？在新環境安頓下來嗎？

Mary: **I am doing quite well and become familiar with the new neighbour-hood here. My spouse has got a new job and my two children enjoy their new school a lot.** 我很好，而且開始適應 (familiar)了這個新社區生活。我的伴侶 (spouse) 已經找新工作而我的兩個孩子也非常享受他們的新學校。

Dave: **That's great to hear! So how about you?** 聽到這個實在太好了，那你又如何？

Mary: **I am looking for some new hobbies.** 我正尋找着新的嗜好。/ **Since the lockdown, I am looking for some new hobbies/interests to keep** myself occupied. 自從封區之後，我嘗試尋找一些新的興趣讓我可以忙着。

Dave: **Yes, it's true. You can't just keep watching the telly all the time.** (在英國電視又可以稱之為 **'telly'**) 這真的哦，你總不能夠每天在看電視。

Mary: **Exactly! That's why I try to plan and tidy up my place, and wish to complete them accordingly** 正確！所以我正計劃及整理家居，希望逐一完成。

Accordingly = 逐部逐步地。 如果這個字刪去 **"ly"** 即是 **According** 就會解讀「根據」。例如：**According to the instructions here, we should first switch off the power supply.** 根據這個說明書，我們應該先關閉電源供應。

Mary: **In the meantime, I plan to...** 現階段我有以下計劃... (當我們想有條理地說出我們計劃時，可根據以下說法有條理地表達。)

例如，你打算趁空閒時間整理雜物及佈置家居：

1) **First, I would ...** 首先 (First = 1ˢᵗ)

   organize the sundries and decorate the children's bedroom. This includes painting their wardrobes and drawers。整理 (organize) 雜物 (sundries) 及裝飾 (decorate) 兒童睡房。這包括粉飾他們的衣櫃 (wardrobes)及抽屜 (drawers)。(sundries 解作一些不起眼及不重要的雜物)

2) **Secondly, I would ...** 其次 (Second = 2ⁿᵈ)

   use baskets to store smaller items 使用籃子存放 (store) 細件物件。

3) **Then, I would...** 跟着

   maximize the wardrobe with storage boxes and tag labels；擴大

(maximize) 衣櫃的儲存盒子及標記標籤 (tag labels)。

4) **Also, I would …** 再一次

use a coat rack to free more hanging space. 使用外套架 (coat rack) 以騰出更多掛衣服的空間。

5) **Finally, I would …** 最後

arrange the drawers for more space. 整理櫃桶以騰出更多空間。

當需要敘述事情步驟或先後次序時，大家可以根據以下詞彙逐點列出來:
First → Second → Then → Also → Finally

表達興趣、嗜好及週末娛樂消遣時，你可根據以下步驟列舉出來:

1) **I like _____** 我喜歡……

例如:

i) **I like reading** 我喜歡看書 / **I like cooking** 我喜歡煮食 / **I like all kinds of outdoor activities** 我喜歡所有類型的戶外活動。

其他例子:

ii) **In my free time, I like to …** 在空閒時間，我喜歡……

iii) **At the weekend, I like …** 在週末，我喜歡……

iv) **I am into…** 我投入於……

v) **I am interested in…** 我有興趣於……

2) **I usually go _____** (根據事件的頻密程度；好像 **once a week** 每星期一次，**twice a week** 一星期兩次，**every night** 每天晚上)

例如: **I usually go swimming once a week.** 我通常一星期去一次游泳 / **I usually jog in the evening.** 我通常黃昏的時候會慢步跑。

3) **I enjoy it very much because** _____(喜歡的理由) 我非常喜歡因為_____
喜歡理由包括：

i) **I could make new friends** 我可以認識新朋友

ii) **I could learn new things** 我可以學習新事物

iii) **I find it very interesting and inspirational** 我覺得好有趣及好有啟發性

iv) **It helps me relax** 可以幫助我放鬆

以下形容詞可以用來描述你的愛好

relaxing 放鬆/ **fun** 有趣/ **enjoyable** 愉快 / **interesting** 有趣/ **passionate** 熱情/ **intellectual** 知性/ **exciting** 令人興奮的/ **satisfying** 令人滿意的 / **lucrative** 有利可圖的

4) **I like to _____ with my _____(can be your friends, your children**
我喜歡與 _____ 參與 _____

例子：

i) **I like to play tennis with my friends.** 我喜歡與朋友一同打網球。

ii) **I like to participate in the football league with my neighbours.** 我喜歡與鄰居參與足球聯賽 (league)。

iii) **I like to join the support groups with my colleagues.** 我喜歡與同事參與支援組。

iv) **I like to join charity groups with my friends and help others.** 我喜歡與我朋友一同加入慈善團體幫助別人。

* "I like to swim (verb)" OR "I like swimming (verb + ing) 兩個說法也可以接受

5) 最後，你可以以這樣的方法反問對方有關興趣及嗜好是什麼
i) **How about you?** 那你又怎麼樣?

ii) **What do you like to do during the weekend** 週末 / **at night** 夜晚 / **during the holiday** 假期的時候 你在週末或假期的時候你會喜歡做什麼？

6) **Provide your comments** (正面 (**positive**) 及富有鼓勵性 (**encouraging**) 的建議；而非批判性評語 (**criticism**)：

例如：

i) **That's very interesting! I would like to join you too!** 這個很有趣！我也希望可以加入你！

ii) **That's good to keep us healthy and sharp.** 這個活動可以讓我們好好保持健康及精神！

iii) **I'd love to know more about it. Can you tell me more in detail?** 我很有興趣想知道更多，你可以詳細告訴我嗎？

基本英語表達

Remind someone to....
當我們想提示及提醒別人某一些事情的時候

- **Don't forget to bring your brolly.** 不要忘記帶雨傘。
- **Don't forget your ticket to the movie theatre.** 前往電影院不要忘記帶同你的戲票。
- **Beware of the traffic when you cross the road** 當你過馬路的時候要留意交通。
- **Remember to call me when you have time.** 如果你有時間記得打電話給我。
- **Don't you have a test coming up next week?** 下星期你不是有考試嗎？
- **Do you need me to remind you again sometime next week?** 你需不需要下個星期我再提醒你？

Reply to reminder 回覆提示

- **Thanks for the reminder.** 多謝提醒。
- **Thanks for reminding me!** 謝謝你提醒我！
- **Thank you. I'll keep that in mind.** 謝謝，我會緊記着。
- **Don't worry. I haven't forgotten.** 不用擔心，我沒有忘記。
- **Sure, I always remember that.** 當然，我經常記起。

Sorry and Apology 對不起及抱歉

很多情況，我們需為我們的錯誤行為、說話或行徑表達歉意。除了「Sorry 對不起」之外，這裏有很多不同的表達方法去表達 (express) 我們真摯 (sincere) 的道歉 (apology)。

- **I promise it will never happen again.** 我保證這不會再發生。
- **I'm so sorry.** 我真的很抱歉。
- **I would like to apologize for what I have done.** 對於我做的事情我很想道歉。
- **I'm sorry for the inconvenience caused to you.** 我想就對你造成的不便道歉。
- **Please forgive me.** 請原諒我。
- **I really regret it.** 我真的很後悔。
- **My bad.** 是我不好。
- **I had that wrong.** 我搞錯了。
- **I made a mistake.** 我犯了錯。
- **I owe you an apology.** 我欠你一個道歉。
- **I'm sorry if I offended you.** 如果我冒犯了你，我十分抱歉。
- **I'm sorry for bothering you.** 很抱歉打擾到你。
- **I'm sorry I was late.** 很抱歉我遲到了。

根據以上的參考例句，你可以就以下模擬情境回覆嗎？

1) **Your landlord (an eighty-years-old man) keeps reminding you to pay your rent, again and again. You were so annoyed as you paid him last week. You were upset and shouted at him. Now, you wished to apologize for what you had done to him.** 你的業主 **landlord** (一個80歲的老人家) 常常提你交租。你上星期已經繳付租金給他，所以你覺得非常騷擾 **(annoying)**。 你不高興及對他呼喝 **(shouted at him)**。現在你想就你對他的行為致歉……

- **I am sorry for what I have said.** 就我所說的話很對不起。
- **I would like to apologize for being so rude and disrespectful to you.** 我就我的粗魯 **(rude)** 及不尊重 **(disrespectful)** 表示歉意。
- **Pardon me for the disturbance** (混亂). 為我造成的混亂致歉。(**'pardon'** 本身有「寬恕/ 饒恕」的意思。我們常常聽見的 **'I beg your pardon'** 意思是「我請求你的寬恕」。在這裏直接的意思可解成「為所造成的混亂請求你寬恕我」)
- **I should not shout at you.** 我不應該向你呼喝。

2) **You remind your cleaner to switch off the light when leaving home.** 你提醒你的清潔工當離開屋企的時候要關燈。

- **Please switch off the light when you leave.** 當離開時，請關掉電燈。
- **Excuse me, please make sure all lights are off when you leave.** 不好意思，請確保當離開時所有電燈是關掉的。
- **Be reminded to switch off the light when you've done.** 當完成工作時，記得關掉所有電燈。

3) **You remind your friend to bring you a power bank / portable charger** 手

提充電器 **for your mobile.** 你提醒朋友帶你一個手提充電器。

- **Don't forget to bring along a portable charger with you. I may need it.**
  你不要忘記帶備一個手提充電器。我可能需要使用。
- **Please be reminded to bring me a power bank when you join me.** 當你前
  來一起時,你可以帶一個手提充電器嗎?
- **I need to charge my mobile. It's running out of juice. Can you bring one
  portable charger for me?** 由於手提電話快沒有電 (**running out of juice**)
  了,所以需要叉電。你可以帶我一個手提充電器嗎?(**'juice'** 不是我們常常說
  的「果汁」。在這裏可解作「電力」)
- **I forgot to bring the portable charger. Can I borrow yours instead?** 我忘
  記帶手提充電器,我可以借用你的嗎?

Chapter
2

情境對答

交通運輸及形容位置方向

課題主旨

在這一課，我們將透過不同場地的英語會話，例如街道地圖、地下鐵路 (Underground)、火車售票處 (ticket office) 及機場櫃位等真實情況，讓大家學習相關英語回話，透過當地運輸系統及交通情況查詢，學習以英語與當地人溝通。

眾所周知，查詢及詢問時，有關內容講求 Clear (清晰)、Direct (直接) & Simple (簡單)。在以下數個節數，我們會講解方向及位置詞彙（包括上下左右、對面、轉角位置、交匯處、迴旋處）、了解交通優惠、轉乘接駁以及討論交通選項等不同模擬情景。

本課學習目標：

了解身處位置及表達方法；認識不同類型的交通及有關英語查詢禮節；透過不同模擬情景，讓大家分析當中對答範例會話結構，模擬設身處當地所面對的各種問題；對比不同交通工具的價錢、所需時間及方便程度。

詢問巴士站位置

A: **Is there any bus stop nearby?** 附近是否有巴士站？ / **May I know where the nearest bus stop is?** 我可以知道最近的巴士站在哪裏嗎？

B: **Sure! Where would you like to go?** 無問題！你想前往哪裏？

A: **I would like to go to Green Street in Kensington. Should I take bus No.2?** 我想前往 Kensington 的 Green Street。我是否應乘搭2號巴士呢？

B: **Yeah[1], the bus stop is just around the corner[2]. You can walk along this road, turn right at the first intersection, you will see Tesco Express on your right. The bus stop is just outside the store.** 可以，巴士站就在轉角。你沿着這條路一直走，然後在第一個交匯處轉右，你會看見**Tesco Express** 在你的右邊。巴士站正正在店舖對出位置。

A: **Great, thank you very much![3]** 太好了，謝謝你！

B: **You are welcome. Have a good day![4]** 不用客氣，願你有一個美好的一天！

在以上簡短對話，我們可以留意以下形容位置及行走方向詞彙
轉角 **around the corner** / 沿着這條路直行 **walk along this road** / 轉右 **turn right**/ 轉左 **turn left** /第一個交匯處或十字路口 **first intersection** / 在你的右手邊 **on your right**

1. 於日常對話用 "yeah" 代替 "yes"
2. "Just around the corner" 字面上的意思是「轉角就到」，整個詞彙解作「附近」或 嘗試表達「一些事情即將發生」時。e.g. Christmas is just around the corner. 很快就是聖誕節了。
3. 一般的開場及結尾對話，總離不開 "Great, thank you very much!" 這些比較大體及普遍的說法。
4. "Have a good day!" 是英國人很常用的祝福語，多數於陌生人對話（如店員）結尾加上。

查詢郵筒位置

B: **Excuse me / Sorry, Do you know if there is any post box nearby? I would like to send a letter.** 不好意思，你知道附近有郵筒 **(post box)** 嗎？我想寄一封信。

A: **There is one just two blocks away from here. If you walk along**

this pavement, you will see one outside a greengrocer. 有一個郵筒就在兩個街口外。你沿着這條行人路 **(pavement)**[5] 走,在水果蔬菜店外你會看到有一個(郵筒)。

B: **That's very helpful, thank you!** 謝謝,這資訊很有用。

A: **Wait a second, there is a Post Office located inside the shopping centre across the street. It's not far from here.** 等一等,對面的購物商場裏有一間郵政局。從這裏去並不是很遙遠。

B: **Great! Thank you!** 謝謝你!

5 北美的行人路會叫 "sidewalk"。

試想像你正身處於以下截圖中的不同位置,你可以指導我去正確的位置嗎?如你不清楚時可簡單地回應:**"Sorry, I am not familiar with this area."** 對不起我不知道,我並不熟悉 **(familiar with)** 附近環境。**"Sorry, I'm not from around here."** 我不在這附近生活;意指不熟悉附近環境

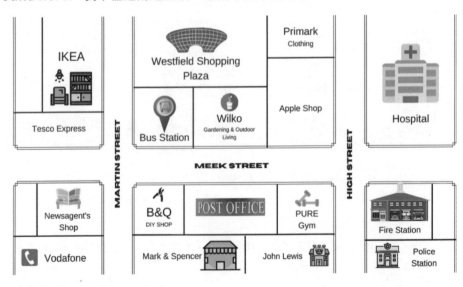

A: **I am outside the Bus Station[6]. Where is John Lewis?** 我在巴士站對出位置，**John Lewis** 在哪裏？

B: **Walk along Meek street and turn right to High Street. It is located on your right and opposite to the Police Station.** 沿着 **Meek Street**走，然後在 **Hight Street** 轉右。它位於你的右方，在警察局的對面。

A: **I would like to buy some fruits for my granny, do you know where is Tesco Express? Is it on Hight street?** 我想給我的嫲嫲買一些水果，請問你知道在哪裏嗎？是否在 **High street**？

B: **Tesco Express is located at the corner of Meek Street and Martin Street. It is opposite to the Bus Station and the Newsagent. Tesco Express位於 Meek Street 與 Martin Street 的轉角位，它在巴士站以及 Newsagent對面位置。**

A: **I am at Vodafone right now. How can I get to the Hospital?** 我現正正在 **Vodafone**，我如何可以到達醫院？

B: **You can walk along Martin Street and turn right at Meek Street. You will see the Hospital at the intersection of Meek Street and High Street.** 你沿着 **Martin Street** 這條路走，到達 **Meek Street** 時轉右。你會在 **Meek Street** 以及 **High Street** 的交匯處看見醫院了。

6.你可能會問：為甚麼是 Bus Station 而不是 Bus Stop 呢？簡單說 Bus Stop 一般是只是上落乘客 ("pick up" 接乘客 / "drop off"落客) 的停車點。而Bus Station通常指一些比較大型或一些專為巴士轉乘服務而設的巴士站。(巴士總站: bus terminal, coach station 或 bus depot)

途人Andrew發現了你失散的兒子

Hey! My name's Andrew and your son is with me. He is doing fine. We are currently at the corner of Martin Street and Meek Street. From here, we can see the bus station just opposite to us and the post office's on our right side. Can you locate us and pick him up?

Hi，我的名字是Andrew，現在你的兒子正和我在一起。他一切安好。我們現在位於 Martin Street 及 Meek Street 的轉角位置。從這裏我們可以看見巴士站，在我們的對面，而郵政局在我們的右方。你可以根據我們的位置前來接你的兒子嗎？

Summer想知道正確的方向

Hi, I am Summer and I'm at Vodafone. I would like to go to Primak. Should I go all the way to Martin Street and turn right at Meek Street? Someone just told me to walk along Meek Street and turn right at the intersection at High Street. Is she correct? Or should I keep walking instead?

你好，我叫Summer，現在位於Vodafone。我想前往Primark。我應該一直走到Martin Street，然後右轉到Meek Street嗎？有人告訴我沿着Meek Street走，在大街的十字路口右轉。她說得對嗎？還是應該繼續一直走呢？

答案：

1. They are standing outside B&Q Store. Andrew 以及你的兒子站在 B&Q店舖外。

2.Summer should not turn right as suggested. Instead, she should turn left at the intersection. After she walks past Apple Store, she will find Primark on her left-hand side. Summer 不應該根據所說轉右。 相反，她需要在交匯處左轉走過 Apple Store 後會發現Primark在她的左面。

現在，讓我們總結一下本節詞彙

1. **Walk along this road** 沿着這條行人路走
2. **Outside (a shop)** 於（某店舖）外面 **Opposite to (a shop/ a person)** 於（某店舖/ 某人）對面
3. **Beside (a shop/ a person)** 於（某店舖/ 某人）旁邊、側邊 **e.g. I am standing beside you.** 我現在站在你的旁邊。
4. **Not far from here** 距離這裏不遠
5. **Behind (a shop/ a person)** 後方、後邊 **e.g. There is a back door behind the store.** 店舖後方有一個後門。
6. **In front of (a shop/ a person)** 於（某店舖/ 某人）前方 **e.g. I am standing in front of the store.** 我站在店舖的前面位置。
7. **At the Intersection (of Street A and Street B)** 於A街及B街的交匯處 **e.g. The Bus Terminal is located at the intersection of Street A and Street B** 巴士總站位於A街及B街的交匯處
8. **Across the street** 在對面的街道 **e.g. You can see the post office just across the street.** 你可以看見郵政局在對面的街道。

顯示位置的最簡單方法，我們可透過以下三部曲表達:

1.自己身處位置 **Where are you now?**
2.面向的方向 **The direction you are facing.**
3.然後以轉左 **(turn left)** / 轉右 **(turn right)** / 沿着這條路 **(walk along this**

road)+ 在你的左面 **(on your left)** / 右邊 **(on your right)** / 對面 **(just oppo-site)** / 後面 **(just behind)**

有這三種資訊便可以輕易組合完整的路線 (route)。

有關公共交通，例如巴士、地下鐵等英語會話

無論在英國或其他歐洲國家，每一個地方都有自己獨特的運輸售票系統或折扣優惠，情況就像香港的八達通或其乘車優惠計劃。在英國，除了閱讀網站或其他單張外，直接詢問當地售票職員絕對是最有效的方法。

一般的查詢，主要可分為以下範疇：
1.人數、正價及特惠票 **(concession tickets)**；
2.繁忙時段 **(peak hour/ rush hour)** 或其他時段收費；
3.索取時間表 **(timetable / schedule)** 及詢問班次資訊；
4.其他智能優惠咭及使用方法；
5.查詢或前往目的地 **(destination)** 的途徑。

在英國地下鐵路的朋友對話

倫敦地下鐵路叫作 Underground 或 Tube，而架空列車名叫 Overground。倫敦以外的一般很普通地叫火車 train。有些英國城市會有像香港輕鐵一樣的電動列車，名字和香港島的電車一樣叫 tram。

A: Hey! Our meeting starts at 2:00pm. Shall we take the Underground from Lancaster Gate to Notting Hill Gate, then the District Line to Edgware Road Station? 我們的會議 2:00pm 開始。不如我們先從 **Lancas-**

ter Gate 乘搭地鐵前往 Notting Hill Gate，然後再經 District 線到 Edgware Road 站，好嗎？

B: **That's a good idea! What about after the meeting? We need to meet up Charles at Oxford Circus 5:00pm. Shall we take the bus instead?** 這是一個好提議。那會議之後怎樣？我們下午五點在 Oxford Circus 約了 Charles。我們應否乘搭巴士？

A: **Yes, we can. However, I suggest we take the Underground to the Notting Hill Gate, then take Central line to Oxford Circus.** 是的，我們可以這樣做。但我會提議先從這裏乘搭地鐵往 Notting Hill 然後再轉 Central Line 前往 Oxford Circus。 **There are only four stations between Notting Hill Gate and Oxford Circus. I guess that's the easiest way to go.** 從 Notting Hill Gate 到 Oxford Circus 中只有四個站。我相信這是最方便、快捷的方法。

B: **Jolly good!**[7] **Let's take the Tube then.** 好！我們乘搭 Tube 吧！

[7] "Jolly good!" 就是 "Great!" 的意思，是比較舊式的說法。英國當地年輕一輩已比較少人再用這個說法。

句子結構重點解說：

1. **From A to B, then C** 由A點途經B點，再到達C點
2. **From A, we can take Z Line to C** 由A點出發，乘搭 Z 巴士/地鐵路線前往目的地 C

火車售票處與票務員 (Ticket Officer) 對話

A: **Hello! How much is it for two adults and one child please?** 兩個成人加一個小孩請問一共多少錢？

Ticket Officer: **Do you mean return tickets between Charring Cross and**

Euston? 你是指由 **Charring Cross** 往 **Euston** 的來回票 (**return tickets**) 嗎？

A: **Yes, correct! I also heard about Railcard and Oyster Card. What are they for?** 正確！除此以外，我聽聞有 **Railcard** 及 **Oyster Card**。它們有甚麼用途呢？

Ticket Officer: **Oyster Card is a smart card which you can add money along the journey. It is actually a reusable electronic card and can be used throughout the London Underground and the red local bus Network.** **Oyster Card** 是一張可增值 (**add money/ top up**) 智能卡。它是一張可重用的 (**reusable**) 電子卡，可以在倫敦鐵路及當地巴士系統上使用。

Ticket Officer: **After each journey, the fare is deducted from your Card. We call that "Pay-As-You-Go". You may consider our Visitor Oyster Card if you are a tourist here.** 在每次旅程後，車費 (**fare**) 將會從卡中扣除 (**deducted**)。我們叫這個做 **"Pay-As-You-Go"**。如果你是旅客，你可以考慮使用我們的 **Visitor Oyster Card**。

A: **Actually I am a resident here but we only arrived not long ago. The Oyster Card sounds nice to us! How about the Railcard?** 其實我是本地居民，不久之前才到達英國。**Oyster Card** 聽上去不錯啊！那麼 **Railcard**（是甚麼）呢？

Ticket Officer: **The Railcard allows you to purchase a train ticket at a reduced rate. Usually a discount of around 30%** [8] **for all standard ticket fares. It's great if you are a regular traveler on the train.** **Railcard** 容許你以優惠價格購買火車票。一般情況可獲得正價的七折優惠。它非常適合經常乘搭火車的人士。

8 文章裏30%只是一個虛構數值; 實際情況將根據有關鐵路政策為準。而我們常說的九折優惠，意思是以正價的90%(九成)支付。但在英語世界中，一般都會根據實際扣除的比率表達。因此為表達當中的10%(一成)被扣除，他們會說 10% off 或 10% discount。

A: **May I have return tickets for two adults and one child please?** 請問可以要兩張成人及一張兒童的回程車飛嗎？

Ticket Officer: **Sure! How old is your child?** 可以！你的小孩幾多歲？

A: **Four.** 四歲。

Ticket Officer: **It's free for children under five! Also, do you need a printed timetable from our information kiosk? Or, you can download our App online and get a digital copy instead.** 五歲以下的小童可以免費乘搭列車的！另外你需要從我們的資訊亭 (information kiosk) 索取一份印刷版時間表 (printed timetables) 嗎？你也可以從我們的網上應用程式下載電子版本。

據上述不同模擬情景，我們可以綜合以下一些英語語句：

a.在任何時候當遇到問題時，你可以這樣詢問：

1.**Can you explain this to me?** 你可不可以解釋這個給我聽？

2.**How about X?** 你覺得提議 X 如何？**e.g. How about going to the park this weekend?** 你覺得週末去公園這個提議如何？

3.**Can you tell me more about this one?** 就這一個你可不可以告訴我更多？

4.**What is this about?** 這個是關於什麼？

5.**May I ask if…?** 我可以詢問......嗎？

6.**I would like to know…** 我希望知道......

7.**Could I…** 我可否…?

8.**Could I trouble you for…** 我可否麻煩你…?

9.**Is it all right if I do…?** 我想問如果......做妥當嗎？

10.**May I suggest…** 我可不可以建議......？

11.**Do you mind if I…** 如果我......你會介意嗎？

b. 要求對方再一次詳細解釋的時候，你可以這樣說：

1. **I am confused** 我有些疑惑 / **I do not understand** 我不明白 / **Excuse me** 不好意思

2. **What is this?** 這是什麼？

3. **My English listening is average. Can you repeat that for me?** 我的英語聆聽能力只是一般，你可以再重複一次嗎？

4. **Can you please explain this to me again?** 你可否再解釋一次給我聽嗎？

c. 當你嘗試給予意見或建議一些事情，你可以這樣說：

1. **I would suggest...** 我會建議......

2. **I suggest you do X.** 我建議你做 X。

3. **You can do X...** 你可以做X。

4. **Let me go through this with you.**[9] 讓我跟你說一次。

9. 表示接著的內容會較為複雜，例如老師講解難理解的概念或銀行職員講解條款前都會這樣說，告訴大家要留心以下內容。

d. 答謝對方的要求時，你可以這樣說：

1. **Thank you very much. Have a nice day!** 謝謝你。祝你有一個愉快的一天！

2. **Thank you for your explanation. The information is very helpful.** 謝謝你的解釋，這些資訊非常有用。

3. **Thank you for your time. I found the information very useful.** 謝謝你花時間在我身上，我覺得這些資訊非常有用。

重點詞彙：**single ticket** 單程飛 / **return ticket** 回程飛 / **one way** 單程 / **timetable** 時間表 / **refundable** 退款 / **reserved seat** 已被預訂的座位/ **first-**

class carriage 頭等車卡 / **The driver of the black cabs** 黑色的士司機 **(or black taxis) is called a cabbie.**

其他交通用語

1. **The first 3 carriages are reserved** [10] **seating only.** 頭三個車廂只提供劃位車票乘客。

   10. reserve 在這裏解作預訂、留位。情況與在餐廳裏訂位的 "reservation" 一樣。

2. **The last train will leave/ depart the station at 11:45pm.** 尾班車將於晚上11:45 離開月台。
3. **You can go by bus or by Tube.** 你可以乘搭巴士或地下鐵。
4. **What's the quickest/ cheapest/ easiest way to get there?** 甚麼方法會最快捷/ 便宜/ 方便？

給朋友在英國的旅遊建議 I

試幻想大家以遊客的身份在倫敦遊走，向當地朋友查詢有關景點相關景點及位置。

Mary: **Hey! I heard the COVID-19 restrictions are finally eased after years of lockdown. Where would you suggest I go with my family this weekend?** 我聽說新冠防疫限制 **(restrictions)** 終於放寬 **(eased)** 了。你會建議今個週末我和家人到哪裏去呢？

Lowe: **Yes. Let me go through with you some of the well-known outdoor attractions as well as indoor venues that will be opened very soon.** 讓我跟你講解 **(go through)** 一下一些著名的戶外景點 **(outdoor attractions)** 以及 **(as well as)**[11] 一些將會開放的室內場所 **(venues)**。

11 "As well as" 基本上就是 "and" 的意思，與 "as well" 意思並不一樣。"As well" 的意思比較接近 "too"。e.g. I liked the Harry Potter series as well! 我也喜歡哈利波特電影。

1. If you live in the northern area, I would recommend the famous London Zoo. It is located (位於) in Northeast corner of the Regent's Park. It is one of the oldest parks in Britain and I suggest you purchase your tickets in advance. It's very popular and there are only a limited number of tickets available. 如果你居住於北面區域，我會推薦 (recommend) 參觀著名的倫敦動物園。動物園位於 Regent 公園的東北邊的角落 (Northeast corner)，是在英國其中一個最歷史悠久的公園。我會建議你預先 (in advance) 購買入場門票。動物園非常受歡迎 (popular)，只提供限量數目 (limited number) 的門票。

2. Camden Town is famous for its Camden Market, which is made up of several markets such as the Camden Lock Market and the Stables Market. You can do a lot of shopping there and enjoy their great food. Camden 小鎮 (town) 有出名的 Camden 市集。它是由數個小市集組成，包括Camden Lock 市集及 Stables 市集，你可以在那裏盡情購物和在市集裏享受美食。

3. You can go for the London Eye, also known as the Millennial Wheel. It is the tallest observation wheel in Europe and is one of the most popular paid tourist attractions in London. 你可以前往「倫敦眼」，它又稱之為「千禧摩天輪」。千禧摩天輪是歐洲目前最高的觀景摩天輪，也是最受歡迎的付費 (paid) 旅遊景點。

給朋友英國當地的旅遊建議 II

Chan: **Hey, I have a friend coming to London and I want to plan a tour for him. Other than the railway or local buses, do you have any suggestions of what to take to get around the city?** 我正在為前來倫敦的朋友去計劃一些觀光行程。除了鐵路及本地巴士外，我們還可以乘坐甚麼交通工具去不同的地方 (get around the city) 呢？

Dave: **Of course! I am sure you heard about the Underground or the Tube. Did you know about the Overground, the London Tramlink and the DLR?** 當然！我相信你已聽聞過英國的地下鐵 (Underground or Tube)，那麼你有沒有聽聞過 Overground, London Tramlink 以及 DLR 呢？

Chan: **No idea! What are these transportations?** 沒有頭緒 (No idea)！那是什麼樣的交通工具？

1.**There are several major Overground stations in London such as Waterloo, Victoria, Euston and Charing Cross. These stations connect London to other major cities in the UK. King's Cross St Pancras even has links to Paris and other cities in Europe!** 倫敦有幾個 (several) 主要架空鐵路的車站，例如 **Waterloo**、**Victoria**、**Euston** 及 **Charing Cross**。這些站連接(connect) 倫敦與其他英國主要 (major) 城市。在 **King's Cross St Pancras** 甚至乎有列車前往巴黎及其他歐洲城市呢！

2.**For London Tramlink, it runs from Wimbledon through Croydon to Beckenham and New Addington, covering seven National Rail stations and more than 50 bus routes.** 至於 **London Tramlink**，它由**Wimbledon**出發前往 **Beckenham** 及 **New Addington**，覆蓋

(cover) 七個國家鐵路站及超過 50 個巴士路線 (bus routes)。

3. **Finally, DLR stands for Docklands Light Railway. This is a rail line that reaches north to[12] Stratford, south to Lewisham, west to Bank in the City of London and east to London City Airport. DLR 全名是 Docklands Light Railway**。這是一條鐵路遠至北面的 **Stratford**，南面的 **Lewisham**，西面的 **Bank** 及東面的倫敦城市機場。

12. 若我們需要敘述「遠至......」，我們可以先說出方向，然後加上 "to" 及地方名稱：
North to A/East to B /South to C/ West to D。

Chan: **That's very informative. I'm sure my friend would like to try the classic bright-red bus. Are there any discounts for tourists?** 你剛剛說的話很具資訊性 (informative)。我肯定我的朋友會嘗試乘搭經典 (classic) 鮮紅色巴士。旅客有沒有折扣 (discount) 優惠？

Dave: **Yes. He can take advantage of the "hopper fare" with the Oyster Card. That means no matter how many bus journeys you're going to take within an hour, you will only be charged 1.5 quid.** 你可好好利用 (take advantage of) [13] "hopper fare" 優惠，意思是無論 (no matter) 你一小時之內 (within) 乘搭多少程巴士都只會收取1.5英鎊。

13. "Take advantage of" 本解作「利用......獲得優勢」，以在這裏則可解作「利用......獲得優惠」。這個詞組有些情況具貶義。e.g. He took advantage of her kindness to scam her money. 他利用了她的仁慈騙取 (scam) 她的金錢。

給朋友在英國的旅遊建議 III

Macy: **What else would you suggest other than the red London double-**

decker bus? 除了英國的紅色雙層巴士 **(double decker bus)** 外，你還有什麼建議？

Derek: **I would suggest the Thames Clippers. These are the hop-on, hop-off boats[14] that run along the River Thames.** 我會建議乘搭泰晤士快船。這些船隻在泰晤士河遊走以及容許乘客隨時上落地點不受限制。

14. "Hop-on" 是「跳上」，"hop off" 是「跳落」。"Hop-on hop-off boat" 整體解作「隨心選擇沿途碼頭上落船，地點不受限制」。

Derek: **With different routes, you can go around the city and explore all the landmarks of London including the London Bridge, the London Eye and the Palace of Westminster!** 你可以使用不同路線 **(routes)** 環遊整個城市及探索所有倫敦的地標 **(landmark)**，包括倫敦大橋、倫敦摩天輪及西敏宮 (亦即國會所在地方)！**Anyway, it will be helpful if he downloads the Citymapper app to find out the best routes with real-time updates before he starts planning his journey.** 無論如何，於他計劃旅程之前下載 Citymapper 程式會很有幫助，令他能找出最佳的路徑及其實時更新 **(real-time updates)**。

Macy: **Thanks for the tips. I would suggest him to try the classic Hackney Black Cabs too!** 謝謝這個提議 **(tips)[15]**. 我會建議他嘗試經典 **(classic)** 的 **Hackney** 黑色的士！

15 "Tips" 在服務行業可解釋為「小費、貼士」，但在這裏則有 「提議/ 指導」這個含意。

Derek: **Yes you could! But I would say it's the most expensive option to travel around London! Oh right, if you want to check around the city on two wheels[16], go for the Santander cycle hire scheme. You may**

borrow and return a bike from any of docking stations across the city. It's both very affordable and environmentally friendly. 你絕對可以啊！但我會說這是在英國交通選項中最昂貴 **(most expensive)** 的方法！你可以考慮看看以單車 **(two wheels)** 遊覽城市，可找 Santander 單車共享服務。你可以於城市內任何一個單車停泊站 **(docking station)** 租借及歸還單車。單車共享既價錢相宜 **(affordable)**，又環保 **(environmentally friendly)**。

16. Two Wheels 字面意思是兩個輪，這裏是指單車。

At the Tourist Information centre asking for a map
在遊客資訊中心要求索取一份地圖

1. **Is there any free map that I can take away?** 請問有沒有一個免費地圖可供拿走 **(take away)**？
2. **I am interested in the London's attractions. Is there a free map I could pick up or maps that I can purchase?** 我對倫敦的景點十分感興趣。有沒有一個免費地圖可以索取 **(pick up)** 或一些可供購買 **(purchase)** 的地圖？
3. **Is there any online map or mobile app avaiable to download?** 有沒有一些網上地圖或手機程式可供我下載呢？

Macy: **That's very interesting. I should definitely try it.** 實在太有趣了！我一定要試一試。

Derek: **Yes. Have you watch the movie Notting Hill? If so, you must go the Portobello Road.** 你有看過電影 Notting Hill 嗎？如果你有的話一定需前往 Portobello Road。**Located in the Notting Hill, it's a lovely sub-**

urb filled with trendy cafes, vintage clothing units and many antique stores - a perfect place to relax and enjoy some free time. 它位於 **Notting Hill**，是一個優美的城郊地區，有不同的新潮 **(trendy)** 咖啡店、復古/經典 **(vintage)** 服飾及古董 **(antique)** 店舖，絕對是一個適合享受空閒時間及美食的地方。

Macy: **Thank you for your suggestions. They all seem very nice. I'll be there for sure.** 多謝你的提議，全部都看似非常好。我一定會前往剛才提及的地方！

讓我們再重溫以下句子詞彙：

1. **Go through with you** = 解作「講解給你聽」，當中大有一步一步循序漸進解釋的成份在內。同樣情況也可以說 "**Let me tell you more in details** (詳細)"。
2. **Outdoor attractions** = 戶外景點，**outdoor** 的相反是 "**indoor**" 室內。 假設你的工作性質涉及一些戶外工作環境，例如從事不同業務巡視或工程工作時，我們可以統稱這些戶外工作為 **outdoor duty**。
3. **Northeast corner** = 東北邊的角落。在這裏大家會發現英語與中文形容方位次序是相反的。我們會叫「東北」，而英語的次序則是「北東」**Northeast**。其他方向：**Southeast** 東南 / **Southwest** 西南 / **Northwest** 西北。
4. **Vintage clothing** = 復古服飾。這裏是指一些 20 至 100 年前生產的復古二手衣服。雖然 **antique** 的中文也是復古，但要至少有一世紀的歷史才算是 **antique**。

在機場大樓的英語對話

這課將圍繞機場對話：

1. 與機場登機職員的英語對答 (查詢有關登記文件、行李件數及目的地等查詢)。
2. 與海關人員就清關及其他申報事項等的英語會話 (申報物件、前往目的地原因、個人資料等等)。

3.查詢最快及最經濟交通選項。

4.與酒店確認安排住宿。

G: 地勤人員 (Ground Crew) A: You 你本人

G: **Good morning. May I see your booking confirmation and passport please?** 早晨,可以讓我看一看你的訂位確認單 (Booking confirmation) 及護照 (passports) 嗎?

A: **Here you go!** 這裏!

G: **Thank you! Have you checked in online?** 謝謝!你有沒有使用我們的網上系統辦理登機手續呢?

A: **No. We haven't.** 我們還未這樣做。

G: **It's alright! Let me handle your check in here. How many of you are travelling today?** 沒問題!讓我在這裏處理你的登機手續。今日有多少人同行?

A: **Just me, my wife and my kid, David.** 只有我、我的妻子及我的小孩大衛。

G: **Sure. Does David prefer the aisle seat or the window seat?** 大衛想要走廊位 (aisle seat) 還是窗口位 (window seat)?

A: **Window seat would be great! He likes airplanes a lot!** 有窗口位就太好了,他非常喜愛飛機!

G: **Of course!** 當然!

After a while… 過了一會……

G: **All done! So, will you be having any checked bags or luggage?** 完成了,你有沒有任何袋或行李需要寄艙?

A: **Yes, we have two luggage ; checked baggage and one hand luggage/ cabin bag/ carry on luggage.** 我有兩件寄艙行李 (checked baggage) 及一件 手提行李 (hand luggage/ cabin bag/ carry on luggage)。

G: **Good! Can you place the luggage on the scale here, one at a time.** 好，麻 煩你把行李放在行李磅 (scale)，一件一件來 (one at a time)。

More time passed…又過了一段時間……

G: **All done, thank you! Here are your three boarding passes from London to Italy. And these are your luggage tags.** 處理好了，謝謝！這裏是三張由倫敦 前往意大利的登機證 (boarding pass)，而這些是你的行李標籤 (luggage tags)。

G: **You are to board at Gate 50 and the departure time is 12:50pm. Please be at the Gate half an hour before the departure time / Please approach the Gate half an hour before the departure time.** 你需要於50號閘口登機，出發 時間 (departure time) 為下午12:50。請於出發時間半個鐘頭前到達閘口。/ 請 於出發時間半個鐘頭前前往 (approach) 閘口。

A: **Got it! Thank you!** 收到了！謝謝你！

G: **You are welcome! Just follow the sign on your right for departures. Have a pleasant journey!** 不用客氣，你只要跟着右手面的離境指示便可。祝你有一 個愉快的旅程！

詞彙重溫：行李磅 **luggage scale** / 離境 **departure** / 到埗 **arrival** / 行李標籤 **lug-gage tag** / **book confirmation** 預訂確認 /**check in** 登機手續 / **boarding pass** 登機證

物件申報、入境與海關人員對話

　　到埗後，海關人員會向你查詢前往當地目的、預計逗留日子及其他物件申報。以下是海關人員常常查詢的例子。在大家前往當地之前，應確定有關資訊及地址準備妥當，在需要時提供給相關工作人員，免卻一些不必要的等候及誤會。

1.**Can I see your passport? Where are you from?** 可否看一看你的護照？你從哪裏來？
2.**What is your purpose of entering Britain?** 你進入英國的目的 (purpose) 是什麼？
3.**Where will you be staying during the visit？** 這段時間你會留宿在哪裏？
4.**Do you have anything to declare？** 有什麼要申報？
5.**How long will you be staying here?** 會在英國逗留多少時間？

以下是一些例子參考答案

1.**Here is my passport. I am from Hong Kong.** 這是我的護照。我來自香港。 / **Me and my family come from Hong Kong.** 我和我的家人來自香港。
2.**We plan to stay here via the BNO special arrangement scheme.** 我們透過 BNO計劃打算移居英國。 / **We are here for vacation.** 我們在這裏度假。 / **We come here to visit our friends and relatives.** 我們前來探朋友及親戚。
3.**We will stay at our friend's house. Here is his address…** 我們會住在我們的朋友家，這裏是他的地址。 / **We are staying at Hoston Hotel. Here is its address.** 我們會住在 Hoston Hotel 這一間酒店。這是它的地址。
4.**We have nothing to declare.** 我們沒有甚麼要申報 / **What do we need to declare?** 請問有甚麼物件需要申報？ / **Here is/are the item(s) to be**

declared. 這些是要申報的物件。

5.**We will stay here for two months/ one year.** 我們會在英國逗留兩個
月/一年。

　　當你完成入境申報後，跟着是如何由機場前往市區目的地。大家從以下一
些查詢交通乘搭的例句，知道如何查詢 1) 交通方法、 2) 班次時間、3) 上車及
下車地點等資訊。

詢問前往目的地的交通方法 (Means of Transport)

A: **Hi, I would like to go to Kensington. Should I take a bus, a taxi or the railway?** 我打算前往 Kensington，我應該乘搭巴士、的士還是火車呢？

B:**I would suggest the railway if you have less luggage. Otherwise, I would recommend a taxi but it's much more expensive.** 如果你有較少行李 (less luggage) 的話，我會建議乘搭火車，否則 (otherwise) 我會建議乘搭的士，但車費會比較昂貴。

A: **I have a few heavy luggage with me. How much would it cost from here to Kensington?** 我有數件較為重 (heavy) 的行李，從這裏前往 Kensington 要多少錢？

B: **It will cost you around 70 pounds.** 車資大約要70鎊。

A: **Thank you. How about the Heathrow Express? My friend in London suggested I should take the Express.** 謝謝。請問希斯路列車快綫 (Heathrow Express) 又如何？我在倫敦的朋友建議我乘坐機場快綫。

B: **Yes. Heathrow Express is another option which you can consider. The train departs every 15 minute. It will bring you to London Paddington** in just fifteen to eighteen minutes. 希斯路列車快線是另外一個你可以考慮的選項 (**option**)。列車每15分鐘開出一班。前往倫敦 **Paddington** 亦只需15至18分鐘。

B: **Do you see the escalator[17] right there? Walk two levels down and you will find the Express. Be sure to check the information display to see from which platform the next train will depart .** 你有否看見前面的電梯嗎？你沿着電梯落兩層便可以看見機場快綫。請留意相關資訊熒幕 (**information display**) 以便確認列車將於哪一個月台 (**platform**) 開出 (**depart**)。

[17] "Escalator" 是指有扶手的電梯，而 "elevator" 是升降機，不過英國人和香港人一樣會叫 "lift"。

　　在當地機場乘搭的士前往市區是一個昂貴的選擇。很多時候，當地人會選擇乘搭鐵路或其他穿梭巴士 (shuttle bus) 等。當地有不同的的士公司可供選擇，可以於網上了解有關往返市區的特別優惠價錢。當然，你也可根據你向預約好的酒店查詢往返希斯路機場與酒店的交通接駁工具，例如隸屬酒店的穿梭巴士。

與酒店服務員的對話

Henry: **Hi, my name is Henry. We've arrived at the Heathrow International Airport. We made a booking at your hotel for tonight under the name Henry Chan Ki Lee. Can you confirm our booking again please?** 你好！我的名字是 **Henry**，我們已到達了希斯路國際機場。我們以 **Henry Chan Ki Lee** 的名字預訂了今晚的酒店。你可以再一次確認 (**confirm**) 我們的預訂嗎？**Also, I would like to see if there are any hotel transfer services[18] available for Heathrow Airport arrivals. We have quite a number of luggage so I would prefer**

taking the shuttle. 還有，我想知道你們酒店有沒有為到坲希斯路機場的住客提供交通運輸服務 **(hotel transfer services)** 呢？我有不少行李，所以希望乘搭穿梭巴士。

18 "Transfer" 一般解作「傳送」，這裏的 "transfer service" 可以簡單解作為「運輸服務」。

Receptionist : **Hi Henry. Let me check our system, please hold[19]... We got it! You›ve booked our hotel for tonight and tomorrow night, is that correct? Henry，**你好！讓我查看一下我們的系統，請稍等。......找到了！你已預訂我們今晚及明天晚上的酒店，對嗎？

19 "Please hold" 是電話查詢常見的語句，意指「請稍等」，用於職員需要於系統輸入，或把你的查詢轉移給其他部門的情況。

The record shows you've booked two rooms, one with a double bed for you and your wife, the other with two single beds[20] for your children. 我們的系統記錄顯示你預訂了兩間房間，一間有雙人床給你和你的妻子，另一間兩張單人床給你的孩子。

20 Double bed 是最小的單人床，Queen bed 較大，而 King bed 為最大。單人床有兩個稱呼，分別是 Twin bed 和 Single bed。

You may check in once you've arrived our hotel. In addition, you can enjoy our full English breakfast, with our compliments[21]. 當你到達酒店時可以登記入住房間。為答謝你，我們的酒店將為你們提供免費英式早晨全餐。

21 "Compliment" 一字本身解作「讚美」。"With our compliments" 是在正式場合贈予對方免費產品或服務的說法，是服務行業職員常用的字句，當中有答謝客人的意思。 而 "complimentary" 有免費的意思

About our shuttle transfers, we have shuttle bus to and from Heathrow International Airport. Our shuttle departs approximately every 45 minutes, from six in the morning until nine at night. Go to Terminal number five. Our staff over there will be happy to assist you. 有關我們的運輸服務，我們有穿梭巴士往返 **(to and from)** 希斯路機場。我們的穿梭巴士每45分鐘開出一班，由早上6:00營運至晚上9:00。你先前往五號航廈，我們的職員會很樂意協助你。

討論旅行計劃安排

Dave: **I am planning to travel with my wife to Paris and I am searching online for the best way to go there. It seems to me traveling by ferry across the English Channel would be most affordable[22] way. I don't have big budget for this trip.** 我計劃與妻子前往法國旅遊。現在我正嘗試在網上尋找最佳的方法前往當地。似乎透過乘搭渡輪橫越英倫海峽會是最價錢相宜的途徑。這次旅程我沒有很大的預算 **(budget)**。

22 "Affordable" 字面解作負擔得起，亦即價錢相宜的意思，源於動詞 "afford"。Afford另外一個意思「給予一些正面的感覺或體驗」。e.g.The fence at the front of the house afforded him a sense of security. 屋子前方的圍欄 (fence) 給予他安全感 (sense of security)。

Mary: **Is that your wedding anniversary gift for her? That's so romantic!** 這是你給她的結婚周年紀念 **(wedding anniversary)** 禮物嗎？真的很浪漫。

Dave: **Yes. I am thinking of going by train as well. We've never been there through the Channel Tunnel before. Although[23] it's not cheap, it's probably the fastest way to go.** 我正在想乘搭火車，我們從未試過

經越英倫海峽前往當地。雖然並不便宜，但我相信這是最快的方法。

23."Although"解作「雖然」。大家請留意，有別於中文文法，我們千萬不要在之後的句子加上「但是」"but"。錯誤示範：Although it's not cheap, but it's probably the fastest way to go.

Dave: **My wife wishes to go by plane so I also researched some low-cost airlines like EasyJet and RyanAir. I'd better book on their official websites to enjoy the early bird discount.** 我的妻子希望乘搭飛機，所以我也找了一些廉航 (**low cost airlines**) 例如 **EasyJet** 和 **RyanAir**。我應該去官方網站 (**official website**) 預訂，享受早鳥優惠 (**early bird discount**)。

Mary: **It's a good idea. But remember it's that not cheap after all[24] , especially when you have to pay extra for everything you need. And don't forget about the time you'd spend on waiting at the baggage reclaim area, custom counter and immigration.** 但要留意，由於所有額外要求都要另作收費，所以其實並不便宜。但是你也不要忘記在行李等候處 (**baggage reclaim area**)、海關櫃位 (**custom counter**) 及移民局 (**immigration**) 的等候時間。

24.除了 "it's not cheap after all"，我們還可以說 "It's not the best deal" 或 "It's not the best offer in the market"。

Dave: **True! Let me think it through again!** 這個真的啊！讓我再仔細想一想 (**think it through**)！

Mary: **Sure. I can come and pick you two up when you return. Just give me a call the day before you come back.** 我可以在你回來時前往機場接 (**pick up**) 你。你只要在回來前一日告訴我便可以。

基本英語表達 II

當我們同意別人的意見及觀點時...

1. **I (completely/ totally) agree with you.** 我（完全/ 百分百）同意你的說法。

2. **Great idea!** 好主意！

3. **Not a bad idea at all.** 完全不是一個壞的主意。意思即是一個不錯的主意。

4. **I get your point.** 我明白你的觀點。/ **I agree with your point.** 我同意你的觀點。

5. **That's reasonable.** 這個提議很合理。

6. **That's fine with me. / It's fine with me.** 這個我可以。 通常別人列出意見，例如大家相約的時間或地點，都可以以這種說法回答表示同意。

7. **Sounds alright to me.** 聽上去我覺得沒有問題。 / **Sounds perfect to me.** 聽上去簡直完美。

8. **I have no objection to that.** 對那件事我沒有異議。/ **I have no problem with that.** 我對這個提議沒有問題。

9. **In my opinion, I would say** 我個人意見覺得

10. **I agree because first...Besides...Thirdly...** 我同意，因為首先......除此之外......第三......

當我們不同意別人的意見及觀點時....

1. **I'm afraid I can't agree with that.** 我恐怕我不能同意那樣做。

2. **I don't think so.** 我想不是。

3. **That's doesn't make sense at all!** 這完全沒有道理！

4. **I doubt it.** 我懷疑 (doubt) 你的說法。

5. **That's not a good idea.** 這不是一個好建議。

6. **I'm against that idea.** 我抗拒那個建議。

7. **I have a different idea.** 我有另外一個想法。

8. **Let me sleep on it.** 我要好好想一想。

9. **It's really depends.** 這真的要看情況。

當我們對說話人的意思表達或疑慮 (worry) 或 困惑 (confusion) 的時候…

1. **I have trouble understanding your question.** 我理解 (understand) 你的問題時候出現困難 (trouble)。意思指「我對於你的問題並不明白」。

2. **I've no idea what you're talking about.** 我不知道/ 不明白 (no idea) 你說甚麼。

3. **I'm not sure what you mean.** 我不明白你的意思。

4. **I can't quite follow.** 我有點跟不上（你的想法）。

5. **I beg your pardon?/ Can you repeat what you've just said?** 你可以重複 (repeat) 你剛才所說的內容嗎？**Would you mind saying that again?** 你介不介意再說一次

6. **Sorry, I am not sure if I heard it right** 對不起, 我不肯定是否聽得正確，**do you mean** 你的意思是否 ……。

7. **I am confused.** 我感覺很困惑.

8. **Sorry, I am lost/ puzzled.** 不好意思，我有點迷失 (lost)/ 疑惑 (puzzled)。

住屋及地產相關英語會話

本課主旨

　　本課我們將詳細討論與不同地產經紀的對話，透過模擬情境（例如尋找住處、了解附近環境、租屋按金細節）了解不同情況下我們該如何尋求意見及表達個人看法。像香港一樣，我們需清楚了解租客及業主所需責任誰屬。當然，實際情況視乎個人本身情況而定。

本課題希望同學可以：

1. 根據自己及家人所預期的的居所、環境及配套作出適當提問，給予資料及有關經紀作分析及建議。
2. 因應個人情況向有關地產經紀了解及索取相關校網、交通運輸配套、社區環境、治安以至購物便利程度等其他資訊。

就以下問題，你會如何描述？

1. **Where do you live? Describe your unit/flat in Hong Kong based on the following criteria.** 嘗試根據下列條件描述你在香港住處。
   - **Number of rooms** 房間數目
   - **Size** 大小
   - **Location** 地點
   - **Neighbourhood** 社區
   - **Convenience** 方便程度
   - **Access to grocery stores, supermarkets, transportation and public facilities** 雜貨鋪、超級市場、交通運輸及公共設施的連接 (access)
2. **Do you like where you are living now. What improvements are you look-**

ing forward to ? 你喜歡現在的居所嗎？有甚麼你期望可以改進 **(improved)** 的？

3. **Your dream location in i) Hong Kong, or ii) Britain; in which area would you like to stay with your family and why?** 你在 (i)英國 或 (ii) 香港的夢想居所。你會選擇與你的家人住在哪個城市/市鎮？為什麼？

4. **What types of house / flat are you looking for?** 你會尋找哪類型房屋？

簡單的個人住屋描述
I live in Tsuen Wan in New Territories, Hong Kong.
我住在香港新界的荃灣區。

I live in an apartment of around 400 square feet. There are two rooms in my flat. Since I lived at the hillside, it is quite remote and inconvenient. There are no groceries stores or supermarkets nearby. There are two mini-bus routes and it takes me 25 minutes to walk to the closest MTR station. There are no public facilities but it does have the benefit of being in a quiet neighbourhood.

我住在一個約400尺的住宅單位內。我的單位有兩間房子。由於我居住在山邊 (hillside)，因此相對比較遙遠 (remote) 及不方便 (inconvenient)。附近 (nearby) 沒有雜貨店 (groceries stores) 或超級市場 (supermarket)。所處位置有兩條小巴專線。若然選擇步行的話，我需要25分鐘前往最近的地鐵站。附近沒有公共設施 (public facilities)，但它的好處 (benefit) 是位於寧靜 (quiet) 的社區 (neighbourhood)。

其他討論個別特質或優點可以這樣說：

例子一

We love our neighbourhood. There are a number of new public facilities that were opened not long ago. The environment is quiet with a park and some bicycle lanes along the road. 我們熱愛我的社區，附近有不少新的公共設施在不久之前開放 (not long ago)。環境 (environment) 寧靜有公園 (parks)，沿路設有單車徑 (bicycle lanes)。

例子二

We live far away from the commercial district. Although it's not convenient, we love the views and it's truly peaceful and nice. You should come see for yourself. 我們的住所遠離商業區。雖然不是很方便，但是我們 喜愛其風景 (views)，而且真的非常平靜 (peaceful) 及優美 (nice)。你應該來看看。

開始前，讓我們先了解當地的房屋種類及有關結構

Detached House　　Flat / Apartment　　Bungalow

Semi-detached House　　Terrace Houses

Detached House 獨立屋

Flat / Apartment/ Condominium[1] 大廈單位

Bungalow 平房

Semi-detached House 半獨立屋

Terraced Houses 排屋

1. 幾個詞語之中，英式英語最常用的是"Flat"。於北美，"Condominium"（簡稱"condo"）和"apartment"雖然都解作「大廈單位」，但它們有微小的分別： 一棟大廈的"condo"由不同的業主擁有及管理，你的鄰居有機會是另一個業主的租客，或已擁有物業的住客；而 "apartment"的大廈單位一般都是全部用作出租，由管理處或物業公司擁有及管理。

以下一些參考例句，可作為你給地產經紀的第一個「開場白」

英國地產經紀代理會叫 "estate agent" 或 "property agent"。

1. **I was looking at some of your properties posted at the window.** 我剛在看你在窗口所刊登 **(posted)** 的物業 **(properties)**。

2. **I am interested in the picture of the property shown at the upper left corner. (upper left corner)**。其他方位：**upper right corner** 右上角 / **bottom right corner** 右下角/ **bottom left corner** 左下角

3. **Can you suggest which area would be nice to live in?** 你可以提議一些地區適合居住？

4. **I am going to rent a flat, how much is the deposit for the flat going to be?** 我準備租住房子，通常需要多少押金 **(deposit)**？

5. **I am looking for a flat or semi-detached house right now.** 我現正尋找一個單位或半獨立式房屋。

6. **Do you have any suggestions that are close to St James Station/ around Kensington/ in Zone 3?** 有沒有比較近 **St. James** 火車站的提議 /

在 **Kensington** 附近 / 位於倫敦第三區？

7. **Are there any properties close to the Asian community/ close to the Underground?** 有沒有一些物業較接近亞洲社區 (**Asian community**) /接近地下鐵路？

8. **Do you have recommendations for families with two young children?** 你有甚麼物業推介給有兩個小朋友的家庭？

與經紀對話及查詢時，除使用 "Do you have any suggestion..." 或 "Are there any suggestions for..." 開場語句，我們也可以查詢：

1. **哪些物業符合我們要求**
   - **Do you recommend any property that is...** 你是否建議 (**recommend**) 有......特點的物業？
   - **What would you recommend if I am looking for a property that is...** 我現在尋找一些有......特點的物業。你有任何建議嗎？**I am looking for neighbourhood that is...** 我現在尋找一些有......特點的社區。
   - **Should I rent in this area as I am planning to...** 我正打算 (**planning**)......，我應該選擇租住這個區嗎？

2. **不同物業比較**
   - **What would you say about Property A and Property B?** 就物業 A 及 B 你會怎樣說？
   - **Which is better, Property A or Property B?** 物業 A 及 B，哪一個比較好？
   - **What do you think about Property A and Property B?** 就物業 A 及 B 你有甚麼想法？

- **Which property, Property A or Property B, fits my criteria?** 物業 A 及 B 哪一個符合 **(fits)** 我的要求 **(criteria)**？

3.就某一物業查詢細節

- **About Property A, I would like to know if it is...** 關於物業 A，我想知道它是否......

- **Is Property A close to the bus depot?** 不知道物業 A 是否接近巴士總站 **(bus depot)** 呢？

- **Are pets allowed in Property A?** 物業 A 容許養寵物 **(pets)** 嗎？

經紀的回應及查詢

　　為協助及收窄範圍，一般情況地產經紀將向你查詢你對相關物業/房子的期望。我們可把自己的預算、小朋友數目或家人人數列出來，讓地產經紀明白你的需要。

What is your budget range? 你的預算 **(budget)** 範圍？

Sample Answers 答案示例
1.租住房子:

- **My budget would be around 2000 pounds per month.** 我預算租金約2000英鎊一個月。

- **I do not have much preference. Anything below 1k is fine with me.** 我沒有太多要求/ 喜好 **(preference)** ，任何少於1000英鎊單位都可以。

- **What is the market price for an average[2] four-person unit?** 一般

(average) 四人單位的市場價格 (market price) 是多少?

2 "Average" 除了可以解作「一般」，意思也可以是「平均」。所以上述的問題還可以這樣
問：What is the average market price of a four-person unit? 四人單位的平均價格是多少錢？

2.購買房子:

- **I am looking for house or flat within half a million / 200 thousand pounds.** 我現正在尋找一些 500,000 / 200,000 英鎊之內的房屋或單位。
- **How much would it cost for a house of size around 1500 square feet?** 一個大約1500平方呎的屋子大約多少錢？

We have property for lease and sale. Are you looking for flat to rent or to buy? 我們有放租 (lease) 及放售 (sale) 的物業。你是想租樓 (rent) 或是買樓 (buy)？

Sample Answers 答案示例

1. **I plan to rent a flat for the first year.** 我打算第一年先租住房子。
2. **I am going to purchase a semi-detached house.** 我準備購買一間半獨立屋。
3. **I have no preference at all.** 我沒有任何特定偏好。

What size of the properties are you looking for? How many people will be living with you? 你在尋找多大的物業？多少人與你一同住？

Sample Answers 答案示例

1. **I am looking for a flat of around 500 square feet.** 我尋找一個單位大約500呎。

2. **Me and my wife, together with my son, David. He needs a separate room.** 我和我的妻子及我的兒子大衛。他需要一間獨立房間。

3. **I don't have anything in mind, all I need is a spacious living room.** 我未有任何想法,我只希望擁有一個寬敞 **(spacious)** 的客廳。

Any other requirements? 你有沒有其他要求?

Sample Answers 答案示例

1. **A location which is convenient and close to the public transport.** 一個比較接近公共交通工具及便利的位置。

2. **It's great if the location is closer to the Underground since I work in the CBD area[3] and need to take the Tube every day.** 由於我在CBD商業區工作及每天需要乘搭地下鐵,所以如果位置接近地鐵站就好了。

   3. CBD = Central Business District 商業區。

3. **I prefer a quiet neighbourhood.** 我比較喜歡寧靜的社區。

4. **My wife prefers somewhere closer to the local elementary school.** 我太太比較喜歡一些接近本地小學的住所。

5. **I walk the dog two to three times a day. It'll be great if there's park nearby.** 我每天會放狗二至三次,所以如果附近有公園就太好了。

6. **Is there any urgent care centre[4] not far from here?** 附近有沒有緊急門診?

4. 由於家庭醫生有時候不能即日應診，因此 NHS 英國衛生部設有 Urgent care centre 緊急門診照顧需要即日治療的病人。有別於香港，除非出現生命危險，一般英國人不會使用到急症服務 (emergency care)。

7. **Is there any shopping centre nearby?** 附近有沒有購物中心或商場？

Are you looking for furnished or unfurnished accommodation? 你正尋找一個有傢俬還是沒有傢俬的住宿？

Sample Answers 答案示例

1. **What are the differences between the two?** 這兩種有什麼分別？
2. **What are the prices between these two types of properties?** 這兩類型物業的價錢如何？
3. **Is there a huge difference between the furnished and unfurnished accommodation?** 翻新或未翻新的住宿兩者分別大？

Do you need a garden or parking space? 你需要一個花園或泊車位置嗎？

Sample Answers 答案示例

1. **Yes. I need two parking space. Can I apply for two instead of one?** 我需要兩個車位，我可以申請要兩個車位而並非 (instead of) 一個嗎？

2. **It would be great to have a garden. My mother enjoys gardening.** 有花園會很好。我母親很喜歡園藝 (gardening)。

Do you need a mortgage for this property? 就這個物業你需要做按揭 (mortgage) 嗎？

Sample Answers 答案示例

1. **Yes. Can you go through with me the procedures of applying a mortgage with the bank?** 好，你可以解釋申請銀行按揭的步驟 **(procedures)** 給我聽嗎？

2. **What should I pay attention to if I have salary bank statements in Hong Kong but not in the UK?** 如果我只擁有香港收入證明單據 **(salary bank statements)** 而沒有相關在英國的資料，有甚麼需要留意 **(pay attention to)**？

你知道嗎？

1. 香港跟英國的一樣，地面一層我們會叫作 **Ground Floor (G/F)**，上一層才是一樓。 而在北美 1/F 是地面，上一層已是二樓。

2. 英國新落成的單位一般都會重新設計，落成時包含套房 **en-suites**、露台 **balconies**、公共空間 **communal area**，因此感覺上會比較寬敞及舒適。

有關錢、租金、按金及訂金等相關英語查詢

　　一般物業代理會清楚列出有關按租金安排、繳交方法及時間。查詢有關資訊時你可以這樣說：How much is the deposit for the flat going to be? 或 How many months of rents would that be 單位的按金是多少錢？要多少個月的租金？

地產經紀可能的答覆

1. **A month's rent is required as a deposit.** 需要 **(required)** 一個月的租金作為按金。

2. **You will need to pay two months up-front, one month's deposit and the first month's rent.** 你需要支付兩個月前期 (up-front)、一個月按金及第一個月的租金。

3. **The usual practice is that the landlord will demand a deposit equals to two months of rent.** 通常慣例 (usual practice) 會是業主要求 (demand) 相等於兩個月租金的按金。

When does the rent have to be paid 租金要幾時付款？

地產經紀可能的答覆

1. **The rent is due[5] on the fifth day of every month.** 每月第5日租金會到期。

2. **The rent must be paid on or before[6] the second day of month.** 每月第二日或之前一定要交租。

3. **It must be paid on the first Monday of the month.** 需每個月第一個星期一交租。

5. 到期日我們會稱之為 "due date"，是繳交其他費用或閱讀超市貨品標籤上都會見到同樣的字眼。
6. "On or before" 意思是「在某一日或之前」；"before" 是「之前」；"on" 是當天，一定要分清楚，以免需要繳交附加費。

What other fees do I have to pay? 有沒有其他費用我需要繳付？

　　一些時候，我們需要就有關單位的修葺、維修或其他事項確認相關責任誰屬。在正式合約簽署之前，我們可以先了解清楚個別業主 (landlord/ property owner) 願意承擔的責任。

1. **Management fee** 管理費
2. **Local council tax** 市政府稅務（通常由業主負責支付政府有關稅項）
3. **Electricity bill** 電費 / **water bill** 水費 / **gas bill** 煤氣費
4. **Fixtures** 家居固定裝置 **Fixtures:** 通常是指一些安裝在單位內的固有電器及傢俬，這些家具再搬家時一般都不會帶走，例如 **refrigerator** 雪櫃 / **heater** 發熱暖爐 / **oven** 焗爐。

常見問題

1. **If a fixture breaks down should I contact the landlord first? Is he going to arrange the repair? Who is going to pay for the fee incurred?** 如果家居固定裝置壞了 (**breaks down**)，我應該先聯絡業主嗎？他會負責 (**responsible**) 安排 (**arrange**) 維修 (**repair**) 嗎？所衍生 (**incurred**) 的修理費用會由誰負責？

2. **I notice a few paint cracks on the ceiling. Will the landlord be fixing it before the beginning of the lease?** 我留意到天花板上 (**ceiling**) 有數個油漆裂縫 (**paint crack**)。請問業主會在物業租出之前處理好嗎？

3. **Wear and tear is found at the master bedroom's wardrobe**(衣櫃). **Will the landlord fix that?** 我發現主人房 (**master's bedroom**) 衣櫃 (**wardrobe**)出現了一些自然老化及損壞，業主會否打算修理好嗎？**wear and tear:** 這個三個字組成的詞彙主要解釋一些因日子久了而產生的老化或損壞現象，相反便是人為損壞 (**damage caused by human errors**) 或意外損壞 (**accidental damage**)。

其他與地產代理的問題：

1. **How much do I need to pay for the estate agency fee?** 我要付多少地產代理費用錢？
2. **How many sets of key will I get?** 我會有多少套鎖匙？
3. **Do you have the telephone number of the plumber or emergency contact**

number? 有沒有相關水喉匠 (**plumber**) 或其他緊急聯絡電話 (**emergency contact number**)？"**Number**" 是 "**telephone number**" 電話號碼的簡稱，大多數英國人都會在口語溝通用簡稱。

4. **Are there any local primary schools nearby?** 附近有沒有本地小學？

5. **How far away from the closest bus stop / railway station?** 距離最近的巴士站 (**bus stop**) / 火車站 (**railway station**) 有多遠？

6. **Is there a parking space included?** (租金)有沒有包括泊車位？

你知道嗎？

在英國客廳通常會叫作 sitting room 又或者 lounge。洗手間他們通常會叫作 bathroom, restroom, toilet, lavatory（比較舊式叫法）以及口語才會用到的 loo。 如果需要使用洗手間，會說 "I need to use the loo"。如果在公共場合洗手間則被叫作 ladies 女廁或 gents 男廁。

以下是地產經紀 David 就某一單位作介紹

Hi Mr. Lee! I am David and I will be assisting you. Let's see... We have several locations that we can visit today. First, may I know what kind of properties are you looking for? Where have you been so far and how many family members will there be living with you?

你好李先生，我是 David，我將會協助你 (assisting you)。 讓我看一看……我們有數個地點我們今天可以探訪。首先我可以知道你正在尋找哪些類型的房子嗎？你曾經前往過哪些地方參觀？有多少家庭成員與你一同居住？

According to my list right now, we have one available[7] down the main road. It's a semi-detached house. It's a two storeys house but the rent is not cheap. You may need to consider your budget for that one…There's other one next to the main road. It's on Meek Street called Rainbow Court. It's a newly refurbished apartments with gym and other facilities, and most of all, it's closer to the bus station.

　　根據我現在的清單，我們有一個單位在前面大街可供出租。那是一個半獨立房子。 它是一個兩層的屋子 (two storeys house)，但是租金並不便宜。你要先考慮一下你的預算。在主街道上旁邊的一條街，一座名稱叫作Rainbow Court 的住宅大廈。它位於 Meek Street。它是一個剛剛翻新 (refurbished) 的大廈項目，設有健身室及其他設施，而且它鄰近巴士站。

Finally, there is one close to the Underground station. It's on High Street. It's a terraced house. The tenant will be moving out next week. So we can schedule a visit, say, two weeks from today. We can have a look and see which one of these is the closest to your expectations and narrow down our choices from there.

　　最後，就近地鐵站有一間房子。它是一間排屋並且位於High street。由於有關租客將於下星期搬走，所以我們可以計劃於兩星期後前往參觀。你可以先看看哪一個單位最貼近你的期望，我們便可以收窄 (narrow down) 我們的選擇範圍。

7. "Available"一般意思解作「有」或「可以」，有甚麼或可以做甚麼很視乎情況。例如 "I'm available on Sunday" 是指「我星期日有空餘時間」；而 "The laptop you are looking for is available right now" 意思是「你尋找的手提電腦現在有貨」。

維修、裝修及改善居所

　　以下對話將講述設計師提議改善家居環境及有關翻新工程的處理方法。透過這一課我們可以了解有關家具設置的英語名稱。在遇到任何需要維修處理時，我們能作出查詢及準確指出問題。

You: I just bought an old house and plan to move in with my family from Hong Kong next month. I would like to make some improvements for the place. 我買了一間舊屋及計劃下個月與我在香港的家人搬入這裏，所以我想為這裏做少少改善 (improvements) 工程。

Designer: **Sure. In most cases...** 當然可以。在大部份案例/情況，我們會.......

1. **We will be pulling out all the old carpets and laying down some new ones throughout the house.** 我們會先剷起 (pulling up) 所有舊地氈 (carpet) 以及在全屋放置 (laying down) 一些全新的地氈。**However, if you'd prefer wooden floor instead, please let me know as I will need to arrange the delivery with the supplier.** 但是，如果你比較喜歡木地板，請告訴我，因為我需要與供應商 (supplier) 安排運送。

2. **We will install new light fixtures as the old ones don't light up the rooms very well.** 由於現在的燈未能好好照明 (light up) 房間，所以我們會佈置一些新的燈飾裝置 (light fixtures)。 **Do you prefer the natural white lighting or the yellow light, which is softer and warmer?** 你會喜歡天然白燈光 (natural white lighting) 還是一些較溫柔 (softer)及和暖 (warmer)的黃光？

3. **My designer and I will remodel the entire kitchen by replacing the kitchen cabinets, counter top, sink, water tap and linoleum.** 我以及我的設計師會重新規劃 (remodel) 整個廚房，更換 (replace) 櫥櫃 (kitchen cabinet)、枱面 (counter top)、洗手盆 (sink)、水龍頭 (water tap) 以及地板塊 (linoleum)。**We will purchase some appliances for the kitchen such as oven, microwave and kettle.** 我們會為廚房添置一些新的家電 (new appliances) 例如焗爐 (oven)、微波爐 (microwave) 及水煲 (kettle)。(一般牆式焗爐我們稱之為 "wall oven")

4. **At the backyard, we will build a shed for you to sit, relax, and enjoy barbecues** 在後花園 (backyard)，我們將建築一個簷篷 (shed) 讓我們能夠坐下、放

鬆 (relax) 以及燒烤 (barbecue)。**We can even set up a trampoline for your children.** 我們甚至可以為你的孩子們設立一個跳彈床 (trampoline)。

5. **One final thing to do is to install a new roof shingle. The old shingles are falling off in places, and if I don't replace them, there might be leaks in the house.** 最後一件事情，我需要為屋頂鋪瓦頂 (installing a new roof shingle)。那些舊的瓦片已經掉下 (falling off) 來了。如果再不更換 (replace)，有些位置將有機會漏水 (leaks)。

    By the time I'm finished with these home improvement projects, the place should look as good as new. 當我完成這些家居改善之後，相信這個地方會像新的一樣 (look as good as new)。

Renovation vs Decoration vs Refurbishment 這三個詞彙有什麼分別？
1. **Renovation** 將物件或某些裝置回復至完整及優良的狀態，有修理的意思。
2. **Decoration** 佈置、裝飾，所使用的使費、工程相對 renovation較少。
3. **Refurbishment** 有翻新、清潔整理、重新裝置的含意在內，工程為最大。

基本英語表達 III

當我們嘗試鼓勵其他人，我們可以這樣說：
1. **Cheer up!** 開心點吧！
2. **You can do it！** 你可以做得到！
3. **Pull yourself together.** 振作起來。
4. **It's not your fault.** 這不是你的錯。
5. **Take it easy!** 別太緊張。
6. **Let's cheer up!** 加油！

7. **Don't give up. You never know!** 不要放棄。你不會知道。（這裏的意思解作「我們不要氣餒，事情的發展我們永遠不會知道」。）

8. **I've got your back.** 有我在。/ 我在你的背後（支持你）。

9. **Let's look on the bright side!** 用樂觀的角度看看吧！

10. **You can do anything if you believe in yourself.** 只要你相信自己，甚麼都可以做到。

11. **There's nothing to worry about. Everything's going to be all right!** 沒有甚麼好需要擔心。一切都會平安無事的！

12. **Don't take it so seriously.** 不要把一件事看得這麼嚴重！

投訴、發洩埋怨、抱怨

1. **We have a complaint to make.** 我們要投訴。

2. **This is unacceptable.** 這是不能接受。

3. **I'm here to complain about something just had happened.** 我要就剛剛發生的事情作出投訴。

4. **Why is it taking so long to process?** 為甚麼要這麼久處理？

5. **I want my money back!** 我要退錢！

6. **That's no excuse.** 那不是藉口！

7. **What a headache.** 實在太頭痛！

8. **He is so narrow-minded / childish / impossible.** 他很眼界狹窄/幼稚/難處理！

9. **I can't stand him any longer.** 我不能再忍受他了。

其他常用詞彙：**cancel** 取消 / **upset** 不滿 / **angry** 憤怒 / **irresponsible** 不負責任 / **responsible** 負責任 / **show up** 露面 / **appointment** 約會 / **file a complaint** 提出申訴

我們可以從以下情景學習如何使用相關語句：

You bumped into David and greeted him at the plaza. He told you he was heading to the live performance show. You asked him what kind of show it was. 你在商場遇見 (bumped into) David 及上前跟他打招呼 (greeted)，他告訴你他正前往一現場表演節目，你準備詢問他那是一個甚麼樣的活動。

You: **Hi David. Nice seeing you. What kind of show is that? Is it a live talk show or a musical performance?**

你：你好**David**，很高興遇見你。那個是一個怎麼樣的活動？是一個現場「棟篤笑」活動還是一些音樂表演？

David invited you to join his live streaming on Youtube next week. You accepted his invitation. However, on the day before the show, you just recalled the appointment with the building surveyor. You want to admit your mistake and apologise. David 邀請你參加他的 YouTube 網上直播節目，但就在節目前一天，你剛想起你約了一位建築測量師。你希望承認錯誤 (admit mistake) 並且道歉 (apology)。

You: **I am sorry. I wish I could join you on your live show. Unfortunately, I have an appointment with my building surveyor that day. Maybe another time?**

你：對不起，我希望可以參與你的現場表演。很可惜當日我需要與我的大廈測量師會面。或許下一次吧？

Your building surveyor did not show up on the day of the meeting and you are upset with his arrangement. You want to file a complaint of this event

to his supervisor. 你的建築測量師並沒有在指定日期露面。你對他的安排感到不滿(upset)。 你想就有關情況向他的上司反映。

You: **I am calling to report an incident with your company's building surveyor. I waited for him for 2 hours and couldn't see him on the day of our appointment. I tried to reach him on his phone but the line was busy. As a result, I am late for other appointments as well. I need to file a complaint regarding this event. I wish you may give me a reply as soon as possible.**

你：我致電你們匯報與你公司大廈測量師有關的事件。我在指定的日期及時間等候他已經兩個小時，但不見他本人。我嘗試聯絡(reached) 他的電話，但線路繁忙 (the line was busy)，未能接通 (cannot reach him)。我也因此延遲了之後的約會。我需要就這次事件作出投訴 (compliant)。我希望你們盡快給我一個回覆。

重點詞彙：

1. Report an incident 匯報一個情況。發生交通意外時，我們會致電999匯報給有關單位。

2. The line is busy 電話線路繁忙。

3. As a result 由於這個原因所以……。我們可以在一些句子的開頭及中間位置使用這個連接詞。例子一：As a result of the traffic jam, I was late. 由於交通擠塞，所以我遲了到達。例子二：I was late and as a result, I missed the flight. 由於我遲到，因此我錯過了那班航機。

4. File a complaint 提出一個投訴、申訴。"File" 本身這個是解作「文件夾」，但在這裏動詞意思是「提出申請」。

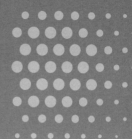

英國餐飲文化及餐廳、超市英語會話

本課主旨

這一課我們將講解英國飲食文化及透過情境帶出當中經常遇到的對話詞彙,讓大家了解以下不同範圍的英語會話運用:

1. 英國飲食文化一覽。
2. 在餐廳查詢、訂位以及用餐等語句。
3. 在電話叫餐。
4. 在超級市場或雜貨店對答。

英國飲食文化一覽 (英國的早午晚餐)

Breakfast

我們常常聽見的英國早餐 Full English Breakfast (又稱之為 Full Breakfast 或The Full English Fry-up),主要材料包括蛋 (egg)、煙肉 (bacon)、腸仔 (sausage)、蘑菇 (mushroom)、麵包 (bread or toast) 及其他焗豆 (baked beans)。 但現在,一般當地人的 English Breakfast 已簡化為一般的穀類食品 (例如一碗燕麥 a bowl of cereal)、麵包及橙汁 (orange juice) / 咖啡 (coffee) 了。

"Cereal" 是「燕麥」,與 "Oatmeal"「麥皮」是不同的。

Lunch

在香港,一般上班族喜歡中午在餐廳享用我們俗稱 「套餐、常餐或快餐」。這些「碟頭飯」文化是香港普遍打工仔常見的選擇。相對在英國,本地人的午餐則較為輕便; 他們喜歡以三文治 (sandwich) 跟薯片 (crisps) 及飲品作為午餐。 在某一些英國地區,這些三文治會叫作 butty!

Afternoon Tea or High Tea

傳統英國下午茶包括司康餅 (scones)，司康餅通常會與忌廉 (cream) 及果醬 (jam) 一同進食，還有三文治 (sandwich) 及其他糕點 (pastries)。 傳統這些下午茶在上流社會及名媛圈非常流行。但時至今日，由於英國人生活忙碌，這些傳統下午茶 (afternoon tea) 或我們香港人常說的 "high tea" 在打工一族文化裏都已經不太流行了。

Dinner

傳統英國的晚餐像東方人一樣，要有肉有菜， 當地人稱之為 "meat and two veg" ("veg" 即 "vegetables")；在這裏意思有肉類及兩種不同的蔬菜；他們喜歡以烤肉跟肉汁 (gravy) 作為晚餐，配上蔬菜、薯仔等。時至今日，很多英國人喜歡以飯 (rice) 或意大利粉 (pasta) 為主要的晚餐。大家請留意晚餐除了叫 dinner 之外，當地人也會稱為 "evening meal"、"supper" 甚至乎 "tea"（大家不要把香港人喜歡的 high tea / tea time 混淆喎！）

顧客Anton 與店員Billy 一個小食舖外對話

A: **Hi! I heard there's a soup made of peas. What do you call that?** 我知道有一個湯由豆類所烹調成的，你們叫作什麼？

B: **That's Mushy Peas. It's very popular around here. Peas are soaked in water for some time before cooking. The time and temperature are parts of our secret recipe and we had already won a few local competitions.** 那個叫做豌豆醬 (mushy peas) ，在這裏非常流行。豆將會在烹煮之前浸 (soaked) 水一段時間。時間及溫度都是我們的秘密配方 (secret recipe)，而我們經已這個配方贏了數個本地比賽 (local competitions)。

A: Woah, that's impressive! I'll be sure to try that one sometime. As for today, I would like to order some fish and chips[1], with lots of ketchup please! 很厲害 (impressive) 呀！我改天 (sometime)[2] 一定會試一試。至於今天，我想點炸魚薯條，要多茄汁，謝謝！

1 "Sometime" 的意思是「改天」，"for some time" 意思為「有一段時間」，與合起來有 "s" 的 "sometimes"（有時）意思是不同的。

2 一般炸魚柳可稱為 "battered fish fillet"，而 "served with chips" 即指配菜要薯條。一般配菜我們叫 "side dish"；就像我們廣東話常說的「跟餐要飯、意粉或薯菜」。

英國的薯條叫 "chips"，等同美國的 "French fries"。而英國的薯片叫作 "crisps"，在美國則相反叫 "chips"。薯條有分直身薯條 (straight cut chips) 及扭紋薯條 (crinkle cut chips)，各位喜歡薯條的朋友千萬不要買錯！

在英國，Fish and Chips（炸魚薯條）所使用魚類的品種包括鱈魚 (cod) 或黑線鱈 (haddock)，當加上麵糊 (flour batter) 後用油炸成金黃色；在當地一些地方，餐牌上會顯示 "Cod & Chips" 意思一樣。炸魚薯條在英國是一個非常受歡迎的外賣食品。當地一些專攻售賣 Fish and Chips 的店舖我們會稱之為 "Chippies"。

B: Did you mean tomato sauce? In Britain, we call that "tomato sauce" instead of[3] "ketchup" like in the USA. Also, you may try having our chips with salt and vinegar, it's tasty! 你指的是蕃茄醬？在英國，我們稱之為 **"tomato sauce"** 而非在美國稱的 **"ketchup"**。另外，你可以試試薯條配鹽及醋 (salt and vinegar)，很美味的！

3. "Instead of" 這裏的意思解作「並非」。例如：The answer is A instead of B. 這個答案是 A 而並非 B。

A: Yes, I was talking about tomato sauce. Thank you for your explana-

tion! Do you have any other recommendations? I am starving and could eat a horse[4]. 謝謝你的提議。你有甚麼菜式建議我點？我非常肚餓 (starving)，餓到連馬都吃得下。

4. "Could eat a horse" 是一個諺語 (idiom)，解作肚餓到可以吃下一隻馬。

B: **Right, you should try our signature beefburgers. It's very popular!** 那你一定要試一試我們招牌 (signature)[5] 的牛肉漢堡 (beefburgers) 了。它十分受歡迎的！

5. "Signature" 多數情況解作「簽名」，但在餐牌 (menu) 上見到是指該餐廳的招牌菜式，製作方法和每個人的簽名一樣，都是獨一無二的。

A: **I'd take one then! Takeaway[6], please!** 我要一個（牛肉漢堡）吧！外賣(拎走)，謝謝！

B: **Got it. By the way, you should line up next time! Don't jump the queue! I'll let you off just this once. NEXT!!!** 收到（你落單）。順帶一提 (by the way)，下次你一定要排隊 (line up)！不准插隊 (jump the queue)！只有今次會放你一馬 (let you off)。下一位！！！！

6. 在點餐過後，服務員會問你是否 "eat in or take away?" 時，Eat in 是指'餐廳內進食'而 take away 則是 「外賣」的意思。這對比美國的 "for here or to go" 有不同顯著的分別叫法。

電話落單外賣訂餐

　　現在大多數人會透過手機程式下單叫外賣，而當中較常見的程式有 Just Eat、Zomato、Deliveroo、Uber Eats 等給大家選擇。話雖如此，也讓我們重溫傳統電話落單的英語語句，方便我們在某些特別情況下（例如確認地址、改單、追訂單等）讓我們能迅速與送遞員聯絡。

A: **This is Romeo's Pizza. How may I help you?** 這裏是 **Romeo's Pizza**。我
有甚麼可以幫到你?

B: **Hi, I'd like to order two pizzas and have them delivered to our home.
Are there any special offers[6] this week.** 我想訂兩個薄餅及送往我們的
家。今個星期有甚麼特價精選?

6.特別優惠我們稱之為 "special offer";折扣則叫 "discount"。看到折扣要注意有沒有 "off" 一
字,"off" 在折扣的意思是「減去」。舉一個例子:30% off 等於 減去30%,即七折,而沒有 "off"
的30% 就是三折。我們還會看到一些宣傳寫著$20 off any order,意思是指任何訂單都會有減 $20
的優惠。

A: **We have a special offer this week to celebrate the Queen's Platinum
Jubilee**。為了慶祝伊利沙伯二世女王白金禧紀念日(女王登基60周年紀
念),我們將在這個星期有特別優惠。

If you order two large pizzas, 如果你落單兩個大薄餅

1. **you can get a large bottle of Coca Cola for free.** 你免費獲得大樽可樂。

2. **you can order an extra-large chip for half price.** 如果你點加大薯條
(extra-large chips) 可獲得半價優惠 (half price)。

3. **you can get a 10 pounds coupon[7].** 你可以免費得到10 鎊優惠券 (coupon)。

7. 除了 "coupon"「優惠券」之外,我們也會看見 "voucher" 這個字,可解釋為「能換取正價貨
品」的換領券。例如原定10英鎊的午餐可以憑此voucher換領,情況猶如此換領券已代表了「10
英鎊午餐」價值。相反 "coupon" 這裏有「特定減免金額」的意思。例如同樣10英鎊的午餐,此
coupon 可以當成三英鎊使用,變相顧客只需要支付七英鎊便可以了。

B: **Woah! I prefer the coupon for my next order.** 我想選擇優惠券下次落單
使用!

A: **Good! So how would you like your pizzas?** 好!那你想要怎樣的薄餅?

B: **One with bacon, salami and extra cheese; and the other (pizza)[8]**

with salmon and extra onion and thousand island sauce. 其中一個要煙肉、沙樂尾腸加額外芝士;另一個(薄餅)要三文魚、額外洋蔥及千島醬。

8. 有兩個相同的物件時,外國人會用 "one" 代表「其中一個」,"the other" 代表另一個,實際所指的物件視乎情景。

A: **Good. Anything else?** 好的,還有其他嗎?

B: **No. thank you.** 不用了!謝謝你。

A: **Sure, so that would be a total of 33 pounds. May I have your address please?** 一共33英鎊。你可以給我你的地址嗎?

B: **Certainly, My address is...** 當然可以,我的地址是........

在餐廳訂位、特別安排以及表達時間日期

在以下對話中,大家可以看見對話主要圍繞三個話題:

1. 說出你的個人名稱,想預約的時間、人數及日期等這些基本資料。

2. 一些額外的要求及期望 - 預約時有特別要求 (special requirements),例如結婚周年紀念 (wedding anniversary)、安排有景觀的位置 (seat with a view)、獨立房間 (private room) 或兒童區 (kid-friendly zone) 方便小朋友玩耍、 自行攜帶酒精飲品 (Bring your own bottle; BYOB)、開瓶費 (corkage fee) 及切餅費 (cakeage fee) 查詢、場地佈置 (decorate the venue) 等;這些時候你會想知道有沒有任何額外收費 (additional charge / surcharge) 或限制;

3. 想知道這個餐廳對衣著有沒有任何要求? "Is there any dress code?" – "dress code" 意思是指衣着上的要求; (這個好比在學校裏,同學們的 "dress code" 是「校服」一樣)。而通常答案將會是:端莊 (Formal) / 半休閒 (Smart causal)[9] / 休閒 (Casual) 這三種類型。

9. Smart causal "醒目"休閒 通常是一些恤衫加西褲。很多時候未必需要打領呔，但要留意，我們應盡量 避免牛仔褲 (jeans) 或短身的運動褲 (shorts)。皮鞋會比較合適，絕不可以是運動波鞋 (sneaker) 或拖 鞋 (sandals / flip-flop)。

到最後，餐廳接待員會重複確認有關日期、時間及人數等這些資料。如果你英語聆 聽能力有限，可以要求對方再說一次！

安排兒子生日晚餐

A: 餐廳接待員 (Receptionist)；B: 你

A: **Good afternoon 午安 / Good Evening 晚安！This is Wilkinson & Smith Restaurant. How may I help you?** 這裏是 **Wilkinson & Smith** 餐廳，我 如何可以幫助你？

B: **Hello there. I'd like to make a reservation please.** 我想訂位 **(make a reservation)**，謝謝。

A: **Sure! May I know who am I speaking to?** 當然！請問你是誰？

B: **My surname is Lee, spelled as L-E-E[10].** 我的姓氏是 **Lee**，串法是 **L-E-E**。

10. 串出姓氏是一般外國電話禮儀，尤其是當他們未熟悉中文拼音串法。

A: **And when will that be for?** 請問想訂甚麼時間？

這個時候，回答方法包括：

i) 確實日子：**5th June** (閱讀方法為 **fifth of June**，而不是 **"five of June"**) 6月5號以星期作為單位：**Friday** 星期五、**next Saturday** 下一個星期 六、**this coming Tuesday** 將來臨的今個星期二 (廣東話：「嚟緊呢個星期 二」)；

ii) 簡單至明天 **(tomorrow)** / 後天 **(day after tomorrow)**

而當表達完日子時，就可以說出時間，例如：This coming Friday at seven o'clock. 今個星期五晚上7:00。

A: **Sure! May I know how many people will the reservation for? / How many people is the reservation for?** 我想請問預訂人數是多少？

B: **Me, my husband and two children. It's my elder son's seventh birthday[11].** 我、我先生及兩名兒童。那天是我大兒子 (elder son) 的七歲生日。

11. 要留意七歲生日英文會叫 seventh birthday「第七個生日」而並非 seven birthday。

A: **Congratulations! Do you wish to order our famous chocolate cake for the celebration?** 恭喜！你會考慮預訂我們出名的朱古力蛋糕作為慶祝嗎？

B: **No, thank you. I think we're fine.** 不用，謝謝了。「我們已經很好」- 意指不需要其他東西。 / **Yes, that's a wonderful idea!** 好，這是一個美妙的提議！

A: **Okay. Ms. Lee. That's a table for four, fifth of June at 7 pm. We look forward to seeing you then!** 很好，李小姐。那確認四位 (a table for four) 於6月5號晚上7:00的預訂。我們期待見到你！

> What time is it? Can you tell the time ? You have time?
> 可否以英文英語準確表達以下時間?

無論預訂餐廳或其他約會，正確讀出時間、地點、日期及其他資訊是相當重要。因此，這裏讓大家溫故知新，學習一些正確閱讀及理解時間的正確說法。

都市人工作繁忙，傳統的英語時間叫法已經省略了。例如，現在已流行以最簡單直接稱呼數目字（如 10:50 會叫 "ten fifty"）。 因此，傳統例如 "a quarter past three"(3:15)、"twenty minutes to four"(3:40) 這些複雜的叫法現在已不常聽見。話雖如此，我們也希望在這裏給大家重溫傳統的叫法，如遇到別人說出時也能明白了解。

我們在英語的傳統時間說法中，除一些特別情況例如 "noon" 中午12:00 （因此不難理解，我們在中午以後會稱作 "afternoon" 亦即是我們常說的「下午」）、"midnight 12" 凌晨12:00 之外，主要會看見有 "past" 以及 "to" 這兩個叫法。例如，由於 past 的意思代表「過了」，因此不難理解四點後過10分鐘（即4:10）叫作 ten minutes past four；而 "to" 這個意思則有「到」的含意，因此例如 3:40，我們可以想像還有20分鐘才到 4 時，於是便有 twenty minutes to four 這個說法了。

普遍英國人相對守時，因此我們最好在有關約會前10至15分鐘內到達。以下是有關準時的表達方法：

1) **be there on the dot** "dot" =「點」；這裏有準時的含意

2) **arrive on time** 準時到達

3) **Please arrive at 3 sharp!** "sharp" 本身解作尖銳、銳利；在這裏有準時三點到達的意思

4) **arrive exactly at four** 準時四時到達

5) **arrive at least fifteen minute earlier** 最少早15分鐘到達

在一些家庭聚會或晚宴邀請中，你可能會聽見例如 "Please arrive seven-thirty for eight". 這個意思代表你可以於7:30至8:00時到達；這個時段一般都會以香檳或其他飲品招待，在八時後之後就正式用餐了。在這句中通常會使用 "for" 而非 "to"，大家可以想像成「為了」(for) 八時的食物七時半到達。

大家要留意，如果經常遲到的話，那麼別人對你的評語將會是 "Punctuality is never his strong point/ strong suit." 守時 (punctuality) 並不是他的強項！

以下是一般敘述時間的方法

4:15 pm: Four fifteen / Four Fifteen in the afternoon / 15 minutes past four / A quarter past four

3:00 am: Three in the morning

12:00 pm: Twelve in the afternoon/ Twelve noon/ Noon/ Midday[12]

12. "Midday" 和 "midnight" 的 "mid" 都是指 "middle" 中間。

4:30 pm: Half past four / Four thirty

12:00 am: Midnight

5:15 pm: A quarter[13] past five / Five fifteen in the afternoon

13. 在英語中一個quarter代表¼；因此5:15即將一個時鐘解開4份，已過了第一份，因此有 Quarter 的說法。而不少統計上都會見到 "the first quarter" 的字眼，意思是指一年的首¼，亦即第一季或首三個月。

7:20 pm: Twenty minutes past seven

6:45 am: A quarter to seven / Six forty-five

詞彙：**Anniversary** 紀念日/ **Birthday** 生日/ **Appointment**[14] 預約/ **Reservation** 預留/ **Booking** 預訂

14. 在餐廳內會我們會常用 Reservation 這個詞彙，但在其他情況，例如預約醫生、商務會議或面試見工時，我們會較常用 Appointment。而 Booking 會在交通工具留位或預訂留位等這些情況下使用。

農曆日曆 Lunar Calendar

由於農曆（又稱陰曆）是以月亮作為單位，因此英語叫Lunar Calendar，"Lunar" 這個字本身帶着「一些與月亮有關的事情」。例如東方人慶祝的七夕（七月七日），英語便會是 7th day of the 7th lunar month（第七個農曆月份的第七日）。

與"日子"相關的英文成語

- **"Let's call it a day!"** = 「今天就這樣子吧」。當某一些事情已經做了一整天，感覺疲累而希望離開崗位時，我們便會這樣說。這裏有「收工」的意思。**E.g. I'm exhausted! Let's call it a day!** 我太疲倦了，就這樣子吧！(我要收工了！)

- **"Let's make a day of it!"** 當發現一些事情有趣及值得投入一整天時，我們會這樣說。**E.g. Hyde Park seems to be a nice place to spend our weekend! Why don't we make a day of it while the weather is nice?** 海德公園似乎是一個過週末的好地方！不如我們趁天氣好到那裏度過一整天？

- **"Make someone's day"** 令某人高興 - 例如帶給某人一個好消息。

- **"Day in, day out"** 當一些事情不斷重複及有序地發生時，我們會用這個詞彙表達這些事已經持續了一段時間。

- **"Save the day"** 這裏的 **"save"** 指「拯救」而並非「儲存」。詞彙用於防止了一些壞事發生的時候 **E.g. John helped me to solve a problem and saved my day. John**幫助了我解決 (solve) 一個問題拯救了我。

• **"It's just not my day"**「不是你的日子」意指「諸事不順」，用於整天發生的事情都不如意的時候。另一個相似的說法是 **"It's just one of those days"**「正就是那些日子」婉轉地說 **"bad day"** 倒霉的一天。**E.g. I lost my credit card and my key. Looks like it just wasn't my day.** 我遺失了信用卡及鎖匙，看來今天不是我的日子（廣東話：睇嚟今日真係好黑仔）。

查詢營業時間及其他相關安排

David: **Excuse me, I'm David. I contacted your receptionist Mr. Smith last week about a booking. It's going to be my son, Charles's birthday. May I know what time should I come that day? I would like to decorate the party room and give Charles a surprise. You may find my booking under my full name David Chan, C-H-A-N.** 不好意思！我叫 **David**。於上一個星期訂位時聯絡過你們的接待員 (receptionist) **Mr. Smith**。由於訂位當天是我的兒子 **Charles** 生日，請問在當天我應在什麼時間前來？我希望可以佈置 (decorate) 生日派對房間，給 **Charles** 一個驚喜 (surprise)。你可以以我的全名 **DAVID CHAN, C-H-A-N** 找到我有關資料。

Susan: **Hi, David! Our restaurant opens at 5 in the evening. If you would like to come earlier at say[15] , 5:30pm. Sarah, our event manager, will be present to make sure everything runs smoothly! You may talk to her if you need any help! For your information, our last order would be at ten thirty and we close at eleven thirty. I hope you enjoy the night!** 你好 **David**！我們的餐廳於黃昏 5:00 開門。如果你想早一點，例如五時半到達，這是可行的。我們的派對經理 (event manager) **Sarah** 會在現場 (be present) 協助及確保 (make sure) 所有事情順利 (smoothly) 舉行。如有任何需要你可以找她。再給你一些資訊：，我們最後的點餐時間 (last order) 為晚上 10:30，而餐廳則於晚上 11:30 關門。請好希望好好享受

你的晚上！

15. 西方人說話有時夾雜的 "say" 是要表達一些建議，意思就像廣東話的「例如話」。e.g.
You can try, say Method A, to complete this task. 你可以嘗試，例如話方法A去完成這個工作。

到達餐廳時

當你到達餐廳的時候，餐廳職員會查詢有關人數、是否已預留訂枱等相關問題；在英國，除了我們所認識 **waiter** 男侍應 / **waitress** 女侍應，還有一些男女通用 **(gender neutral)** 的叫法，包括 **waiting staff / server**。而在迎接客人時，他們甚至會介紹自己的名字作為禮貌及親切的表現。外國餐廳有他們一套的接待文化及禮儀 **(etiquette)**。以下是一些例子可供大家參考及了解侍應接待客人時所查詢的問題。

Greeting 一般歡迎語句

- **Welcome to ABC restaurant! How are you doing tonight?** 歡迎光臨 **ABC** 餐廳！你今天晚上怎麼樣？
- **My name is Charles, and I'll be looking after you/ serving you tonight. Just call me if you need anything.** 我的名字是查理斯，今晚我將會接待你。有需要的時候你只需要叫我就可以了。
- **Hello, I am Dickson. Do you prefer our dining room or our sports bar area?** 你好，我的名字是**Dickson**。你會選擇我們的用餐專區還是觀賞體育活動的酒吧範圍？

Reservation 預留訂枱

- **Good morning / good evening, do you have a reservation?** 早晨 / 晚安，你有預訂留枱嗎？

- **May I have your name, please?** 請問你可以給我你的名字嗎？

- **I'm afraid there is no record of any reservation under the name CHAN.** 我恐怕這裏沒有的 CHAN 訂位記錄。

- **I cannot find your booking in our system. May I confirm the spelling again? Is it C-H-A-N or C-H-E-N?** 在我們的系統 (system) 裏找不到你的預訂，我可以再一次確定 (confirm) 你的名字串法嗎？是 C-H-A-N 還是 C-H-E-N？

- **Since you haven't made any reservations, we only have one table left next to the restroom, is that okay?** 由於你沒有任何預訂，我們只剩一張在洗手間旁邊的枱，你們能接受嗎？

- **I'm sorry, we do not have any table available right now. Can I get you anything to drink while you are waiting?** 對不起，我們暫時沒有任何餐枱可以提供。你會否想在等候時點一些飲品嗎？

- **Will you be dining alone today?** 一個人 (alone) 用餐嗎？

人數查詢

- **Table for Four?** 四個人用餐？**How many?** 多少人？**How many people will be joining you today?** 今天多少人會與你一起？

在餐廳常用英語語句 - 侍應編

A. 當侍應遞上餐牌的時候⋯⋯

當顧客到達相關餐枱的時候，侍應會奉上餐牌 (menu)[16]在你開始點餐之前，他們會這樣說：

- **Here is your menu, sir.** 先生，這是你的餐牌。
- **This is our special menu.** 這是我們的特別餐牌。

- **May I recommend / suggest the Chef's Special?** 我可以介紹 (recommend/ suggest)「廚師特別推介」(Chef's Special) 給你嗎？
- **I'll be back in a minute[17] and take your order.** 在數分鐘後回來及給你下單。
- **Bottled water or just tap?[18]** 要樽裝水還是水喉水？
- **Any drinks before your order?** 在點餐前想點一些飲品嗎？

在外國一些餐廳，很多人喜歡在正式用餐之前點一些雞尾酒或香檳類飲品，目的在於增進食慾 (appetite)。他們喜歡先閑談一會兒，然後才詢問侍應索取餐牌點餐。這些酒類稱為餐前酒/ 開胃酒 (aperitifs)。

16. 尺寸較小型的餐牌，例如一張A5 尺寸卡紙的餐牌，可以叫做 "menu cards"。
17. 外國人所說的 "in a minute" 很多時候都不是指一分鐘，意思多數是「數分鐘」或廣東話的「一陣」。
18. 做完運動之後，我們要保持充足水分，英文會用 "keep yourself hydrated"，"hydrated" 意思是有充足水分的狀態。

B. 侍應在介紹菜式時常用的開場說法...

Do you want to try...

e.g. Do you want to try our black pudding[19] ? 你想試一試我們的黑布甸嗎？

19. 要留意 "black pudding" 或 "blood pudding" 是用乾豬血 (dried pig blood) 及脂肪 (fat)做成香腸形狀的食物，並不是甜品那一種布甸！有時英國人會簡稱 "pudding" 做 "pud"。

I would suggest...

e.g. I would suggest Yorkshire Pudding[20]. 我會建議約克郡布甸。

20. Yorkshire Pudding特別之處在於這個菜式並非像其他甜品(dessert)一樣在主餐之後提供。相反，Yorkshire Pudding 會在享用主餐中與主菜(main course)一同奉上。有些時候 Yorkshire Pudding 更好像其他頭盤 (starter) 一樣，在主菜之前提供。Yorkshire Pudding 帶咸味，口感 (texture) 與麵包相似，製作材料 (ingredients) 包括蛋、麵粉、牛奶及水。享用 Yorkshire Pudding 時，旁邊會附上蔬菜 (vegetable)、烤牛肉 (roast beef) 及肉汁 (gravy) 作為配菜 (sides)，而所吃剩的就會以果醬及雪糕奉上作為甜品。而另外一個希望與大家分享的菜式

Toad-in-the-Hole名字十分有趣，照字面解說就是「蟾蜍 (toad) 在洞內」，它基本上就是 Yorkshire Pudding，但會先在烹調之前加上腸仔。

以下模擬情境對話適用於早餐、午餐及晚餐，我們將詳細列出一些與侍應經常使用的英語。讀者們應熟讀有關句子，在適當的時候使用。雖然，在最壞的情況下，同學可以純粹以動作或肢體點菜，但是我們也希望同學們可以從查詢的過程及與侍應對答中感受不同飲食文化的樂趣。

向餐廳侍應查詢 - 顧客篇

1. **Can I have the main menu?** 我可以要一份主菜餐單嗎？

2. **Can I have the drink menu?** 我可以要餐飲餐單嗎？

3. **Can I have a booster seat / high chair[21] for my kid[22] please?** 可以給我的小孩要一個嬰兒座位嗎？（**booster seat**；安置在汽車中的小孩座椅有着相同的叫法。）

21. Booster seat 是墊高椅子的坐墊，於餐廳及汽車均適用；而 high chair 是整張椅子都是為幼兒吃飯而設，很多時候都附有給小孩盛載食物的托盤。
22. 三歲以上小孩子才會叫 "kid" 或 "child"（兩個以上是 "children"）。一歲以下會叫嬰兒 "infant"，一至三歲會叫 "toddler"。

4. **Are there any vegetarian[23] options on the menu?** 在餐牌裏有沒有素食 (vegetarian) 的選項 (options)？**Do you have a vegan menu?** 你們有沒有素食餐單？

23. 雖然 "vegan" 和 "vegetarian" 中文都叫素食，但英文上兩個字的意思有些少差別。"Vegan" 比較 "vegetarian" 更嚴謹，除了不吃肉、家禽 (poultry) 和魚外，還會避開奶類食品 (dairy products)、蛋及任何用動物製作的食品。

5. **May I know which of the following dishes is gluten-free / nuts-free** 嗎？可

否讓我知道以下那些菜式是無麩質 **(gluten-free)** /無堅果成分**(nuts-free)** [24]
嗎？

24. "Free" 一般情況下解作免費。但上述情況的 "free" 源自詞彙 "free from" 意指沒有/ 不含有令人敏感的事物。

6. **Do you serve alcohol[25] ?** 你們這裏有沒有酒精供應 **(serve)**？

25. 外國餐廳大部份都會將飲料餐牌及主食餐牌分開，有些時候更會與甜品餐牌 (dessert menu) 放在一起。如果餐廳有酒精飲料，侍應會回答你 "Yes, we serve alcohol here."或 "Yes, we do!".

　　在等候就坐的時候，有些餐廳侍應會說 **"There is a bar area next to our waiting area, you can order a drink over there while waiting to be seated"**，意思是在那邊有一個酒吧飲料範圍 **(bar area)** 在我們的等位區 **(waiting area)** 旁邊，你可以先點飲料 **(order a drink)**，等待就坐。

　　"Waiting to be seated" 是一個較常用的說法，意思是你正在等候被人安排就坐，句子用了被動式。**"Seat"**（動詞）雖然和 **"sit"** 的讀音相近，但 **"seat"** 是給人安排座位，而 **"sit"** 是坐下。**"Seat"**(名詞) 解作座位，一定要分清楚啊！

點餐的幾種方法

1. **I would like to have a Caesar Salad please** 我想要一個凱撒沙律。
2. **Can I have a Caesar Salad please?** 我可以要一個凱撒沙律嗎？
3. **One Caesar Salad for my wife please.** 一個凱撒沙律給我的太太，謝謝！

在用餐之後:

餐廳侍應會詢問有關甜品或飲品的安排，他們會這樣說

What's for afters[26]?

26. 侍應有些時候會用 "afters" 取代甜品 (dessert)。What's for pudding / dessert?

以下是一些較常見的英國甜品:
1. **Trifle** – 成份包括水果（多數是草莓）、浸了酒的蛋糕、吉士 **(custard)** 及忌廉 **(cream)**。
2. **Apple Crumble** – 與蘋果批很相似，但表面比較凹凸不平，像麵包糠 **(bread crumbs)**。
3. **Custard** – 用吉士 **(custard)** 製成的布丁。
4. **Roly-poly** – 外表像瑞士卷 **(Swiss roll)**，不過中間不是忌廉而是果醬 **(jam)**。
5. **Cake** 蛋糕類別的有:**Lardy Cake** (外貌像提子包，不過質感是蛋糕) / **Simnel Cake** (一款有杏仁醬和水果乾的蛋糕) / **The Victoria Sponge** (基本上就是海綿蛋糕) 等等。

Black or White?

在一些時候他們會向你詢問 "Black or White?"，這個意思是指選擇「齋啡或加入鮮奶的咖啡」。大家千萬不要誤會以為 Black and White 指「咖啡或奶茶」。

在餐廳常用英語語句:
以下我們將詳細列出一些與侍應查詢時常用的英語對話。這些句子較簡單及直接。同學們應熟讀有關句子，在適當的時候使用。

- **Do you have set meals?** 你們有套餐嗎？**Do you serve alcohol?** 你們這裏有沒有酒精供應？**Yes, we serve alcohol here.** 我們提供酒精類飲品。
- **There is a bar area just next to our waiting area.** 酒吧範圍就在等位區旁邊。

- **You can have a drink while waiting to be seated.** 你可以在等候就坐之前先點一個飲品。
- **Is this dish spicy?** 這款菜式是辣 (**spicy**) 的嗎？
- **That's it for now. We'll order if it's not enough.** 暫時就這樣。如果不足夠（食物）時我們再落單。
- **Do you have a special menu for Father's day?** 父親節你們有特別餐單嗎？
- **Is everything here a-la-carte？** 在這裏的是否都是單點？

"**A-la-carte**" 這個字源於法文，意思指在餐廳內獨立點選不同款式的食品或飲品等。相反，套餐是**table d'hôte**，但一般較普遍的叫法則是 "**set menu**"。這裏的 "**set**" 意思是「固定的」，午市套餐會叫 "**set lunch**"/ "**lunch special**"、晚市會叫 "**set dinner**"/ "**dinner special**"。

- **Is there anything you'd like to recommend for tonight?** 你今晚有什麼好提議？
- **What's your house special/ signature dish?** 你們的招牌飲品/菜式 (**house special/ signature dish**) 是什麼？

- **What is the soup of the day?** 今天的是日餐湯是甚麼？

  侍應會這樣回答：「**We have Borscht soup** 羅宋湯 / **lobster soup** 龍蝦湯 / **cream soup** 忌廉湯 / **clam chowder soup** 周打蜆湯/ **onion soup** 洋蔥湯 / **peas soup** 綠豆湯 / **vegetable soup** 雜菜湯 / **minestrone soup** 意大利雜菜湯」

  大家在外地點湯的時候，千萬不要當作在茶餐廳一樣叫紅湯、白湯！**red soup,**

white soup!

- **Can I change my order for orange juice to coffee please?** 我可以把已點的橙汁改做咖啡嗎？

- **Are these dishes enough for 4 of us?** 這些菜式（份量）足夠我們四個人嗎？

- **Excuse me, we didn't order this dish.** 不好意思，我們沒有點這個菜式。

- **Could you please give me an extra fork / knife / bowl?** 可不可以多給我一隻叉/ 刀/ 碗？

- **You may bring us dessert now.** 你現在可以上甜品了。

- **I don't think I need anything. I'm stuffed.** 我想我不需要再點什麼了。我已經吃飽 **(stuffed)**.

- **Can we wrap up what we haven't finished?** 我們可否把還未吃完的（食物)打包 **(wrap up)** 嗎？

- **Can I have plastic box for that? Do I need to pay for it?** 我可否要一個塑膠盒 **(plastic box)**？需要額外俾錢嗎？

- **I like the food and the ambience/ atmosphere here.** 我喜歡這裏的食品及環境氣氛 **(ambience/ atmosphere)**。

對餐廳作出投訴 (Make a complaint)

　　在傳統社會，我們對待投訴時都盡量避免正面衝突。尤其在陌生環境、不熟悉的語言下會避免投訴。話雖如此，現今餐廳本身並不抗拒不同意見、查詢或投訴。餐廳主廚甚至會逐一與餐廳顧客交流及分享，聽取不同的意見。只要大家有禮貌地表達出來，餐廳一般都樂意協助及改善。相反，若我們希望表達對相關菜餚的讚賞 (compliments) 時，我們可以使用這些形容詞美極好 (fabulous/ marvelous)、優秀 (excellent)，甚至簡單及直接的完美 (perfect)、極好 (great)。

在以下投訴句子中，只要加上不好意思/ 抱歉 (Excuse me. / I'm sorry.) 等這些開場句子及謝謝 "Thank you" 作結尾，整件事情便變得有禮貌及誠懇了。

1. **It's too salty / too sweet / too spicy.** 這個太鹹了/太甜了 /太辣了。
2. **The portion of this meal is too small.** 這個餐的份量 (portion) 太少了。
3. **We've been waited for almost half an hour.** 我們已等待超過半個小時了。
4. **Can you take a look at our orders please?** 你可否看一看/跟一跟進我們的點單？
5. **The meat is undercooked/ overcooked. I cannot take it. / It's unacceptable.** 這塊肉未煮熟 (undercooked) /過熟 (overcooked) 。我不能接受。
6. **The tableware doesn't look very clean. Can I have another set please?** 這些餐具 (tableware) 看似不清潔。我可以要另外一套嗎？

你的牛扒想怎樣煮法？多少成熟？
相信大家也經歷過，在餐廳落單叫牛扒的時候，侍應一般會查詢食客要求牛扒的煮法及「熟」的程度。無論是血淋淋 (bloody) 或全熟 (well-done)，我們也可根據以下叫法讓侍應明白。在一些西方社會中，不止牛肉，羊肉也可以有這類要求。

1 **Rare** 生/嫩口
2 **Medium-Rare** 約三成熟
3 **Medium** 一半一半
4 **Medium-well** 約七成熟
5 **Well-done** 全熟

在英國，烤牛肉 (Roast Beef) 絕對是當中最為受歡迎的美食。這是一個傳統的星期日午餐菜式之一。有趣的是，在那一天，豐富的午餐甚至比當天晚餐更為重要。

傳統的食法是以烤牛肉加上 Yorkshire Pudding 以及不同的蔬菜。再加上醬汁包括肉汁(gravy)、辣根/山葵醬(Horseradish sauce) 及英式芥辣 (English mustard)。其他肉類例如羊肉跟薄荷醬 (mint sauce)、洋蔥醬 (onion sauce) 或紅侖子醬 (red-currant jelly)；豬肉跟蘋果醬 (apple sauce)。原隻雞 (whole chicken) 也是相當受歡迎的。對比東方人，鴨 (duck)、 鵝 (goose) 或火雞 (turkey) 則沒有那麼受歡迎了。

在超級市場 / 雜貨鋪

　　在英國，除了大家常見的購物商場 (Plaza/Mall) 還有一些歷史悠久的百貨公司(department Store) 包括 Harrods、Selfridges 以及擁有七層的玩具商店 Hamleys售賣不同類型的貨品及服務。售賣衣服及家庭用品的商店包括有香港分店的Mark & Spencer，還有 Debenhams、John Lewis、Wilko以及 British Home Stores 等較在英國較出名的店舖。至於售賣文儀用品或報章雜誌的舖頭有 Waterstones、WHSmith。英國便利店可以叫 "newsagent" 或 "convenience store"。只售賣一些蔬菜及水果類的小型店舖我們一律稱之為 "green-grocer"。而我們香港的雜貨店只在英國小城鎮出現，在當地的叫作 "general stores"。大部分的 general store 和 greengrocer 已被連鎖超市取替。談到超市，有分店最多的 Tesco、Tesco Express，還有有部分城市都有的 Asda、Sainsbury、Morrisons、Iceland、Coop Supermarket等。

　　本課將詳細講解如何查詢及尋找貨品。同學可將以下語句應用在生活中其他地方，而非局限於超級市場或商店等情況。在這裏我們可以以類似的方法形容位置。除此之外，同學們可留意一般商店對貨品及優惠等不同的叫法及名稱。

在超級市場討論所選貨品

顧客A及店員B的對話

A: **Excuse me, where can I find bread?** 如何可以找到麵包？

B: **It's at the bakery section at the back of the store.** 在店舖後方 (at the back of store) 的烘焙部 (bakery section)。/ **They are in the third aisle from the left.** 由左數第三行 / **It's opposite to the healthy food section.** 在健康食品部正對面 (opposite)。

A: **Hi, where can I find aubergine (USA: Eggplant) and courgette?** 在哪裏我可以找到茄子 (aubergine) 及節瓜 (courgette)？

B: **You can find them at the vegetable section located near the entrance of the supermarket.** 你可以在位於超級市場入口附近的蔬菜部找到。

在本地受歡迎的蔬菜及瓜類

Celery 西芹	Mushroom 蘑菇	Basil 羅勒
Corn 玉米	Potato 馬鈴薯	Eggplant 茄子
Broccoli 西蘭花	Sweet potato 蕃薯	Cilantro / Coriander 芫茜
Cauliflower 椰菜花	Red/ Yellow/ Green pepper 紅/黃/青椒	Kale 羽衣甘藍
Spinach 菠菜	Courgette 節瓜	Chive 韭菜
Asparagus 蘆筍	Red chilies /Bird eye chillies 辣椒	Parsley 香芹
Cabbage 包甘藍菜	Beetroot 紅菜頭	Rosemary 迷迭香
Pak Choi 白菜	Scallion 洋蔥	Choi Sum 菜心
Garlic 大蒜	Scallion / Spring onion 洋蔥	Romaine Lettuce 羅馬生菜

Pea 青豌豆	Leek 韭葱	Tomato 蕃茄
Runner bean 四季豆	Bean sprout 芽菜	Radish 蘿蔔 (白色和暗紅色版的統稱)
Lentil 扁豆	Okra 秋葵	Watercress 西洋菜
Cucumber 青瓜	Pumpkin 南瓜	Butternut squash 奶油南瓜

主流肉類產品

Sirloin steak (西冷) 牛扒	Sausages 香腸
Corned beef 鹹牛肉	Bacon 煙肉
Roast beef 烤牛肉	Chicken 雞
Ribs 排骨	Chicken leg 雞腿
Leg of lamb 羊腿	Chicken thigh 雞腿肉
Lamb chops 羊排	Duck 鴨肉
Pork 豬肉	Turky 火雞肉
Ham 火腿	Minced meat 肉碎

主流海鮮食品

Scallop 帶子	Oyster 蠔
Seafood stick 蟹柳	Mussel 青口
Squid ring 魷魚圈	Squid ring 魷魚筒
Cavia 魚子	Prawn/ Shrimp/ Scampi 蝦
Crab 蟹	Crayfish/ Lobster 龍蝦

顧客 C 及 Z 的對話

C: **I want to get a few canned/ tinned tomatoes for the soup tonight.** 我想買數罐罐頭蕃茄今天晚上製作餐湯。

Z: **I remember they're in aisle six in the canned food section.** 我記得它們在第六行的罐頭食品部。

C: **It's on promotion now. It says here that if you buy two cans, you get the third one for free.** 它現在有優惠 (on promotion) [27]。這裏說如果你買兩罐，你可以免費獲得第三罐。

27. 除了 "promotion" 以外，"deal"也有優惠的意思。上述的買二送一可以叫 buy two get one free。買一送一叫 buy one get one free，英國人簡稱 BOGOF， 或用 two for the price of one 表達同樣意思。

Z: **Well, shall we check the expiry date[28] ? I suspect all these discounted items have very little shelf life** (存放壽命) **left .** 我們應否檢查到期日 (expiry date)我懷疑這些減價貨品 (discounted items) 很快就會到期/ 只剩少許 存放壽命 (shelf life)。

28. 除了expiry date之外，有些時候在產品標籤會寫上此日期前使用 (use by date) 或此日期前最佳 (best before)，甚至乎截止日期 (due date)。大家請留意一些說法指出，假如食物經已過了best before的日期時，食物很多時還可以食用，只是沒有剛買回來的時候一樣新鮮，相比之下 due date 和 use by date 後較大機會出現食物安全問題。但大家請留意實際情況，始終不同食物生產商對此註解或許會有所出入。

C: **Well, I can't find the label for the expiry date, let me ask the shop assistant here later.** 我找不到那個到期日的標籤 (label)，讓我問一問這裏的 店員 (shop assistant)。

Z: **Sure, how about we buy 4 and get 2 for free? Do you want to go halves with me[29]?** 不如我們買四罐以獲取兩罐免費？你想不想我們一人 支付一半？

29. "Go halves with someone" 意思像我們常說的 AA制，而中間的 "halves" 是 "half" 一半的眾數 版。

C: **Of course, let's split it!** 當然可以！我們將罐頭分開 (split) 兩份吧。

與朋友討論選購煮食材料及當地市集

Dicken: **Let's celebrate David's birthday. Shall I book a table at Charlies' Restaurant? There is a special offer and I got a coupon for extra** discounts. 我們一同慶祝 (celebrate) 大衛的生日吧！你說我在**Charlies**餐廳訂位好嗎？這裏有特別優惠 (special offer)，而我持有優惠券 (coupon) 可獲額外折扣 (extra discounts)。

Megan: **Well, what about we prepare some home-made dishes and invite him to our place instead? Other than Tesco, I guess we should take a look at some of the local markets.** 倒不如我們準備一些自家菜式 (home-made dishes)，邀請 (invite) 他前來我們地方好嗎？除了**Tesco**之外，我估我們應該前往一些本地市集看一看。

Dicken: **That's a good idea. Where shall we go then?** [30] 這是一個好提議。你會建議哪裏？

30. 除了 "Where shall we go then?" 這個題說法之外，我們還可以說：What's you plan then? 你有甚麼計劃/建議？Any thoughts? 有什麼想法？What do you have in mind? 你心目中有什麼提議？

Megan: **What about the Borough Market at Southwark, SE1? It's one of the London's oldest markets. It's famous for its gourmet food wholesale stores**[31] **.** 那麼前往位於 **Southwark, SE1 Borough**市集好嗎？它是倫敦其中一個最歷史悠久 (oldest) 的市集。它是最著名的售賣高等食材批發店 (gourmet wholesale stores)。

31. Gourmet food通常是指一些食物或飲料需要特別處理或採摘而獲得的食材，或難製作的菜式。通常這些美食的外觀及味道都比較鮮明、有特色。

Megan: **There are hundreds of traders offering a huge variety of organic fruits, vegetables, meat, cheese and fish.** 那裏有數百個不同的商家提供 (offer) 不同系列的有機生果 (organic fruits)、蔬菜 (vegetables)、肉類 (meat)、芝士 (cheese)、魚 (fish)。

From time to time, there are cookery demonstrations[32] , and talks held by some famous chefs and food writers - and of course, my favourite part would be the tasting sessions where you can try the food at no cost at all! 間中會有不同的烹飪示範 **(demonstrations)**、名廚 **(famous chefs)** 或食評家 **(food writers)** 作演講分享。而當然我最喜愛的部份就是試食環節 **(tasting sessions)**。你可以免費試到不同類型的美食！

32. demonstrations 這裏解作「示範/展示」。很多時候我們聽見的「做個demo」就是這個字的簡稱。

Dicken: **Sounds awesome! I am looking for some spices, cheese and some rare meat. Other than the Borough Market, where can I go?** 聽上去不錯啊！我正尋找一些香料，芝士及一些特別品種的肉類。除了 **Borough** 市集外，我可以前往哪裏呢？

Megan: **Go for Broadway Market (Hackney, E8). The atmosphere is great where you can enjoy some local British foods from classic British cupcakes to exotic cuisines! Don't miss it!** 前往 **Broadway Market (Hackney, E8)** 吧！那裏的氣氛非常好，你可以享受一些當地英國美食，由當地經典紙杯蛋糕 **(cupcakes)** 到稀奇 **(exotic)** 的佳餚。不要錯過哦！

Check out – 付錢

Cashier: **Hi guys, how would you like to pay?** 請問你想怎樣付款？

Z: **By cash please! Wait a second, do you accept credit cards? I'm afraid[33] I don't have enough** (足夠) **cash right now.** 用現金 **(by cash)**，謝謝！

等一等，請問你們接受信用卡 **(credit card)** 嗎？ 我現在沒有足夠現金。

33. "I'm afraid" 不是「我很害怕」的意思，而是一個用作表達抱歉或用於婉拒的詞彙。例如店員婉拒你退款 (refund) 時會說 "Sorry, I'm afraid we are unable to provide a refund for used goods."。

Cashier: **Sure, that will be £44.75. Thank you.** 可以啊，一共是£44.75，謝謝。

硬幣及金錢的叫法

雖然透過電子網上理財、信用卡或電子增值、繳款經已非常普及，但傳統的散子或金錢相關的用語我們都需要認識。正如在香港，我們會稱為「一蚊」「兩蚊」而不會叫「一元」「兩元」，英國人也有自己一套對貨幣的稱呼。

一些基本的說法:
£2.40 Two pounds and forty pence
£4.65 Four pounds sixty five pence
£50.00 Fifty pounds

1 Pence: 一便士 (£0.01)；1 Pound = 一鎊 (£1.00)

很多時候英國人不會講100 英鎊或1000英鎊，他們會以 "a" 代替「一」，包括由100鎊至199鎊。£199 a hundred and ninety-nine pounds / £1,000,000 a million pounds

英國當地人對金錢的叫法

一英鎊裏面有100個便士 "100 pence (p)"，情況就好似一蚊裏面有100毫子一樣。例如香港人會叫一蚊五毫子 $1.50 作 "one dollar fifty cents"。

當地人會還會以 "quid" 一字取代 "pounds"。 例如: "I spent fifty quid on my new sneaker today"。今天我使用了50鎊購買我的新波鞋,或再直接 "fifty" - 連 "pounds" 字也省略掉。 £6.50 = Six fifty / £9.95 Nine ninety-five

除了 quid 之外,在英國有些人會使用 dosh 這個字代表金錢,但在我們不能量化 dosh。 因此,說法會以 "heaps of dosh" 為多。例子: The billionaire left his whole estate to her daughter and hence, she has got heaps of dosh now. 那個億萬富翁 (billionaire) 把遺產 (estate) 留給他的女兒,因此他的女兒有大量金錢 (heaps of dosh)。

紙幣一般會稱作為 "note"。
£5紙幣他們會叫 five pound note/ a fiver
£10紙幣他們會叫 ten pound note/ a tenner

假如金額小過一英鎊的時候,我們可以叫便士作 "p",是 "pence" 的簡稱。£0.50 fifty pence / fifty "p".

有些時候,當地英國人於日常會話會以 "grand" 千 (thousand) 這個單位。例如 : David paid three hundred thousand pounds for a flat. 大衛支付了300,000鎊買了房子。這個時候我們也可以說成 "David paid 300 grand for a flat"。除此之外,他們會以 "K" 代表1000,源於公斤 "kilogram" 開首之 "kilo" 一字,因為一公斤等於 1000克。例如:His annual salary is eighty-five K. 他的年薪是 85K (即是 85,000)。更有趣的是,有些時候英國人喜歡以動物或某一些人物名稱作為某些金額的叫法,例如:

1. A pony (一隻小馬) = £25
2. A monkey (一隻猴) = £500

3. Bangers and mash＝現金

4. 另外由於國際古典音樂家Luciano Pavarotti是男高音，而tenor發音與
£10 tenner相似，因此時當地人叫10英鎊為Pavarotti。

以下一些外國人會掛在口邊，與金錢有關的英語術語，大家可以看看！

- **To spend a penny** - 從表面字面看來，很難聯想到有着前往洗手間的意思。
由於在以前英國社會中，前往洗手間需要繳付金錢。久而久之，便有「前往洗
手間」的意思了。
e.g. Please wait for me outside, I'm just off to spend a penny. 請在外面等
我一下，我要前往洗手間去。
- **To be quids in** - 這個術語在英國非常普遍，主要形容獲取利潤 (make a
profit) 時。
e.g. He'll be quids in if he could sell all his paintings by the end of today.
如果他能在今天之內 (by the end of today) 放售他所有的油畫作品，他將
可獲取利潤。
- **A penny-pincher** - 一些不願使費或我們稱之為「守財奴」或吝嗇的人。
- **To haggle** – 討價還價，亦即我們常常說的「講價」。
e.g. They haggle over the price of the car. 他們在為車的價錢討價還價。

基本英語表達 IV

我們對某些事情及人開心的說法
- **I am really glad.** 我十分高興。 / **Glad to hear that.** 很高興聽到這個。
- **That's excellent / amazing / marvelous.** 真的很優秀/令人驚喜/極好！
- **Sounds perfect to me.** 聽上去簡直是完美。

- **That's great news.** 這是一個好消息。
- **That's unbelievable!** 這不能相信！
- **I looking forward to it!** 我十分期待。
- **What a relief!** 這我就安心了！
- **Thank goodness!** 太好了！

當我們談及一些沮喪或傷感的事

- **I'm kind of unhappy.** 我有點不開心。
- **I am feeling low.** 我心情有點低落。
- **I'm really down these days because of what happens.** 因最近情況，我心情真的很低落。
- **All that for nothing.** 努力了這麼多都是白費。
- **I was heartbroken when I heard the news.** 當我聽見這個消息的時候，我都心碎了。
- **What a shame**[33]**/ pity.** 真的可惜/遺憾。

  33. "Shame"本身解作「羞恥」，但這裏的意思是「可惜」。

- **I have been so depressed.** 我最近好憂鬱。
- **This is really disappointing.** 這個真的非常失望。
- **It really hurts.** 這個真的很痛苦。

我們嘗試表現驚訝的時候，我們可以這樣說 (不論開心或傷心的資訊)

- **I'm surprised to hear that.** 我非常驚訝聽見這個。
- **I'm shocked to hear that.** 我聽見這個十分震驚。
- **I couldn't believe my ears.** 我不能相信我的耳朵。
- **You can't be serious.** 你不是認真吧？

- **It can't be!** 沒有可能的！

- **Are you serious?** 你認真的嗎？

- **Are you kidding?** 你說笑吧？

- **Are you sure[34]?** 你肯定？

34. "Sure" 這個解作「肯定」而 "serious" 解作「認真」。這些句子並不代表當事人對說話人的內容有任何質疑，其意思主要解作對於當時聽見消息時表達驚訝的慨嘆語句。

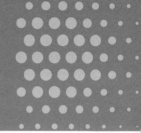

　　每一個人喜歡分享他們自己的故事，在很多場合 (occasions) 例如首次見面介紹、朋友聚會 (gatherings)、接送小朋友或親人等情況中，我們經常以自己及對方的家庭近況展開話題；透過問候 (regards) 寒暄對朋友表達關心。在之前我們已提及一些不同人士的基本介紹，今天我們將講解多些與朋友、他們的親人或家人寒暄的英語例句。

討論家庭狀況及升學等最新情況

David: **Hey, Sandy! How are you lately? I heard your daughter was admitted to the King's College. Congratulations!** 你最近幾好嗎？我聽見你的女兒成功獲得KING書院取錄 **(admitted)**。恭喜！

Sandy: **Thank you! I'd sure you know it is not easy to enter to that college. It's very competitive** (競爭性) **.** 我想你都知道進入那個書院並不容易。那裏充滿競爭性。

David: **I sure your daughter is smart and brilliant. So, what majors (主修科) are she taking? I recall the King's College is famous for its Liberal Arts and Science subjects.** 我肯定你的女兒非常醒目 **(smart)** 及聰明 **(brilliant)**。你的女兒主修哪一個科目？我記得自由派藝術 **(Liberal Arts)** 及科學學科 **(Science subjects)** 是十分出名的。

　　major 解作「重要、主要」；**minor**即解作為「次要或少數」，例如：少數族裔我們會稱作為 **'minority group'**。在這裏，**'Major'**解作主修科目及 **'Minor'** 輔修科目。

Sandy: **True. Not to forget its Business and Marketing too. My daughter will enter the Humanities Department.** 對。不要忘記 (Not to forget) 學校的商務 (Business) 及市場推廣學 (Marketing) ; 我的女兒將進入人文科學學系 (Humanities Department). **She showed a lot of interest in these areas when she was a little girl.** 當還是小女孩的時候，她已經對那方面十分感興趣。

David: **That's wonderful. All the best to her study.** 這太好了，祝願她一切順利。**So, how is Josh (Sandy's younger son) doing? Is he at elementary school?** Josh 他如何？是否在小學嗎？(在英國，就讀elementary school (類似我們的小學) 的兒童介乎 5 至13歲)

Sandy: **No! Josh's 15 already. He's in secondary three now.** 不是，Josh他已經15歲了；他現在在中學三年級。**I am sure you must be talking about Jack (Sandy's youngest son). He is 8 years old and now at elementary level 3.** 我肯定你提起的應該是Jack。他現在八歲，就讀小學三年級。

David: **My bad! I remember you have a huge family and lots of relatives.** 是我不好！我記得你有一個大家庭及很多親戚。

Sandy: **True! I have lots of nephews** (姪), **nieces** (姪女) **and cousins** (表兄弟 / 堂兄弟) **but I don't recognize all of them. We don't see them often other than Chinese New Year and Christmas.** 對啊，我有很多姪、姪女及堂表兄弟，但我未能全部認識 (recognize) ; 除了新年及聖誕節外我們很少見面。

recognize 可以解作「認識或認可」，例句: **His supervisor recognizes his contribution to this project** 他的主管認可他對這個項目 (project) 的貢獻 (contribution)。

David: **That's wonderful. I have a small but tight-knit** (字面上這個字解作紡織得

很緊密) **family**. 我們有一個很小但感情好 **(tight-knit)** 的家庭。

相關連親戚的英語詞彙:

Spouse 伴侶 / **nephews** 姪仔 / **nieces** 姪女 / **aunts** 阿姨 / **uncles** 叔叔 / **relatives** 親戚 / **cousin** 表兄弟/堂兄弟 / **siblings** 兄弟姊妹 / **twins** 孖仔/孖女 **fiancé** 未婚夫 / **widow** 寡婦 / **widower** 鰥夫 (太太離世的男士)

Single 單身 / **married** 已婚 / **engaged** 訂婚 / **divorced** 離婚

兩個父親討論子女及最近活動安排

Dicky: **Hey Eric! I haven't see you around. How are you doing? Going to pick up Joe today?** 最近很少見你，一切安好嗎？準備前往接**Joe**？

Eric: **Yes! Joe needs to attend a basketball match today and I'm going to drive him to the Davidson Memorial Stadium. We have to arrive there by 5 o'clock. Joe**他今天要出席籃球比賽，而我正準備駕車送他前往大衛臣紀念體育館 **(Stadium)**。我們要五時到達。**So how's your twins doing? Do they like the new school.** 你的孖女怎麼樣？他們喜歡新學校嗎？

Dicky: **They are great and get along so well with their friends** 他們很好，與朋友相處 **(get along)** 很好。**They love this new school a lot and get each other's back.** 他們十分喜歡這所新學校，而且更互相照應對方，**Recently they join the football club too!** 最近他們也參加了足球會！

Get along with 本身有「相處融洽」的意思，而在另外一些情況則表達事情處理「適應 、應付」等意思。例如：**She worries about Joe and wonder how is he getting along with the new environment.** 她擔心**Joe**及不知道他能否適應新的環境 **(environment)**。而 **'get someone's back** 有「互相照應」的意思；例

如：**I've got your back. Just go!** 我會照應你，去吧！

Eric: **That's lovely. I'd asked Joe to join the Football Club but he's not interested.** 這太好了，我有詢問Joe但他沒有興趣參加足球會。 **Anyway Joe and I will volunteer for the coming school music festival on the 7th September. Are you coming?** Joe與我會義務 (volunteer) 性質參加於9月7號的學校音樂節。**Joe**，你會來嗎？

Dicky: **Yes. I will join the school orchestra!** 我會參加學校的管弦樂！

Eric: **Really? What musical instrument are you playing?** 那你會演奏哪一種音樂樂器？

Dicky: **I play cello** 大提琴. **I am a celloist** 大提琴手. **How about you and Joe?**

Eric: **He plays violin** 小提琴 **and me? I am the security guard** 保安員 **of the event!** 我會是節目的保安員。

Dicky: **By looking at your built** 身形 **I am not surprised! Ha!** 就這樣看你的身形我絕對不驚訝！

Build 這動詞本身形容為「建築、建造」。大廈叫 **'building'**。而在這裏，**'built'** 可以解作「身形較健美」或「體態優良」的外型。

一般我們形容很久不見，除了上述 **'long time no see'** 之外，我們可以說 **'I haven't see you around'**。但當我們要形容一般很少與他見面 ，我們便說 **I don't see him often.** 假若在閑談過後希望不久將來再聚一聚時，我們會說 **'let's hang out'** 或 **'Let's catch up sometimes later.'** **'Catch'** 本身這個字解作「抓着、捉」；但是在這裏與 **'up'** 一同使用便有「出來相聚」的意思。

英國酒吧文化

英國的飲酒文化很有長久的歷史。人們會於放工或任何喜慶及社交聚會中在酒吧裏暢飲。Pub 這個名稱源自 Public House (Public 解作「公共」)；一般的酒吧設有兩個專區，其中一個會較為寧靜。而一些較大型的社區酒吧裏，更設有兒童專屬區域，餐廳會提供餐飲或非酒精類飲品給小朋友，讓家人開心渡過週末。朋友將輪流請客 (buy "rounds" of drink)，你一轉然後我一轉輕鬆享受聚會。

原則上，任何英國擁有酒牌的酒吧都可以二十四小時運作；但當地大部份的營業時間介乎上午11點至晚上11點。在一個繁忙的酒吧，大家不要預期人們會排隊落單；酒保 (bartender 或 bar staff) 只會協助那些他們憑觀察確定為已經久等的客人。

不容置疑，一個繁忙的酒吧 (尤其在足球聯賽時)，現場環境非常熱鬧及嘈吵，但相對也較互相尊重。例如，假若你不小心弄跌 (spill = 潑掉) 其他人的飲料時 (spill a drink；e.g. spill someone's drink by accident 意外地潑掉他人的飲品)，除了說聲「對不起」，你也有責任替他補買一杯作為賠償哦！

在英國，大部份的酒吧都專屬於某一指定的啤酒廠 (brewery) 而售賣不同種類的啤酒，包括來自 tap (開關供應龍頭) 或樽裝 (bottled) 啤酒。英國啤酒包括 Bitter (在這裏 bitter 本身這個字有苦的意思) 以及現時比較流行的 Lager (形容「冰凍提供的 (酒類飲品)」可稱為 'cold-served'； serve 本身解作「接待」/「服務」)。除了英國本地品牌 (local brand) 外，在酒吧內也可以點一些進口品牌 (imported brand) 如德國 (German)、法國 (France) 或比利時 (Belgium)。

在酒吧 – 替同事們落單叫酒精飲品

Owen: **This round's on me. What's everyone having?** 這一轉我請！大家想要麼？ **Pint or bottled beer?** 玻璃杯或樽裝酒？

William: **Two pints of lager** 兩玻璃杯裝拉格啤酒 (淡啤酒) **for Dicky and Jack, a**

pint of ale 麥芽酒 **for Jeff, two pint of bitter** 苦啤酒/愛爾蘭淡啤酒 (苦味的淡麥芽啤酒) **for Jason and Martin, and a cider** 蘋果酒 (英格蘭西南部的傳統飲料) **for Wendy ?**

A pint glass 是飲酒容器的一種，主要用作盛裝英國20個安士 (即568 ml) 的酒類飲品。如果感覺較大杯的話，可以選擇 'half pint'，即一半容量。至於喜愛烈酒例如威士忌(Whisky)、杜松子酒(Gin)的人士，當地人會統稱為 'mixer'。

Owen: **And what about you?** 你又如何？

William : **A Guinness. Thanks mate. Guinness.** 健力士，謝謝老友！(一些較相熟的朋友，他們互相稱呼 **'mate'** 或 **'pal'**。**'mate'** 這個字不單止在英國，在澳洲等地也十分常見。)

Owen: **Sure! May be I should order a jug of beer for everyone to share as well.** 也許等我點一壺 **(jug)** 啤酒等大家可以分享。(除了 **'jug'** 之外，當地人也會稱呼為 **'pitcher'**。)

Owen: **Cheers everyone! Thank you all for joining my promotion ceremony.** 多謝大家，多謝你們參與我的升遷 **(promotion)** 慶祝 **(ceremony)**！

William: **You're welcome. Speaking of which, I'm a little peckish. I'm going to order something to eat! Anyone want anything just let me know.** 不用客氣，話說回來 **(speaking of which)**，我也有少許餓 **(peckish)**。我準備點一些東西吃；有沒有人想要什麼請告訴我。

Peckish有「somewhat hungry 少許肚餓」的意思。情況有點像我們廣東話所說的「肚空空」相近。相對 hungry (肚餓) 及 starving (飢餓) 這些形容詞來說較為輕微。

Wendy: **We've already eaten.** 我們經已吃過了。 **I suggest you get a steak and ale pie. It's the signature dish here.** 我建議你點一個牛肉派 (**steak and ale pie**)，這些都是這裏的招牌菜 (**signature dish**)。

William: **Well. I guess I'll grab** (拿) **a sandwich instead** 我想我會選擇一個三文治. **Cheers. Now! Anyone fancy a game of pool?** 現在誰人有興趣打桌球？ (**fancy** 本身這個是解作「希望、有意欲做」。)

Pub Game

在英國當地有不同類型的酒吧遊戲方便朋友聚會及聯誼。當中較受歡迎的有 **Pool** （桌球；小型桌球枱及印有數目字的桌球；有別於大型的 **Snooker**）、桌上足球 (**table football**)、問答機器 (**quiz machine**) 及飛鏢遊戲 (**darts**)。

Fancy : 這個字本身有「喜歡、渴望」的意思。 例如，當其中一方詢問另一方對某一件事或活動是否有興趣參與時，可以這樣說： **"Would you fancy a cup of tea / Do you fancy a cuppa"** (這裏與 **"Would you like a cup of tea"** 意思一樣；「你想要一杯茶嗎？」) (**cuppa = a cup of tea**)

酒吧的小食文化

現在，大部份的酒吧也會售賣 "pub lunches" (酒吧午餐)，而當中較為出名的會是 Ploughman's Lunch。這個午餐包括薯角 (wedges)、一些醃製了的黃瓜 (pickle) 以及洋蔥 (onion)。其他一些常見的小食包括有海蜇 (scampi) 、炸薯條 (fries)、不同種類的肉派 (meat pie) 等等。以下是在當地餐廳餐牌常見的食品名稱或類別: -

Chicken 雞
Beacon 煙肉
Cheddar cheese (切達奶酪)

Sandwich 三文治
Omelettes (煎蛋捲)
BBQ Ribs 燒烤肋骨
Chips 薯條
Prawn 蝦
Steak and kidney (腎臟) **pudding**
Gammon (醃製而成的豬腿; 即我們常說的火腿肉'ham')
Lamb 羊肉
Burger 漢堡

酒吧其他常用語句

Do your pub provide / serve any pub grub? 你們酒吧有提供小食嗎？
'Grub' 本身解「幼蟲」，在這裏指「小食」

1. **We have mixed grill like steak and ale pie, gammon (US - ham).** 我們有燒烤類，例如牛肉派及火腿肉。

2. **In the meantime, all we have is beef burger only.** 這段時間，我們只有牛肉漢堡提供。

3. **Sure, would you like to try our ....** 當然！你會否有興趣試試我們的......

4. **We just have nothing but some peanuts and chips.** 我們只有花生及薯片。**See if that's fine with you.** 看看這是否可以。

5. **There's a menu on a blackboard.** 那邊的黑板有我們的餐單。 **Take a look and we will take your order when you're ready.** 看一看，當你準備好我們會跟你落單. **Our last order is 11:00pm.** 最後下單時間是晚上11點。

Where can I get the cutlery? 請問從哪裏我可以拿到餐具？
有別於在美國的 flatware 以及 silverware，在英國餐具一般被稱為 cutlery。

1. **You can get them from the sideboard at the dinning area.** 你可以從位處於 餐飲區的櫥櫃拿取餐具;
2. **We will bring them to you before your meal arrives.** 當你的用餐到達前我 們將帶給你;

Is service charge included in the bill? 請問服務附加費是否已包含在賬單裏嗎?
1. **Yes. There's a 8 percent service charge included in the bill.** 當中 8%的服 務費經已包括在內。
2. **No, but we have a tipping jar at the counter.** 沒有!我們有一個「貼士樽」 在櫃面。

在酒吧常聽見的英語術語

在英國,當朋友決定一晚內遊走數間酒吧的時候,我們會叫做 "pub crawl" (crawl – 本身的意思是指爬行)。情況由如我們廣東話所說的 "走場、走幾場",除 'pub crawl' 之外,一些人會稱為 'bar tour' 或 'bar-hopping'。

當我們在一兩杯後感覺醉意、腳步浮浮時,我們會用 'tipsy',例如:After a few shots, I feel a little tipsy! 酒過幾杯後,我感覺少許醉意。除了我們所認識的 醉酒 'drunk' 以外,pissed 也是一個較常用的字。例如; Leave she alone, she's pissed. (在美式英語當中,這個字有「憤怒」的意思)。當我們形容一個人嚴重醉 酒、醉醺醺以至邋遢程度時,我們會用 'mortal' 這一個字;例如:Do you know what happen to Josh yesterday at the pub? He's mortal!

在酒吧及宴會場合,當有人想抽煙時他會說 "Can I pinch a fag" 我可以抽煙 嗎?有別於我們所認識的 'cigarette',當地人術語會用 'fag' 這一個字代替。而假 若當事人沒有煙而希望向其他人索取時,他會說 "Can I bum a fag?"(當然我們不鼓 勵大家抽煙哦!)

有些時候,我們並不希望在每次落單時立即繳付。而為免麻煩,我們希望一次過在結尾時結算「找數」，因此我們可以這樣說：" Can I start a tab please "。Tab 就像一張清單記錄我們的飲品及其他小食。

一些宴請朋友的對話及常用語句

當我們邀請我們的賓客前往我們屋企參與派對及聚會

Hi! Welcome, please come in. 歡迎請進來。

I hope you will enjoy my party. Relax and make yourself at home. 我希望你享受派對，放鬆，當自己屋企好了。

Any traffic on the way here? 前來途中交通還可以嗎？ / Any problems finding the address? 尋找地址有沒有什麼難題？

Let me hang up your coat 讓我替你掛起這件外套 and allow me to introduce you to everyone. 容許我介紹你給所有人認識。

You came early! Please come in. 你早到了。請進來！

Thank you for the present, you're too kind. 多謝你的禮物，你實在太客氣了。

It's truly an honour to have you here. Everyone is waiting for you. 有你前來是我的榮幸。每一個人在等你呢。

The others should be here in a moment. 其他人將陸續前來。

Would you like to have something to drink? 你想飲什麼嗎？

當你的朋友或鄰居邀請你前往他們的屋企及派對

Thank you for inviting us. 多謝你邀請我們。

I'm so happy to participate in today's party. 我開心可以參與今天的派對。

Thank you for your invitation. 謝謝你的邀請。

Sorry I am late. 對不起我遲到了。

I have to go early; there's something I need to do. 我要提早離開；我有一些事情要處理。

This party is marvelous. Thanks again for inviting us. 這個派對非常精彩，再一次謝謝你邀請我們。

Am I the last one to arrive? 我是否最後一個到達？

當派對完結時我們會講「再見」；除此之外我們可以在說什麼？

I have got to get going. 我差不多要離開了。

I'd better get moving. 我要動身了。

It's getting late. I have to leave now. 夜了，我現在要準備離開。

I'll be off now. 我要離開了。

Thanks for inviting me. I have a lot of fun.... 多謝你邀請我，我有很多樂趣...

I really enjoy the party. 我真的享受派對。 **Thank you for your wonderful arrangement.** 多謝你精彩的安排。

I'll stop by later. See ya! 我之後再前來。再見!

I'll catch you later. 遲些見。

I'll be seeing you around. 之後再見。

Say hi to your family for me 請替我給你的家人問候。

Send your family my regards. 代我送給你的家人我的問候。

Send me a message when you get home 當你到達家裏時請發一個訊息給我。

What an amazing night! 真是一個精彩的晚上。

Thank you for your dinner. 謝謝你的晚餐。

Your kind hospitality really made me feel at home. 你的熱情款待讓我賓至如歸。

作為東道主，除了「再見」你可以對你的賓客這樣說....

You're always welcome to come over. 歡迎你再前來。

Thank you for coming from such a long ways away. 謝謝你從這麼遠前來。

Please join us again next time. 請下一次再參加我們。

Let me walk you out. 讓我陪伴你出門口。

I'm really happy to have you here today. 我非常高興今天有你在這裏。

Do you need me to call a Uber for you? 需不需要我給你召一架Uber？

How will you get back home? 你如何回家？

Please drop by next time when you're free. 如果你下次有空，歡迎你再前來。

Would you like to get a ride with him? 你可以載在他一程嗎？

Can you help me drive him home? 你可以幫我載他回家嗎？

電話英語會話及禮儀

本課主旨

　　本課我們將繼續講解英語電話會話，情景為透過網上購物、查詢訂單、安排物流的查詢及回覆。

情景概覽：

1.Leave a message/ voicemail 留口訊

2.Place an order on the telephone 用電話下單

3.Arrange a delivery 安排送貨

4.Contact customer services 與顧客服務部聯絡

5.Solve billing problems with utility companies與公營機構討論賬單問題

6.Make medical appointment 電話預約醫生複診

Phone Etiquettes電話禮儀

R: Receptionist 前台服務員　C: Caller 來電者

R: **Janson Wine Importers. Good morning, how can I help you?** 這裏是Janson葡萄酒進口商。有甚麼可以幫到你？

C: **May I speak to Mr. Wong, please?** 我可否與王先生對話？

R: **Who's calling, please?** 請問是誰找他？

C: **This is Kwan from ABYE Vineyards Ltd.** 這是ABYE 葡萄園的Kwan。

R: **Sorry, I can't quite catch your name.** 不好意思，我不太聽到你的名字。

C: **Charles Kwan, that's C-H-A-R-L-E-S K-W-A-N.** 是 Charles Kwan，串法是 C-H-A-R-L-E-S K-W-A-N。

接線生未必能掌握來電者的英語名稱串法，我們可以主動串出姓名避免誤會。

R: **Thank you. And where are you calling from?** 謝謝你，請問從哪裏打來的？

C: **I'm calling from the London branch.** 我從倫敦分公司致電你們的。

R: **Ok Kwan. I'll try and put you through, just a second.** 我嘗試幫你接駁，等我一下。

One minute later… 一分鐘後⋯⋯

R: **I'm sorry, the line's busy. Would you like to hold?** 對不起，線路繁忙。你願意在這裏等候（他接聽）嗎？

C: **Oh, that's a shame. This concerns an upcoming order and it's rather urgent.** 這有關一個將近 (upcoming) 的下單而且比較 (rather) 緊急。

R: **He should be free in half an hour. Would you like to call back later?** 佢半個鐘應該有空。你會想遲一些再致電過來嗎？

C: **I'm afraid I'll be in a meeting. Can I leave a message?** 我怕會在會議中。我可以留個口訊嗎？

R: **Certainly.** 當然可以。

C: **Could you tell Mr Wong that his order delivery will be delayed due to shipment issues? The 200 cases should arrive next Monday. Please be sure to give him my sincere apologies.** 你可以告訴王先生他的訂單送貨將因運送問題 (shipment issues) 延期 (delayed)。那200箱將於下個星期一到達。請記住代我向他真誠地道歉 (sincere apologies)。

R: **Got it! Anything else?** 收到！還有其他訊息嗎？

C: **Yes, could you ask him to call me back when that shipment arrives?** 你可以告訴他貨物到達後回覆我電話？

R: **Not a problem. Could you leave me your contact number please?** 沒有問題。你可以給我留低你的電話號碼嗎？

C: **Yes, it's 503-589-9087.** 可以，電話號碼是 503-589-9087。

R: **That's 503-589-9087, is that correct?** 是503-589-9087，對嗎？

C: **Yes, that's right. Thanks for your help. Goodbye!** 對呀！多謝你的幫忙。再見！

重溫在處理電話查詢的常見語句

1.**May I speak to…/ May I have a word with…** 我可以和……對話嗎？

2.**Catch a person's name** 聽懂某個人的名字。

3.**May I know who's calling please?** 我可否知道是誰來電？

4.**May I know who am I speaking to?** 我可否知道我是與誰對話？

5.**He's busy/ engaged/ occupied** 他正在忙碌。(因而未能回答有關電話) "**Engaged**" 除了解作忙碌之外，還可以是已訂婚的意思哦！

6.**He is not available at the moment.** 他現在並沒有空。

7.**Would you like to call back later? / Would you like him to return your call?** 你希望他之後致電你嗎？

8.**Do you need me to pass him a message? / Would you like me to take a message?** 你需要我替你傳話嗎？

9.**He is on another line/ call.** 他正在接聽另一個電話。"Line" 在這裏的意思是廣東話俗稱的「在另一條線」。

10.**To hold the line** 等候接聽電話/ 電話接駁

11.**Please hold./ Don't hang up.** 請不要掛斷電話。

12.**Please wait. / One moment, please.** 請等一等。

13.**Do you want to leave a message?** 你會否想留一個訊息嗎？

14.**Could you leave a message / your contact number?** 可以留下訊息/ 電話號

碼嗎？

15. **May I have your number please?** 可以給我你的聯絡電話嗎？

其他詞彙

1. **To be free/ available** 有時間

   例如：I will be free to talk/ discuss after I complete the work at hand. 當我完成手頭上的工作時，我有空跟你談談。

2. **Urgent** 緊急

   Urgent matter 一些需要立即處理的事情

3. **Order / shipment** 訂單/貨品運輸

4. **To postpone** 延期

5. **To be delayed** 延遲 (這裏的意思有"不能在指定時間內完成"。)

6. **Let me put you through.** 讓我轉駁你的電話。

7. **To call someone back / return someone's call** 回覆某人電話。

8. **Can I call you back in a sec?** 我可否轉頭致電你？

   "Sec" 是 "second" 一秒的簡稱，但並不是真的指一秒，而是解作「一陣」。

其他情況

1. **My mobile's about to run out of battery.** 我電話很快將會 (about) 沒有電了。

2. **I have bad reception right now.** 我現在的訊號接收 (reception) 非常差。

3. **I am busy right now.** 我現在忙碌。

4. **I'm in a meeting.** 我現在在會議當中。

5. **He's off today.** 他今天放假。

6. **He just popped out to (a place) and will be back shortly.** 他只是去了某個地方，很快便會回來。**Pop out** 是廣東話口語的「行開一陣」，去的地方並不遙遠。

你知道嗎？

英國某些地方你會聽見本地人用 "on the dog" 表示「正在通電話」。而且除了直白地說 "I will give you a call" 告訴你「我會致電你」外，還有以下有趣的表達方式：

1. **I will give you a buzz.**
2. **I will give you tinkle later.**
3. **I will give you a bell.**
4. **I will ring you soon.**

在電話落單訂購貨品

C: Client 客人   S: Sales Representative 銷售員

C: **Hello, I'd like to place an order of your stationery bundles for my office.**
我想為辦公室落單訂購 (**place an order**) 你們的文具套裝。

   • Stationery 是指文具，而 stationary 是形容靜止的事物，只差一個字母但意思相差很遠。

S: **Certainly. How many would you like?** 你有興趣購買多少件？

C: **Quite a few. Do you have any available stocks in the warehouse?** 都不少的。 請問你們貨倉有存貨 (**stocks**)[1] 嗎？

[1] "Stocks" 除了可以解作「存貨」，還有「股票」的意思。股票市場的英文是 "stock market" – "live-stock" 更是解「家禽」！

S: **Since the lockdown, we always keep a large supply in stock for our clients. We have some available at our retail stores so it shouldn't be a problem.** 自從封區之後，我們已經為我們的顧客保留大量存貨 (**retail store**) 都，不是

C: **Well then. I'd like to take 40 units[2] by the end of next month. Could I get a rough estimation of the amount before I place an order? Are there**

any discounts if I order more? 那麼，我想在下個月前要40套。我落單之前可有一個粗略估算 (**rough estimation**) 的價錢嗎？如果我購買多一些有沒有折扣？

2 "Unit" 字面解作「單位」，單位是甚麼隨情況而定。在這個情景中，我們在談論文具套裝，因此單位是「套」。另一個例子：I'd like 10 units of potato chips – 這裏的單位便是「包」。

S: **Certainly. There will be discounts if you purchase 50 units or above.** 當然，如果你購買50個或以上將會有折扣。

C: **That's great. I'll take 60 then! I believe our garage is big enough for the stock.** 太好了，那麼我要60個吧！我相信我們的車房 (**garage**) 可以容納到存貨的。話說回來，我想問你的送貨會是送上門 (**door-to-door**) 的嗎？

S: **Yes. Delivery date depends on your location provided to us. We usually deliver within 7 business days. You may see the tracking information/ delivery status along the way.** 送貨日期將視乎你提供的位置 (**location**) 而定。我們通常於七個工作天內送達。你可以再送貨路途中一直看到貨件追蹤資訊 (**tracking information**) / 送貨狀態 (**delivery status**)。

C: **Great! Thank you for your help.** 太好了，謝謝你的幫忙。

S: **My pleasure. We will send you our email confirmation regarding your order.** 我們會發送一個關於 (**regarding**) 你的訂單的電郵確認 (**email confirmation**)。

C: **Yes, that would be great! My email is a_lee@abcde.com.** 很好！我的電郵是 a_lee@abcde.com。

How do we pronounce these punctuation marks in English?? 這些符號英文字該怎麼讀??

A = Capital "a"	"A_B" = underscore		"A-B" = hyphen (發音讀: "hi-粉")
David's bag 's = Apostrophe	; = semicolon	: = colon	, = comma

(xxx) = open bracket close bracket	! = exclamation mark	? = question mark
. = dot	# = hashtag	

Try and read the following :
嘗試讀出以下英語電郵地址及網域地址

1.Josie-Leung@gmail.com

2.ABC_company.hk@yahoo.com

3."I understand this!" said John

4.www. Abc-company.com.hk

5.www.abc-company.net

6.#love, #friends

與傢俬搬運營業代表在電話安排送貨

C: Client 客人　S: Sales Representative 銷售員

S: **Hi! May I speak to Mr.[3] Chan please?** 請問陳先生在嗎？

3. 相信大家對Mr. 稱呼為先生不會陌生，但在女士的稱呼上，可分作以下三類型 太太Mrs.、單身及年齡少於30歲的女士Miss，以及沒有規限的統稱 Ms.。

C: **Speaking!** 我是！

S: **We are calling from ABC Furniture. We would like to schedule a delivery to your home address in Kensington. Are you available this coming Saturday afternoon?** 我們是**ABC Furniture** 打來的，我們想安排送貨前往你**Kensington**的住宅地址。請問你今個星期六下午方便嗎？

C: **Sorry. I am not available this Saturday? How about Monday afternoon? I prefer some time around 3 o'clock!** 不好意思，我星期六沒有時間。星期一下午呢？我大約三點會比較方便！

S: **That's fine with us. We will confirm with you on Monday morning. Also, our records show that your location is on the third floor. Is there any lift that can access to your unit?** 這個時間我們可以。我們會於星期一早上再和你確認。還有，我們的紀錄顯示你的住所在3樓，請問有沒有電梯可以到達 **(access)** 你的住所單位？

C: **Sorry, there isn't.** 不好意思，沒有。

S: **I see. According to our company policy, there will be surcharge to your delivery. In your case, the amount will be 25 pounds.** 明白，根據 **(according to)** 我們的公司政策，我們將會就送貨向你收取附加費 **(surcharge)**。而在你的情況 **(in your case)**，價錢將會是25英鎊。

C: **Sure. I'm fine with that. Thanks!** 這個我可以接受。謝謝你！

與網上顧客服務部聯絡

C: Client 客人　S: Customer Service Officer 客戶服務專員

C: **Hi! I had made a purchase of a red-coloured jacket and a pair of jeans⁴ from your online store last Friday. I have just received the parcel delivery from your store.** 你好！我上星期五從你們的網上商店購買了一件紅色外套及一條牛仔褲。我剛剛收到了包裹。

4. 褲子 (pants)、牛仔褲 (jeans) 和眼鏡 (glasses) 前均需加上量詞一對 "a pair of"，因為褲子有一對褲管，而眼鏡有一對鏡片。

S: **What seems to be the problem?** 請問有甚麼問題？

C: **The pair of jeans I had ordered was size 34 but the one I received was size 41. It's not the one I'd ordered. Also, I can't find my jacket inside the parcel!** 我下單的牛仔褲是34碼，但我接收到的卻是41碼。這不是我所要的。而且我在你的包裹 (parcel) 中看不見我訂購的外套！

S: **We apologize for the mistakes. Can you return the jeans to us and we will deliver to you the right one together with the jacket. We will pay for the postal fee and you don't need to pay a dime⁵** 我們為此道歉。你可以寄回有關牛仔褲給我們嗎？我們會將連同外套及正確尺碼的牛仔褲寄給你。我們會支付有關郵費而你不需要支付任何費用。

5. 1 dime 相等於北美的 1毫。"Don't need to pay a dime" 不需要支付任何金錢。

C: **Okay, then.** 這個可以。

因未能使用信用卡成功購物向網上職員查詢

C: Client 客人　S: Customer Service Officer 客戶服務專員

C: **Hello, my name is Sophia. I'd ordered a few items on your website. I** checked today and the order's still on pending. May I know what'd happened? The order was made on the 13th September. My order number is 4z13-1a23. 你好，我的名稱是 Sophia。我在你們網上網站訂購 (ordered) 了數件貨品。我今天檢查的時候發現訂單的情況仍然在「等待處理中」(pending)。我想知道發生甚麼事情。訂單是於9月13號下的。我的訂單號碼是 4z13-1a23。

S: **Hi. Thank you, Madam. Let me pull up your information and have a look........well, our record shows that the pending status is a result of declined credit card. The system cannot verify the owner of the Mastercard.** 謝謝你。讓我找出 (pull up) 你的資料及看一看......我們的記錄顯示等待中這個狀態是因為 (is a result of) 你的信用卡被拒收 (declined credit card) 產生的。資料顯示系統未能驗證 (verify) Mastercard 的持有人 (owner) 身份。

C: **That's impossible. I'd used the same Mastercard the day before, and the day after on other online purchases. There weren't any problems at all. Can you check with your IT department and see what's causing the problem. I'm a little bit worried about it.** 這沒有可能的 (impossible)，我於前一日及之後一日使用同一張 Mastercard 而沒有任何問題。你可否跟你們的資訊科技部門聯絡及看一看是什麼原因導致這個情況。我有點擔心 (a little bit worried)。

S: **Sure, Sophia! May I suggest you login and cancel the order? Let's see if that works for you. In the meantime[6], our IT technician will take a look at your case and reply to you shortly.** 當然可以！我可否提議你先嘗試登入然後取消訂單。同時，我們的資訊科技部同事將會看一看你的情況，之後再回覆你。

---

6. 除了 "in the meantime" 之外，還可以 "for the time being" 及 "meanwhile" 表達「同時」的意思。

C: **Okay. Maybe I'll wait for your colleague's follow-up email before I** cancel the order. Thank you for your help! 好，或許在我取消訂單之前再等一下你同事跟進的電郵，謝謝你的幫忙！

S: You're welcome! Is there anything else I could do for you today? 不用客氣！現階段有沒有其它事我可以幫助你？

C: No. I'm fine for now. I look forward to your reply. Bye here. 沒有，現在一切很好了。我期待你們的回覆，再見。

與大廈管理代表對話

R: Resident 住客　C: Concierge/ Building Caretaker 大廈保安員

R: Hi! I am resident on the 15th floor and I am calling to talk about the hygiene of the public area, in particularly the lobby. 我是15樓的住客，我想提出一些有關公共環境的衛生 (hygiene) 問題，尤其是大堂 (lobby)。

Also, I would like to talk about our lift. It has been out of order since last Monday. When will it be fixed? 我亦想談談升降機的問題。它從上星期一開始已經壞掉 (out of order)，請問何時才可以修理好 (fixed)？

C: Thank you, sir. We have received a couple of complaints regarding the hygiene of the lobby. We'd called up our cleaning contractor to get it fixed as soon as possible. 謝謝你，先生。關於 (regarding) 大堂的衛生情況，我們也接收到數個 (a couple of) 投訴 (complaints)。我們已經聯絡了我們的合約清潔公司 (cleaning contractor) 盡快 (as soon as possible) 解決問題。

R: Great. What about the lift then? 太好了，那麼升降機？

C: Currently, we are working closely with the manufacturer. They promise the issue will be fixed by early next week. We apologise for the inconvenience

we caused you and your family. 現階段 **(Currently)**，我們將與電梯製造商 **(manufacturer)** 緊密聯絡。他們承諾問題將會在下個星期初 **(early next week)** 解決。我們為你及你家人造成的不便 **(inconvenience)** 致歉 **(apologise)**。

R: **That's fine. Thank you.** 太好了！謝謝你！

不同單位及人士的英文稱呼

1.**Contractor** 承辦商
2.**Manufacturer** 製造商
3.**Supplier** 供應商
4.**Retailer** 零售商
5.**Maintenance department** 維修部
6.**Customer service department** 顧客服務部
7.**Logistics/ Delivery service department** 運輸部

與電力公司職員對話

英國的電力供應 (electricity supply) 由不同公司營運、生產 (generation)、傳輸 (transmission)、批發 (wholesales)及零售 (retail suppliers)。與香港不同的是：電費單會繳付給零售供應商。由於英國有很多不同類型的零售電力供應商，價錢亦相對較競爭大 (competitive)[7]。這種安排及營運方式在煤氣方面亦都相類似。

一些在英國常見的供應商包括：Avro Energy, So Energy, Octopus Energy, Goto Energy, E.ON, EDF, ESB Energy。

[7] "Competitive price" 「競爭大的價格」意思是不同商家因競爭而參考對家的價格及優惠，理論上價錢會因此而降低。相反 "competitive salary" 「競爭激烈的薪金」就是形容為爭取人才而產生的高工資。

C: Client 客人　S: Customer Service Officer 客戶服務專員

S: **Hello, ABC Energy, how may I help you today?** 你好，這裏是 ABC 電力公司。今日我如何可以幫助你？

C: **I'm calling concerning my electricity bill.** 我致電希望查詢有關我的電費單問題。

S: **May I have your account number?** 我可以索取你的戶口號碼嗎？

C: **Certainly, it's 4718593.** 可以，戶口號碼是 4718593。

S: **Thank you, it's Mr. Smith, isn't it? What may I help you with?** 謝謝你，這是 Smith 先生，對嗎？我可以如何協助你們？

C: **I suspect I've been overcharged for the past two months.** 我懷疑 (suspect) 我過去兩個月被錯誤地過量收費 (overcharged) 了。

S: **I'm sorry to hear that. Why do you think you have been overcharged?** 聽到這個消息我感到十分抱歉。為何你會覺得是被多收了錢？

C: **The bill is three times higher than last month.** 電費單對比上個月貴了三倍。

S: **Well, let me ask you a few questions and we'll see what we can do. How much do you usually pay for your electricity?** 好，讓我先問你數個問題，然後再看看該如何幫你。你通常繳交多少電費？

C: **I usually pay about 50 quid a month.** 我通常一個月繳交50鎊。

S: **Thank you. And how much did we charge on the latest bill?** 謝謝你，最近一次我們計了你多少錢？

C: **150 pounds. I can't understand why.** 150 英鎊。我不明白為什麼這樣。

S: **Was your usage different in any way?** 你在電力使用與平常有什麼不同嗎？

C: **No!** 沒有！

S: **I'm sorry. There seems to be a mistake. I'll assign a service representa-**

tive and check your meter. **We'll do our best to help and rectify this as quickly as possible.** 很對不起，那似是出錯了。我將會委派 (assign) 服務代表檢查你的咪錶 (meter)。我們將盡我們最大努力幫忙及盡快糾正 (rectify) 問題。

C: **Thank you for your help in clearing this up.** 謝謝你可以解決這個問題。

S: **Of course. Anything you would like me to do for you today?** 應該的。有沒有其他東西你希望我今天可以幫到你？

C: **No, thank you. That would be all.** 沒有，謝謝。沒有更多了。

S: **Okay. Thanks for calling! Have a nice day!** 謝謝你的來電！祝你有一個愉快的一天！

就以上範例，我們可以觀察到查詢、投訴或要求相關部門作出處理問題時會按以下五步曲進行：

1. 提供個人資料 (personal information)、參考編號 (reference code/ ID number) 或其他住址資料以確認來電身份

   例子：

   - **I would like to report an incident about…** 我想匯報一件事情 (incident)……
   - **I am calling concerning… My first[8] name is…and my last name is…** 我就有關……致電你們。我的名字是……而我的姓氏是……
   - **My reference code is… and I would like to make a complaint[9] about…** 我的參考編號是……而我想就……作出投訴 (make a complaint)。

8. 要留意英國人的名字是以父母取的名字為先，姓氏在後。"Last name"的字面意思是「最後一個名字」，因此是指姓氏；"first name" 和 "given name" 就是指姓氏以外的其他部分。

9. "Complain" 是動詞；"complaint" 是名詞，英文文法上有些許差異的。

2. 說出甚麼問題 (What)、發生地點 (Where)、時間 (When)、你如何受影響(How)。
   大家可根據正常日子的使用情況作出對比。

   例子：

   • **I have been waiting for the parcel for more than a month. I need to know the current status of the delivery.** 我已經等待包裹超過一個月了。我需要知道有關速遞現時狀況 **(current status)**。

   • **I need to file a complaint concerning a reply which I had received on the 3rd of June…** 我需要就6月3日 所接收到的回覆作出投訴 **(file a complaint)**。

   • **The machine stops working from time to time. Can you help me?** 這件機器不定時 **(from time to time)** 停止運作。你可以協助我嗎？

3. 說出有關情況所引伸的其他問題。

   例子：

   • **I need to collect the parcel by the end of this week, or (else)…** 我有需要在這個週末前拿取包裹，否則 **(or/ or else)** 的話……

   • **The reply was intruding, rude and not helpful.** 那個回覆有侵略性 **(intruding)**、粗魯 **(rude)** 及沒有幫助 **(not helpful)**。

   • **I cannot perform any task if the machine is not functioning.** 如果機器未能正常運作 **(functioning)**，我不能履行任何工作。

4. 根據實際情況，要求如何作出糾正 **(rectify)**、改善 **(improve)**、跟進 **(follow-up)** 及處理問題的方法 **(solutions)** 等。

   例子：

   • **I look forward to your reply. May I know…?** 我期待你的回覆，我可以知道……嗎？

- **I would like it fixed by the end of this month.** 我希望在今個月尾之前可以處理/修理好。
- **Will you arrange someone to come and help me?** 你可以安排有關人員前來協助嗎?
- **Can you (help me) make suitable arrangement about…?** 就有關情況, 你可以協助我妥善安排嗎?
- **What would you suggest that we should do…..** 你可以提議我們該如何做才好?

5.與公司或有關單位安排日期、時間處理問題。

例子:
- **The date and time are fine with me.** 日期時間沒有問題。
- **I would suggest the 20th of this month.** 我建議今個月的二十日。
- **I am not available tomorrow. How about next Tuesday afternoon?** 我明天沒有空,下星期二下午可以嗎?

與診所接待員對話

P: Patient 病人　R: Receptionist 診所前台職員

R: **Good morning, this is Doctor Beckham's office. How may I help you?** 早晨,這裏 Beckham 醫生辦公室,我可以如何協助你?

P: **Hello, I'd like to make an appointment to see Dr. Beckham, please.** 你好,我想預約 (appointment) Beckham醫生。

R: **Have you seen Doctor Beckham before?** 你之前有沒有見過醫生?

P: **Yes, I have. I had a routine body check-up with him last year.** 我上一年有一個例行身體檢查 (routine body check)。

R: **That's great. Your name, please?** 很好，你的名字是甚麼？

P: **David Yuen. Y-U-E-N.** 我的名字是 David Yuen，串法是 Y-U-E-N。

R: **Thank you, Mr. Yuen, let me pull up your file. Okay, I have your information with me now. What's the reason for making an appointment?** 讓我找抽出你的檔案……好了，我有你的資料。你今次約見的原因是甚麼呢？

P: **I haven't been feeling very well lately.** 我最近覺得不妥當。

R: **Do you need urgent care? Did you get your COVID-19 vaccination?** 你需要緊急醫療服務嗎？有沒有注射新冠肺炎疫苗？

P: **I had my second jab/dose last month and I do not need urgent medical attention。** 我上個月已經完成第二劑 (jab/ dose) 注射。我並不需要緊急醫療援助。

R: **No problem, how about next Monday? There's a time slot available at 10 in the morning.** 沒有問題，下個星期一如何？我們早上10:00時段有空。

P: **I have work at 10. How about after 3?** 我害怕不行了，我10:00要工作，3:00之後可以嗎？

R: **Let me see. Not on Monday, but we have a three o'clock opening next Wednesday. Are you able to make it at that time?** 星期一沒有了，但下個星期三則可以。你到時候可以前來 (make it) 嗎？

P: **Yes, next Wednesday at 3 would be great.** 可以，下星期三3:00很好！

R: **All right, I'll pencil you in[10] for three o'clock next Wednesday.** 太好！讓我記錄你下星期三下午3:00的時間。

10 "pencil" 本身解作「鉛筆」，但在是描述「記錄」這個動作的意思。

P: **Thank you for your help! Goodbye!** 謝謝你的幫助！再見！

When we need help / asking for favour 當我們需要別人幫忙

1.**Can you give me a hand?** 你可以幫我一下嗎？
2.**Can you help me?** 你可以幫我？
3.**Who can help me?** 誰人可以幫我？
4.**I need help!** 我需要幫忙！
5.**I would appreciate it if you could give me a hand.** 如果你可以幫我一下我將
   十分感激 **(appreciate)**。
6.**You are the only one who could help me.** 你是唯一一個可以幫到我。

When we wish to help others 當我們想幫助別人的時候

1.**May I help you?** 我可以幫你嗎？
2.**I am willing to help.** 我樂意幫你。
3.**How may I help you?** 我如何可以幫你？
4.**Anything I can do for you?** 我有甚麼可以為你做嗎？
5.**I will do my best to help.** 我會盡力幫忙。
6.**Please let me know if you need anything.** 如果你需要任何事，請告訴我。
7.**Please tell me what you need.** 請告訴我你需要什麼。
8.**I think I can help.** 我想我可以幫忙。

Chapter 3

處理申請

求職面試英語

本課堂主旨

　　求職面試是一門具挑戰性的對話。面試官與求職人士之間的對話包含着不同類型的資訊。面試官除了會詢問求職者的學歷、經驗、工作態度及專業資格作基本要求外，還會考慮求職者的個人表現、態度、臨場反應及積極參與程度等不同個人特質，再決定會否聘請相關人士在其公司工作。

　　另一方面，求職者也可透過發問了解公司文化、人手調配、福利以至個人升遷及前途從而決定會否選擇在該公司發展。因此大家可想像當面試以英語進行時，我們因語言及文化差異，壓力會倍增。大家需要問自己能否在面試中表現自如，展示相關經驗、資格，同時間獲取所需要的資訊。

　　無可置疑，求職面試在移民英國對話實戰中是非常重要的一個環節。在開始之前，先讓我們先了解有關面試對話中所包含的範圍及元素。

一般面試四大準備範疇：

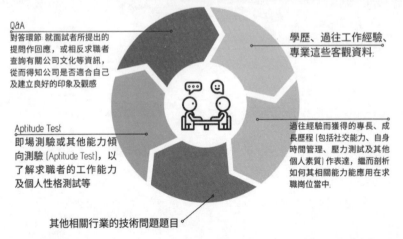

Q&A
對答環節. 就面試者所提出的提問作回應，或相反求職者查詢有關公司文化等資訊，從而得知公司是否適合自己及建立良好的印象及觀感

學歷、過往工作經驗、專業這些客觀資料.

Aptitude Test
即場測驗或其他能力傾向測驗〔Aptitude Test〕，以了解求職者的工作能力及個人性格測試等

過往經驗而獲得的專長、成長歷程〔包括社交能力、自身時間管理、壓力測試及其他個人素質〕作表達，繼而剖析如何其相關能力能應用在求職崗位當中.

其他相關行業的技術問題題目.

1. **個人學歷 (academic)、工作經驗 (work experience)、專業資格 (professional qualifications) 等客觀資料 (objective information)。**

   在這題目之中,我們需要就過往的工作性質 (job nature)、職位頭銜 (job title) 及責任 (job duty) 清晰地列舉出來。在某些行業,我們也需要認識專業名詞的叫法。在以下章節我們將提供一些例子參考給大家參考。

2. **分享從過往相關經驗 (relevant experience) 獲得的專長、個人成長 (personal growth) 包括社交能力、自身時間管理、處理壓力的能力及其他個人素質,繼而剖析其相關能力如何應用在求職崗位當中。**

   很多時候在東方人的社會,我們會相對內斂,因此大家可參考之前「介紹自己」的章節,以不同的形容詞及例句表達自己對工作的熱誠或負責任的態度。

例如:

- Can complete tasks within given time frame/ able to meet deadlines 可於指定時間內完成任務
- Can work under pressure 能承受工作壓力
- Recognised by colleagues 受同事認同
- Praised by supervisors 獲上司嘉許
- Received annual employee's awards 獲得年度員工獎

   請緊記,面試的要告訴別人你的價值 (value)、潛能 (potential) 及可以如何貢獻 (contribute to) 公司,而非單單你所擁有的經驗、學術成果或純粹你個人的事業發展期望 (expectation)。

3. **對答環節:回應面試官的提問,或求職者查詢有關公司文化等資訊,從而得知公司是否適合自己及建立良好的印象及觀感。**

我們將搜羅不同類型見工時經常發問的問題，在以下章節裏列舉出來。讓讀者參考一些範例，因應個人工作性質等選擇合適的問題及答案。

4. 其他行業相關 (industry-specific) 的技術問題

由於技術範疇眾多，我們未能一一列舉出來。讀者們可留意自己工種的專業認證資格 (certified qualification)、專業會籍 (membership of professional association)、或文憑證書 (diploma certificate)。例如讀者們有興趣兼職貨車司機，需要了解當地有甚麼法例要求、執照認可、保險等事宜。讀者們應在事先準備妥當，以免在查詢時因不了解當地行業運作、工會/學會或專業組織要求而導致尷尬場面！

5. 即場測驗或能力傾向測驗 (Aptitude Test)，以了解求職者的工作能力及個人性格。

本地及外國大型公司，近年已紛紛採用不同類型的能力傾向測驗 (Aptitude Test)。考驗範疇包括考驗求職者推理及數理能力、突發事件應變及和客人的對答技巧等。競爭劇烈的崗位上，由於每一位求職者的學歷及相關經驗都已經相當出眾，Aptitude Test提供一個很好的關卡讓公司選擇最優秀的員工。而近年，一些大型機構更與不同獵頭/招聘公司合作，以A.I.分析履歷及求職信中的關鍵字作為篩選條件之一。A.I.的全寫是 "Applicant Tracking System"，簡稱 ATS，大家有興趣可以多做研究！返回正題，Aptitude Test，簡稱 "apt test"，是指以不同的題目考驗求職者的注意力 (attention)、觀察力 (observation)、認知能力 (cognitive)、記憶力 (memory)、判斷或批判能力 (decision making / critical thinking) 或其他抽象思維能力 (abstract thinking)。根據不同的面試崗位，公司以不同的小題目考驗求職者的演繹及文字理解能力，邏輯 (logic) 及其他數據或圖表分析 (data sufficiency/ chart analysis)。在一些需要與人交流的工作崗位時，題目將考驗求職者的表達能力及溝通技巧 (communication skills)，還會考驗求職者的情商指數 (Emotional Intelligence/ Emotional Intelligence Quotient)，簡稱 EQ。

這單元將幫助大家了解求職面試需要預備的事情。在準備面對面或視像會議 (video conference) 中能清晰 (clear) 及準確 (accurate) 地表達個人經驗、工作態度及其他相關資料。在不久的將來，我們將設計更多獨立課題深入討論有關求職面試 / 商業社會中經常需要面對的英語會話及寫作技巧。

現時一些英國熱門的求職網站包括：
Indeed / reed.co.uk / totaljobs.com / Monster.co.uk / Jobrapido

開始之前，讓我們先了解一些面試當中需留意的事項：

1. 在場人士稱呼
Interviewer 面試評估你的人

Hiring manager/ human resources manager 人事部主管

Candidate 職位候選人

Interviewee 接受面試的人

Job applicant/ job seeker 求職者

2. 了解自己過往的經驗及相關技能
無論你是尋找兼職超級市場售貨員、速遞員、工人，還是辦公室文職，首要條件包括準備完整的個人資訊以便對方查閱及詢問。試想想以下問題，你會如何作答？

- **What was your job back in Hong Kong?** 你在香港的工作是什麼？
- **What was your position / the title of your job?** 你的工作崗位 (position) 是甚麼？
- **What was your job about? What were your duties and daily responsibilities?** 你的工作關於甚麼？你的職責及日常職務是甚麼？

- **Are you looking for full-time, part-time or casual work?** 你在尋找全職、兼職或散工[1]？

  1. "casual work" 又可以稱為 "irregular work", "freelance", "zero hours", "as required" 這些字眼，而與兼職最大的分別在於工作時間、責任及相關福利等等。

3. 思考清楚上述問題後，下一步我們將要考慮......

- **How to prepare for the interview?** 如何預備你的面試？(prepare – 預備/準備)
- **How do you present yourself?** 你該如何表現自己？
- **How do you show that you are capable for the job?** 你該如何展示你有能力勝任 (capable) 這份工作？
- **What should you expect the employer to ask you?** 你預計僱主將會詢問你甚麼問題？

4. 你將會詢問僱主的問題......

第一輪面試時可以盡量先了解公司的發展方向、職位的詳情，以及公司文化。薪金及福利可留待最後一輪面試，公司對你有一定好感時才詢問面試官，令自己的談判籌碼比較多。

- 公司發展方向 **Company's developmental strategies**
- 時薪 **(pay per hour / hourly wage)**、工資 **(pay rate/ compensation)** [2]、月薪 **(monthly salary)**、年薪 **(annual salary/ salary per annum)**、佣金**(commission)**[3]、最低薪金**(minimum wages)**
- 福利 **(welfare)**、優惠 **(benefit)**、員工折扣 **(staff discount)**、獎金 **(bonus)**、年假 **(annual vacation)**
- 病假 **(sick leave)**、退休儲蓄 **(retirement saver)**、免費人壽保險 **(free life assurance)**[4]

• 交通津貼 **(travel allowance)**

2. "Compensation" 多數解作賠償，但也可以解作「工資」，試把工資當作是你工作的時間及精神賠償。

3. 佣金和獎金最大的分別在於佣金是根據個人與公司制定，依照一個工作進度或業績比率的額外薪酬。一些公司會稱為 "sales compensation"。獎金則視乎其他工作表現，例如出席率或其他公司準則於定時發放。這兩類型的獎勵均可統稱為 "incentive"。

4. 大家需要留意，在英國 "insurance" 和 "assurance" 兩者是有分別的。"Life insurance" 保障當事人一段指定時間 (for a specific term)，而 "life assurance" 則是保障整個人生。

5. 面試絕對不可以犯的錯誤

• 未能以英語正確讀出公司名稱、面試官的英文姓名及其工作崗位。

• 對工作崗位未有充分了解——面試前一定要熟讀求職廣告的資訊。

• 面試官「問一句，你只答一句」。回答問題時切勿欠缺詳細說明(elaborate)，應主動講解原因、提供相關理據及個人看法。不同的求職研究指出，面試官要求的並不是100%正確的答案，相反是希望觀察其個人反應、語言能力表達、文字理解及個人邏輯思維這些非學術元素。

• 沒有準備問題詢問面試官。

• 以 "I don't know" 作回應。不知道答案的時候可以誠實說自己未有相關經驗，及盡你所能提供一個合理的猜測。

• 沒有關掉電話或其他響鬧裝置。

• 遲到。

在廣告或分類宣傳常見的英語詞彙

Job description 相關職業 / **Scope of duty** 工作職責範圍 / **Job nature** 工作性質 / **Working hours** 工作時間/ **Number of working hours per week** 一星期的工作時數 / **Over-time work** 超時工作 / **Outdoor duty** 戶外工作/ **On-duty** 當值/ **Probation period** 試用期

尋找工作詞彙

Hired 獲得錄用 / **Promoted** 升職 / **Resign** 辭職/ **Lay-off** 遣散 / **Furloughed** 裁員/ **Prepare a CV**[5]準備履歷 / **Respond to a job advertisement** 回覆求職廣廣告 / **Go to an interview** 參加面試 / **Talk about skills and qualifications** 說明技能及專業資格 / **Share experience** 分享經驗 / **Land a job** 獲得工作

5. "CV" 全寫為 "Curriculum Vitae"，與 "resume" 兩字基本上是相通的。前者在英國較常用，後者則在北美比較普遍。

見工當日

　　當你進入辦公室時，除基本問候外，很多時面試官會以輕鬆的開場白跟你聊天說笑。在西方社會，這些破冰式 (ice-breaking) 的對話非常常見。因此，如果接見你的人詢問以下問題時千萬不要驚訝，只要禮貌回應一些正面的答案即可以了。

閒話家常 (small talk) 的例子：

1. **How are you today?** 你今天如何？

2. **Did you have any trouble finding us?** 你今日到這裏有沒有遇到甚麼困難？

3. **Isn't this weather great?** 真是一個很好的天氣，對嗎？

4. **Have you ever been a customer of our company?** 你試過做我們公司的客戶嗎？

5. **Why did you pursue this career?** 你為何選擇這個行業/ 職業？

6. **Why did you choose your field of study?** 你為甚麼決定選擇這門學科？

7. **Can I call you Jack?** 我可以叫你 Jack嗎？

8. **Black or white?** 要齋啡或是加了奶的咖啡？

第一部份：自我介紹 – 基本個人資料、興趣、在香港的工作背景及
　　　　　　職業銜頭

　　在一般情況下，面試官會主動建議求職者先自我介紹。因此，我們會簡單分享過往的工作背景、相關經驗及工作歷練。在這一部份我們不會大篇幅談論自己工作表現、態度。以下是一個參考：My name is XXX. I was born and raised in (1)＿＿ . After I graduated from (2) ＿＿＿ , I worked in the (3)＿＿ industry for (4)＿＿years for different companies including, (5.1)＿＿,(5.2) ＿＿and(5.3)＿＿ . My position in(5.1)＿＿is (6.1)＿＿and I was responsible for(7.1)＿＿. After that I went to(5.2)＿＿, my job title was(6.2)＿＿ and my responsibility was (7.2)＿＿.

註解：

1. 你的出生地

　　例如：**I was born and raised in Hong Kong.** 我在香港出生及成長。

2. 你的教育水平

　　例子一：**I completed high school 5 years ago.** 我五年前完成了中學。

　　例子二：**I graduated from ABC University and obtained a bachelor degree in social science.** 我從 ABC 大學畢業，獲得了社會科學學位。

3. 你在香港的工作類型

4. 做相關行業的年資

　　例如：**I have worked in the retail industry for three years.** 我從事零售業三年了。

5. (5.1)、 (5.2) 及 (5.3) 均是你曾經服務過的公司名稱。如果你擔心僱主不了解這些公司，不妨以一兩句簡介這些公司的業務及架構。如果你的工作經驗超過三

個或以上,你可以考慮以下不同的敘述方式:

- 只敘述過往最近二至三間公司,或
- 敘述你入行的第一間及最後工作的公司,或
- 敘述一些影響深遠、對你事業發展影響最大的公司

6. 工作崗位

7. 職責

例如:**My position in ABC Company was a mechanic and I was responsible for the product maintenance services.** 敘述超過一項工作經驗時,你可以重覆使用 (5) – (7) 這種架構陳述工作經驗。

參考例子一:

I was born and raised in Hong Kong. After I completed high school in 1996, I worked in the retail industry for 25 years for different companies including, ABC Company Limited, XYZ Holding International and HGI Group. My position in ABC Company Limited was a junior salesmen and I was responsible for reaching out to potential clients for the company. After that I went to XYZ Holding International, my job title was Sales & Marketing Manager and my responsibility include leading different sales teams and I was promoted to Global Team Head Manager in 2006. After that I worked in HGI Group as General Manager. I was responsible for…

我在香港出生及長大。我在1996年完成我的高中教育後從事了服務及零售行業約25年。當中的公司包括 ABC Company Limited、XYZ Holding International 以及HGI Group。在ABC公司我是一名初級銷售員,我的職責包括協助公司發掘更多潛在顧客。之後,我前往XYZ公司,我的工作是銷售及市場經理。我的職責包括帶領不同銷售團隊。而在 2006 我被晉升為環球總經理。之後我前往HGI Group工作。職銜是總經理。我的職責包括……

形容工作性質及升遷的主要句式：

1. **I was responsible for...**我負責做……
2. **My job duty included...** 我的職責包括……
3. **My role was to...** 我的角色是做……
4. **I was assigned to...**我被委派……
5. **I was asked to...** 我被要求……
6. **I was promoted to...** 我被晉升為……
7. **I was invited to take up...** 我被邀請負責做…

討論過以上工作相關經驗、崗位及負責項目後，你可以以這些句式簡單總結：

1. **Me and my family arrived in Britain _____ ago.** 我和我的家庭 _____ 之前到達英國。
2. **I am seeking for any job opportunities in your company.** 我正尋覓任何在你們公司的工作機會 (job opportunities)。
3. **I am opened to any position available in your company.** 我會考慮你公司的任何職位。
4. **I hope my previous experience in the field will enable me to excel[6] at this role.** 我希望我過往在行內的經驗會令我勝任這份工作。

6. "Excel" 這個字與Microsoft Excel 名字上的一模一樣，在這裏解作「勝任」，其他情況可以解作「擅長」。例子：He excels at working under pressure. 他擅長於高壓力的情況下工作。

參考例子二：

Hi, my name is Joey. I was born and raised in Hong Kong. After I completed my high school education, I worked for 5 years in the telecommunications industry in various companies including ABC and DEF companies. My job position was an IT Technician and was responsible for handling customer enquiries. Other than daily customer support, I also took up other projects in business development. I need to work under pressure and besides, I have to complete each milestone within the limited time frame.

We arrived in Britain two months ago. I enjoy playing football with my colleagues in my free time and learning new languages. I love hiking and enjoy any outdoor activities with my friends and family[7].

我在香港出生及長大。完成中學以後，我從事通訊行業工作五年。當中包括兩間公司：ABC & DEF 公司。我是一名通訊科技技術員，職責負責處理客戶查詢。除了日常客戶支援外，我亦負責公司業務發展項目。我的工作充滿壓力，需要在很有限的時間範圍內 (limited time frame) 完成每一個里程碑 (milestone)。

我們兩個月前到達英國。我享受與我的同事在空閒時間踢足球及學習新的語言。我喜歡遠足及與家人及朋友享受不同的戶外活動。

7. 如你未有太多工作經驗或相關資歷時，為免介紹的內容較短或沉悶，這時你可多說有關你的個人興趣/嗜好 – 尤其是行業相關的研究及進修，從而表現你積極、進取及願意學習新事物的態度。有些時候這些活動可稱呼為 "pastime"，(pastime 解作一些嗜好及活動可以讓你渡過空閒時間; 即我們常說的「消遣活動」)。

What's your favourite pastime? 你喜歡的消遣活動是甚麼？

1. **I enjoy playing tennis in my free time and learning new languages.** 我喜歡於空閒時候打網球及學習新的語言。
2. **I enjoy watching TV/ reading.** 我享受觀看電視/閱讀。
3. **I like learning new things.** 我喜歡學習新事物。

如果你在港的工作崗位沒有英語名稱......
你可參考本地求職網站，準備一個能反映你工作的職銜寫在你的履歷表及於面試時使用。會面時你可以這樣說：

My job does not have an English title. But considering its job nature, I would say it's the closest to what you would call _____ here in the UK.
我的工作崗位沒有一個正式的英語銜頭 **(English title)**。但我會覺得工作性質 **(job nature)** 最接近 **(the closest)** 英國的 _____。

你可以考慮以下銜頭：
Assistant 助理 / **Clerk** 文員 / **Officer** 官 / **Supervisor** 主任 / **Manager** 經理 / **Trainer** 培訓導師 / **Executive** 行政人員 / **Director** 董事

工作種類例子：
Handyman 維修或工程人員 / **Retail salesman** 零售銷售員 / **Technician** 技術人員 / **Mechanic** 汽車維修員 / **Office Assistant** 辦公室助理 / **IT Support Officer** 電腦支援員 / **Operation Supervisor** 營運主任/ **Account Manager** 帳目經理/ **Manicurist** 美甲師 / **Human Resource Trainer** 人力資源培訓導師 / **Sales Executive** 銷售行政人員 / **Housewife** 家庭主婦 / **Self-employed** 自僱人士 / **Business Owner** 公司僱主

你知道嗎？

1. 我們可以用 "desk jockey" 形容一些需要長期在辦公室工作的人，"jockey" 本身可以解作「騎師」或 「操作員」。
   例如：I don't want to be a desk jockey reading documents every day. I need to quit this job. 我不想成為每天閱讀文件的 "desk jockey"，我要辭去這份工作。
2. 我們會使用 "skive" 這個動詞形容為了一些私人原因而缺席工作及上學的人。
   例如：David skived off work again just to meet up with his new girlfriend. 為了要見他的新女朋友，David 又沒有上班了。

3. 在以上自我介紹例子中，我們已見過 "After I complete high school…" Complete代表「完成」，但這個字與 "accomplish"、"finish" 以及 "achieve" 有甚麼分別呢，在甚麼時候該使用哪一個字呢？"Accomplish" 與 "complete" 都包含「完成」的意思在內，用於完成一些所委派的任務、工作等等。但 "accomplish" 更有「成功地完成一件好事」這個意思。"Finish" 只簡單地說「已經完了」、「完結」。因此在外國有這樣的一個笑話："When you marry the right woman, you are complete; if you marry the wrong woman, you are finished. (如果你娶了對的女人，你的人生便完滿了；如果你娶了錯的女人，你的人生便完結了。)

最後，大家也許會見過 "achieve"。這個字與 "accomplish" 均有「成功地完成一件好事」的意思，但 "achieve" 很多時候會用於目標及成就，例如描述完成學術上的研究或學位，或創造新業績等。因此我們會說 "accomplish a task" 而不會說 "achieve a task"。

其他面試中經常出現的問題及其參考答覆:

1. Can you tell me your responsibilities / job duties at your last job?
可以告訴我你上一份工作所負責的範圍嗎？

- I was responsible for… 我當時負責……
- Taking telephone calls and providing assistance to my manager. 接聽來電及協助經理處理日常事務。
- Provide maintenance services to our customers. 給我們的客戶提供維護服務。
- Supervising my team members to reach our monthly / yearly sales target. 帶領及監察團隊達致每月或每年的營業目標。
- Providing customer services. 提供顧客服務。
- Introduce company's products to our customers. 給客戶介紹公司的產品。

• Answering customer's enquiries. 解答顧客查詢。

2. What types of job are you seeking? 你在尋找甚麼類別的工作？

• I'm interested in entry level position. 我對入門的崗位較有興趣。
• I'm looking for a position in which I can make use of / utilise my experience.
  我尋找一些可以好好利用 (make use of/ utilise) 我以往經驗的工作。
• I welcome any position for which I qualify. 我歡迎任何我符合資格 (qualify) 的
  工作崗位。
• I'm open to any vacancies available. 我願意擔任任何工作崗位。
• I believe the position of _____ is what I am seeking right now. 我相信
  _____崗位是我正尋找的類別。

3. Are you interested in our part time or full time position?
   你對全職還是或兼職工作感興趣？

• I am more interested in a full-time position. 我對全職的工作崗位感興趣，但
  我也會考慮 (consider) 兼職工作。
• I prefer part time positions. 我比較喜歡兼職工作。
• I can work part time on day shifts or night-shifts. 我可以兼職於日更或夜更工作。

4. What is your strength? 你的強項是甚麼？

當完成有關 '個人介紹 及工作經驗分享' 的環節後，僱主將集中查詢有關你的專長、
強項、專業資格，了解你過往經驗如何能勝任這份工作。我們希望透過以下形容詞
及例子讓各位學員在見工的時能準確形容相關的專屬強項。要記住：使用正確的形
容詞形容自己只是起點，長遠必需了解自己的行事作風有甚麼比他人優勝之處，再
作出歸納。

形容詞：

- **Accurate** 精準的/準確的

  例子：I'm an accurate bookkeeper. 我是一個準確的簿記會計

- **Active** 活躍的

  例子： I'm active in different volunteer groups. 我活躍於不同的自願組織。

- **Broad-minded** 廣闊思維的

  例子：- I'm proud 自豪 of my broad-minded approach 取向 towards prob-lems. 我為對自己當面對困難持開放態度 (broad-minded approach) 的取向感到覺自豪。

- **Competent** 有能力的

  例子：With my qualifications, I'm competent for the job . 以我的專業資格，我有能力勝任工作。

- **creative** 有創意的

  例子：- I'm creative and had been involved in different marketing cam-paigns. 我很有創意，曾參與不同的市場推廣活動。

- **Determined** 有決心的

  例子：- I''m a determined problem solver. 我是一個有決心解決問題的人。

- **Efficient** 高效率

  例子： I always take the most efficient approach possible. 我將盡可能採取高效率的方式 (approach) 解決問題。向. (approach = 方向)

- **Experienced** 有經驗的

  例子：- I'm an experienced worker. 我是一個有經驗的工人。

- **Logical** 有邏輯性的

  例子：- I'm logical when it comes to strategic planning. 當處理有關工作需要策略性的計劃 (strategic planning)時，我會很有有邏輯地解決。

- **Loyal** 忠誠的

  例子：You'll find that I'm a loyal employee. 你會發現我是一個忠誠的員工。

- **Outgoing** 外向的

  例子：People say I'm an outgoing person. 人們常說我是一個外向的人。

- **Positive** 正面的

  例子：I take a positive approach towards problem-solving. 我會採取一個正面的方向解決問題。

- **Practical** 務實的/ 實際的

  例子：I always look for the most practical solution. 我會先採取一些較為實務務實的解決方案。

- **Reliable** 可靠的

  例子：You'll find that I'm a reliable team player. 你會發現我是一個可靠的隊員。

- **Resourceful** 資源的/ 足智多謀的 / 機智

  例子：When dealing with problems, you might be surprised by how resourceful I can be. 當處理問題時上，你會被我的足智多謀而所驚訝。

- **Disciplined** 自律的

  例子：I am a self disciplined person. I don't need close supervision to do my best at work. 我是一個自律的人。我不需要他人監督也會把事情做好。

- **Self-motivated** 有自發性的[8]

  例子：I am a self-motivated person, especially when it comes to conducting market research outside of work hours. 我是一個自發做事的人，尤其是在工時以外做市場調查。

8. "Motivate" 本身是一個動詞，解釋為「激勵」或「令人有動力」。而在這裏加上"self"及過去分詞 "motivated" 來形容「自發性的或及十分對一件事投入」的人。近義詞為 "proactive"，形容主動的人及充滿活力的自我營造。

- **Flexible** 彈性靈活的

  例子：I'm a flexible person who tries to accommodate to the needs and pacing of my teammates. 我是一個做事有彈性的人，會努力遷就隊友的需要及步伐。flexible 在這裏有靈活變通的意思，並非古板或一成不變。

- **Enthusiastic** 投入熱衷於

  例子：He's enthusiastic about his work. 他投入他的工作；enthusiastic 意思是有投入而且享受當中過程的成份。

- **Assertive** 堅定自信

  例子：(有自我肯定的意思；意思與 confident 接近) John speaks confidently. He is assertive when it comes to defending his clients' rights. John 說話充滿自信，他在維護客人權益時很堅定。

其他參考答案：

- I work hard and perform well under pressure. 我勤力工作 (work hard) 以及在壓力下 (under pressure) 表現良好 (perform well)。
- I can focus on the task and arrange my work schedule well. 我可以專注 (focus) 我的任務及好好地安排 (arrange) 我的工作時間表 (schedule)。
- I can meet deadlines as required. 我可因應要求在限期 (deadline) 前完成工作。
- I work well with colleagues and teammates. 我與公司同事 (colleagues) 及團隊成員 (teammate) 合作愉快。
- I am able to follow instructions from my supervisor. 我能夠遵從 (follow) 上司 (supervisor) 的指示 (instructions)。
- I am open-minded to ideas and suggestions. I listen carefully to other's opinion and advice. 我很開明 (open-minded)，會細心聆聽 (listen carefully) 其他人的觀點 (opinions) 及 提議 (advice)。

5. What is your weakness? 你的弱項是甚麼？

　　有別於強項，很多人對回答自身弱項時表現並不理想。其實作為求職者，自身弱項的認知主要來自自我觀察及體會。因此回答時，主要目標是要讓僱主認同求職者的自我檢討能力及對於自身不足的修補及改善方法。基本上，應對這類型提問時求職者應避重就輕，考慮一些不會過分影響觀感的回覆。例如，假設你的工作需要計算或數字分析時，你可以說說你的文字寫作如何未如理想而對你的工作有些少影響──當然前提是有關說法必須是真確的。你可以繼而分享你如何改進及克服這些情況，例如學習新的技能及參加某類型的進修課程。大家切記不要使用「公司同事認為我過分專注工作」這種模稜兩可、看似負面但實質是自誇的無意義回覆。

　　總括來說，僱主並非有意刁難求職者或要他們無地自容。回答這類型的問題是考驗求職者的臨場反應、自我監察及探索不同解決方法的能力。讓我們透過以下例子，參考該如何回答相關題目：

- I am an introvert who isn't the best at public speaking. Although the job here focusses on data analysis, I've signed up training program to improve my presentation skills so that I'll be able to present my findings to my clients and my superior effectively. 我是一個內向的人(introvert)，不是太擅長公共演說 (public speaking)。雖然工作主要針對數據分析 (data analysis)，但我已經申請加入訓練課程改善 (improve) 我的表達技巧 (presentation skill)，希望將來更有效地 (effectively) 向客戶及上司表達數據的分析結果。

- I am a conservative person and unwilling to take up risks. However, I am good at identifying problem and evaluate potential risk. 我是一個保守而不願意冒險的人。但是我能夠發現問題及分析潛在危機。

- My conversational English is average but I am a fast learner. Currently I'd enrolled to some Online English Program and wish my English language can be improved. 我的英語會話程度只是一般，但我學習能力很快。現在我已

報名參與一些網上英語課程，希望改善我的英語語言能力。

6. Why do you want to work with us? 你為何希望與我們工作 / 在我們的公司工作？

- Why do you want to work at ABC Company? 你為何想在ABC 公司工作？
- What makes you think you are qualified for this job? 有甚麼令你認為你可勝任這份工作？
- Why should I consider your application? 我為何要考慮你的申請？
- What makes you stand out from other potential candidates? 甚麼令你比其他潛在候選者更為優秀？

大家可這樣回答：

- I am convinced[9] that ABC Company is becoming one of the market leaders and I would like to be part of the team. 我相信 (convinced) ABC Company 將會是一個市場領導者 (market leaders)，因此我希望能成為其中一員。

  9. "Convince"亦可解作「信服」或「說服」。

- I am impressed by the quality of your products and services. I believe I can bring in my skillsets to make a significant impact to your company. 我很欣賞 (impressed) 你們的產品及服務。我相信我能將我的技能帶入這公司，發揮顯著的 (significant) 作用 (impact)。
- I am sure I will be a convincing salesman because I truly believe that your product is the best among the competitors. 我肯定我是一個有說服力的 (convincing) 銷售員，因為我真心相信你們的產品在眾多競爭者 (competitors) 中最優良的。
- I believe my previous skillset in Hong Kong can be applied to facilitate the

growth of your company. 我相信我可以好好發揮之前 (previous) 在香港的技能 (skillset)，促進 (facilitate) 公司發展。

- I believe my 12 years of work experience make me the best candidate for this opening, in particular, my experience in… 我相信過往12年的工作經驗能讓我成為這崗位的最佳候選人，尤其是 (in particular) 在_____方面的工作經驗……

- My exposure[9] in various areas allow me to become an all-rounded person. 我所接觸的不同層面 / 領域讓我成為一個面面俱圓的人。Exposure 本身解作「曝光」，但這裏則可以解作「接觸」。

- I have the relevant skills and experiences required for this position. I am confident I am the ideal candidate for the job. 我有這個崗位所需要的相關技能及經驗。我有信心我是這份工作的理想人選。

- With my background in ABC and DEF Company, I trust I have all that is required to excel in this position. 就我在 ABC and DEF 公司的背景，我相信我具備勝任崗位上所需的能力。

在以上例子，由於我們只是對僱主揀選求職者的條件作合理推測及估計，因此，大家不時見到我們用上「我相信」"I believe"、"I trust" 及「我有信心」"I am confident that" 這些字眼。

7. When can you start? 你可以何時開始工作？
- Immediately. 立即。
- As soon as you would like me to begin. 在你希望我開始時。
- I am available starting from next week. 下星期我已經可以。

模擬情境：僱主詢問求職人士的工作經驗

J: Job applicant 求職者   I: Interviewer 面試官

J: Good morning. It's a pleasure to meet you. 早晨。很高興見到你。

I: How do you do? Now, let's see. You've come to interview for the position of the shop manager, haven't you? 你好！你是來應徵我們店鋪經理的崗位嗎？

J: Yes. 是的。

I: Okay. Let's go over your resume. Could you begin by telling me something about yourself? 先讓我看一看你的履歷。你可以先於開始告訴我有關你自己嗎？

J: Certainly. I was born and raised in Hong Kong. After I completed my high school education, I worked for 12 years in the retail industry for a handful[10] of companies including Andy Company, Billy Warehouse and Candy Maintenance Service. My position at Candy Maintenance Service was Retail Chain Manager and I was responsible for all the branches' operation and supervisory work. I had been working there for almost 3 years. 當然可以，我在香港出生及長大。我完成高中後在零售行業工作12年，服務了數間公司，包括 Andy Company, Billy Warehouse 以及Candy Maintenance Service. 我在 Candy Maintenance Service的工作是連鎖經理。我的職責包括管理公司分行營運及監察工作。我在那裏工作已經接近3 年。

10. "a handful of"「幾個」的意思，數量並不多。

I: And what was your position at Billy Warehouse? 那你在 Billy Warehouse是做甚麼崗位的？

J: I was a local branch manager. 我是一個本地分行經理。

I: Well, I see you have done well there. Can you give me some more details about your responsibilities at Andy Company? 。你可以告訴我更多有關你在

Andy Company 的工作範圍及職責嗎？

J: Yes, over the past six months, I had been in charge of the in-house person-nel training for mainly our Internet customer service reps[11]. 在過往的六個月中，我掌管 (in charge of) 公司內部 (in-house) 的人事培訓 (personnel training)，主要對象為我們網上客戶服務的營業代表。

11. "Reps" 即是 "representatives"「代表」的簡稱。

I: Can you tell me a little bit more about the training? 你可以告訴我更多有關你負責的培訓事宜嗎？

J: We mainly focused on improving customer satisfaction through innova-tive e-commerce solutions, including providing real-time chat services for the visitors at our homepage. 我們主要針對如何提升 (improve) 顧客滿意程度 (customer satisfaction)，透過創新 (innovative) 的網上商務方案 (e-commerce solution) – 包括提供實時 (real-time) 對話服務 (chat service)，協助瀏覽我們網站的人士。

I: Interesting. Is there anything you think can be applied in here? 有趣，那麼你覺得有甚麼相關經驗可以在這間公司好好利用呢？(在於公司的立場，他們着緊於求職者有什麼可以貢獻 (contribute) 公司而非單單有興趣了解求職者的事業發展及「夢想」)

J: I think my experience in customer relations puts me in the unique posi-tion of understanding what works and what doesn't. For example...[12] 我覺得我在維繫顧客關係方面的經驗令我有獨特的眼界，知道甚麼是可行及不可行的。例如……

12. 作答時必需舉出事例啊！

I: Yes. What difficulties and challenges do you think you might run into? 你覺得

你會需要面對甚麼困難 (difficulties) 及挑戰 (challenges)？

　　這個部份答案將會取決於你現在工作及相關經驗而定。我們建議你可以討論一些較常遇見的情況，以便對方查詢你更多的經歷例子，以及你如何解決問題。

例如：

- Understand customers' needs and concerns. 了解顧客需要及疑慮。
- Work closely[13] with colleagues with different departments. 與不同部門的同事緊密合作。

  13. 除 "work closely" 以外，我們還可以用 "coordinate with" 及 "liaise with" 協調和聯繫這兩個字，例子如下：

- To liaise and coordinate with different departments in order to resolve the issue. 與不同部門聯繫 (liaise) 及協調 (coordinate) 以解決問題。
- Monitor the market trend closely. 緊貼 (monitor) 市場趨勢 (trend)。
- Complete tasks within given time frame. 需指定時間內完成工作。
- To work closely with the public sector and comply with the relevant regulations and policies. 與公營機構 (public sector) 合作，遵守 (comply with) 相關準則 (regulations) 及政策 (policies)。

店舖經理對於求職者的要求
情境：你現在前往當地雜貨店應徵，店舖經理向你講述工作性質及期望。

Well, let me run through with you the job duties and the responsibilities for this opening. The position requires you to report to our Store Manager on a daily basis. We expect our employees to deliver excellent customer services.
好，讓我跟你說一次這個空缺 (opening) 的工作職責 (job duty) 及責任 (responsi-

bility)。這份工作需要你每天向我們的店舖經理報告,我們亦期望員工能為顧客提供 (deliver) 優質的服務 (excellent services)。

On the other hand, he must be able to keep track of the product's expiry dates and make sure all products are loaded on shelves tidily. He must ensure our products are packed correctly and perform random checks from time to time.
另外,有關員工需要紀錄及監察 (keep track of) 貨品到期日 (expiry date) 及確保所有貨品能整齊地安放 (load) 好在貨架 (shelves) 上。他需要確保我們的產品能正確地包裝好及周不時作抽樣檢查 (random check)。

We have guidelines for our employees in order to maintain the standard of our customer service like complying with company policies and local regulations. We expect our employees to work closely with our teammates and communicate effectively with our colleagues. Do you have any questions?
我們有守則 (guidelines) 給我們的員工以保持 (maintain) 我們的顧客服務水平,例如遵守公司政策 (policies) 及本地法例 (local regulations) 的要求。我們期望 (expect) 我們的員工能與有關同事緊密合作及有效地 (effectively) 溝通 (communicate)。你有沒有甚麼問題?

網上即時通訊的面試英語會話

鑑於近年疫情及工作全球化,我們的面試程序已由傳統面對面轉為網上視像通話。除準備一般英語面試內容、影像及收音設備 (audio and video equipment) 外,由於身體語言受屏幕限制,我們更需要就網上對話所面對的局限及困難調整自己的回應。以下我們將根據網上面試所遇到的各種情況提出不同例句,當中不少句子也適用於網上會議或討論。

一般網上會議我們稱之為"online meeting" 或 "remote meeting"。"Remote" 有「遙距」、「遠程」的意思,例如「遠程登入」我們會稱之為 "remote access",而我們日常用到的遙控就是 "remote control"。

正式開始會議/面試之前

假設你已成功連線及在螢幕上看見面試官,你可以禮貌地確認面試是否正式開始。

1. **Are we all on?** 大家是否已到齊?

   "on" 你可以解釋為「在」,在網上平台有「在線」的意思。

2. **Can everybody hear me?** 大家是否聽到我(說話)?

   大家請留意,若這一句說話說成 "Can everyone listen to me?",那麼就有「請大家聽我說」,帶有指令的意味。"Hear" 主要用於「聽聲音」,但 "listen" 有聆聽當中內容及資訊的要求。

3. **My microphone is muted / unmuted.** 讓我確保我的咪高峰是關閉/ 開著。

   在現今的視像會話中,我們很少再用 "switched on"或 "switched off" 形容開關咪高峰,會用靜音 (muted) 或不靜音 (unmute) 兩個字代表。

4. **My camera is on or off.** 我的鏡頭開了/關了。

   有別於收音,鏡頭及其他電子設備的開關我們會沿用 "on" 和 "off" 這兩個字。大家要記住廣東話的開關直譯 "open" 和 "close" 只適用於空間。例如 "open the wine bottle" 就是開酒瓶,而開一間咖啡店是 "open a café"。

5. **Let's wait for a few minutes.** 讓我們等多數分鐘。

   作為面試的求職者,當然這一句由視像會議主持,即面試官公佈。

面試正式開始

以下一些語句不但適合傳統面對面的面試,更適合網上面試,請同學們務必熟讀!

你未能掌握問題要點,或未能聽清楚提問

1. **Would you mind repeat the sentence / question again?** 你會否介意為我重複句子 / 問題一次呢?

2. **I don't follow you.** 我不是太清楚 在這裏 follow 這個字解作「跟隨」,在這裏意思是「我未能跟隨你所說話內容...」,要求別人重複或解釋的意思。

3. **I'm sorry. I don't understand what you've just said. Did you mean...?** 不好意思,我不明白你剛才說的話。你是否指......

4. **Excuse me, may I ask...** 對不起,我想問......

5. **I don't get it. Would you explain that again?** 我不明白。你可否再一次解釋?

就某一個觀點,或關於你個人的資料有補充時你可以這樣說

1. **I would like to add something. / I have something to add.** 我想加入一些資料。

2. **Let me elaborate...** 讓我補充解釋一下......

3. **About my background / work experience, I would say I am...** 關於我的背景 (background) 或工作經驗 (work experience),我會說我是......

4. **May I interrupt? / Sorry to interrupt? / Mind if I cut in?** 我可否打斷你一下?"Interrupt" 和 "cut in" 均解作打斷。以上句子適用於禮貌地打斷別人,再補充自己的觀點。

5. **Let us take a closer look at point number 5 about my experience with ABC company.** 讓我們再仔細看一看第五點關於我在ABC公司的經驗。

6. **Allow me to explain how my experience can be applied to the job. Please refer to point number 2 on the PowerPoint slide here.** 容許我解釋我的經驗如何被應用 (applied) 在這份工作上。請看顯示熒光幕的PowerPoint第二點。

7. **On the shared screen, you can see...** 在這個我分享 (shared) 熒光幕上,你可以看見......

8. **In my next slide, I am going to explain more on...** 在我下一頁,我將講解

更多有關……

9. **Let me pull up some information for your reference, please wait a second...** 請讓我提供更多資料給你參考，請等一等……

當你預備分享你的畫面時

1. **I am going to share my screen, please give me a second.** 我現在分享我的畫面，請等一等。
2. **I am going to switch over to (an application / window).** 我現正轉去（某應用程式 / 視窗）。
3. **Let me share my screen with you.** 請讓我與你分享我的畫面。
4. **Let me pull up the PowerPoint presentations, please wait...** 讓我抽出 **PowerPoint** 演講，請等一等。

網絡連線發生問題

1. **The connection is bad today. Please allow me to repeat that again.** 今天的網絡連接欠佳，請容許我再重複一次。
2. **I suspect there is an issue with the connection. Can I log off and back on in a minute?** 我懷疑網絡連接發生問題，我可否先登出，過一會兒再回來？
3. **I guess there's a problem with the Wi-Fi connection on our end.** 我懷疑在我們那一方的Wi-Fi 接收有問題。
4. **The connection is poor. Shall we schedule another time?** 現時的網絡連接欠佳，我們應否計劃在第二個時間舉行？由於會議由面試官主持，所以若非情況特殊，我們建議大家避免提出改期的建議。
5. **I'm looking at the connection issue right now, please wait.** 我現正查看有關網絡接收問題，請等一等。
6. **Let me refresh the page and try again.** 讓我更新版面 **(refresh the page)** 再試一次。

7. **I am trying to sort out the problem here.** 我正嘗試找出問題所在。

8. **Sorry, I got cut off. I am all good now.** 對不起，我被中斷，我現在好了。

9. **The screen is blank / frozen.** 畫面空白 (blank) / 定格 (frozen) 了。

10. **There's a bit of echo on the line. Did you notice that on your end?** 有一點回音，你那邊察覺 (notice) 嗎？

11. **You're breaking up a little. Would you like to reconnect?** 你那邊有一點中斷，你會想試重新連接嗎？**"Break up"** 在形容音質時是廣東話俗稱的「斷下斷下」及「窒窒地」。

12. **Could you speak up a little bit?** 你可否大聲一點？

13. **Sorry I got kicked out from the chatroom.** 對不起，我從對話房間被踢出了。

常用網上會議詞彙

1. **Wrap up / recap / summarise** 總結

   例如：Let's wrap up. Person A will be responsible for... 讓我們總結，A君將會負責.......

2. **Hang up** 放下電話或離線的意思

3. **Hold on** 等候

   例如：I have another call, please hold on a second. 請等一下，我有其他人打過來。

4. **Agenda** 議程

   Our agenda today is whether we should promote Charles to become our senior partner. 今日我們的議程是應否把Charles 晉升 (promote) 成為我們的資深合作夥伴。

5. **Absent** 缺席

6. **Present** 出席

7. Audience 聽眾

與同事溝通

從同事 (co-workers or colleagues) 獲取 (acquire) 資訊

1. **Could you tell me...** 你可以告訴我......

2. **I wonder if you could tell me...** 我想如果你可以告訴我......

3. **I'd like to know...** 我想知道......

4. **Could you explain what you mean by this?** 你可以解釋你這個意思是甚麼嗎？

5. **We require the following information in more details...** 我們就有關資訊需要更多詳細細節......

當一些人給你資訊時

1. **Oh, I see.** 哦，我明白了。

2. **That's interesting. Thank you.** 這十分有趣，謝謝你。

3. **Thanks for letting me know.** 謝謝你讓我知道。

就有關資訊不充足時 (inadequate)

1. **I'd like some more information about...** 我想要更多的資訊關於......

2. **I'd also like to know...** 我都想知道......

3. **There is something else I'd like to know...** 有一些額外的東西我會想知道......

4. **Can you provide me some more details about...** 可以提供給我有關......的詳細資訊嗎？

當你準備給別人資訊時

1. **I'd like you to know …** 我想讓你知道……

2. **I think you should know that…** 我想你應該知道……

3. **Did you know…** 你知不知道……

婉轉拒絕 (refusal)

1. **I'm sorry, but that's impossible.** 對不起，我想這沒有可能了。

2. **We are sorry to say "No".** 我們非常抱歉要說 "No"。

3. **I'm afraid that is beyond acceptable.** 我恐怕這已經是我們可接受的 (acceptable) 的範圍以外 (beyond) 了。

4. **It is not our normal practice.** 這不是我們的正常操作。

5. **Sorry we can't meet your request.** 對不起，我們未能符合你的要求。

6. **We cannot accept your offers/prices.** 我們不能接受你的建議/價錢。

當你不想立即拒絕

1. **Please let me check with our Manager.** 請讓我與我們的經理在商討一下。

2. **Please hold on a second and let me get back to you later.** 請等一等，讓我轉頭回覆你在電話上： **Would you like to leave a number?** 你可以留下電話號碼嗎？

3. **I'm afraid I cannot give you an answer to your request now. Please allow me to get back to you.** 我恐怕我未能即時答覆到你的請求，請容許我轉頭回覆你。

在對話中提出意見時，我們可以使用以下詞組開首：

1. **We believe…** 我們相信……

2. **I would say…** 我會說……

3. **In my opinion…** 以我的意見……

4. **I think…** 我想……

5. **From our company's point of view…** 從我們公司的角度看……

6. **I am afraid I can't give you a definite answer yet.** 我恐怕現階段未能給你一個肯定的答案。

7. **We need to discuss with our team members before we can provide you our point of view…** 我們需要與我們的團隊 **(team members)** 討論再提供我們的意見。

8. **I don't think we can come to an agreement /consensus.** 我覺得我們很難會有一個共識 **(agreement / consensus)**。

9. **I believe we are not on the same page.** 我相信我們並不是在同一陣線 / 步伐。**"Same page"** 在這裏並不是解作同一頁，而是解作大家是否有同一個共識。

跟同事談談你下一個星期的計劃
Y: You 你　E: Your Co-worker Elizabeth 你的同事

Y: Hey Elizabeth, can you update my schedule next week? 你可以更新我下一個星期的計劃嗎？我想放一日假 (take a day off)。

E: Sure. Let me brief you now. 可以讓我給你敘述一下。

Monday
- 10:00 am - Visit new factory site with Mr. Fairview.
  與 Mr. Fairview 一同參觀新廠房。
- 3:00 pm – Interview candidate Lily Boyle for the new sales job.
  就有關新的銷售工作接見 Lily Boyle。

Tuesday
- 2:15 pm Call up Mr. Johnson and update him the progress of our project. 聯絡Mr. Johnson及更新他有關我們計劃的進度 (progress)。

- TBC (To be confirmed)– Afternoon high tea with the colleagues from the Human Resources Department. 稍後再確定 - 與人力資源部的同事下午茶。

Thursday
- 10:00 am – Appointment with Mr. Dickson.
  與 Mr. Dickson 約會。

Friday
- 1:00 pm – Lunch at AA Café with Mrs. Olsen.
  在AA咖啡室與Mrs. Olsen午餐
- 5:00 pm – Video conference with the suppliers in Hong Kong.
  與在香港的供應商視像會面

告訴Elizabeth 你會如何調動時間表，讓Elizabeth通知有關人士。

Cancel the 3:00 pm appointment with Lily Boyle on Monday 取消星期一下午3:00與Lily Boyle見面。

1. I would like to schedule another time with Lily. Elizabeth, can you inform Lily about the changes? 我想計劃另一個時間與 Lily約會。麻煩你通知 Lily 有關改期。
2. I would like to cancel the appointment with Lily. Please let her know accordingly. 我想取消與Lily的約會，請幫我通知她。

3.Elizabeth, can you arrange another time for me with Lily? I am not available on Monday. Elizabeth，麻煩你幫我安排第二個時間與Lily會面；我星期一未能有空。

Change your appointment with Lily to Tuesday afternoon 2:15 pm. 你希望將與Lily約會時間改至將星期二下午2:15 pm。
Can you check if I am available at 2:15 pm on Tuesday? I would like to rearrange the appointment with Lily to that time slot. 麻煩你幫我查一查我星期二下午2:15有空嗎？我想將與Lily 的約會改至那時段。

You want to confirm the time with the Human Resources Department to 4:40 pm. 你想確認 (confirm) 與人力資源部同事的會面時間為下午4:40 pm。
1. May I confirm the time for the tea gathering with the Human Resources Department. Is it 4:40 in the afternoon? 可否與人力資源部門確認下午茶聚會時間。是否4:40pm？
2. I would like to confirm the time with the Human Resources Department. 我想與人力資源部確認時間。

You want to change your Friday lunch meeting with Mrs. Olsen to some time next week. 你想更改禮拜五中午與Mrs. Olsen 的午餐約會至下一個星期
- I have other business to attend on Friday and would like to postpone the meeting with Mrs. Olsen. Can you inform Mrs. Olsen for me please? 星期五我有其他要事要處理，因此想推遲Mrs. Olsen的約會。你可以幫我通知Mrs. Olsen嗎？
- I am not available this Friday. Can you ask Mrs. Olsen and see when she will be free next week? 今個星期五我沒有空。你可以問一問 Mrs. Olsen 下星期何時有空？

註冊及申請的英語對答

本課程主旨:

在英國以至其他國家生活,我們日常需處理大量與公營機構 (市政府、醫療保健、水、電、煤氣)、政府機構 (申請特別房屋、車牌及其他證件證明) 或其他團體 (學校、會籍等) 的申請及報名查詢。除了一些提供基本個人資料及證明文件外,申請人士也需要清楚有關合約形式、計劃組合類別、時段及收費計算等其他條款資料,繼而因應個人情況進一步查詢當中更多細節。因此在本課,我們希望透過電話計劃網上申請,讓大家有一個簡單而實際的概念,了解提出問題時應具備的表達方法及根據別人所提供的資料時進一步查詢,從而令大家往後能輕鬆地使用公共服務。

本課程希望同學達致:

1. 因應個人情況作相應查詢。
2. 理解一般申請中經常需要衡量的元素:例如費用、繳費周期性、合約條款及其他細節。
3. 溫故知新,探討三個常用的英語單字的用法: Should / Could / Would

在門市店舖的英語會話

到埗英國的第一天,你需要與你的家人緊密聯繫,一起處理及安排不同的事項,所以你絕對需要「立即上網」——那麼我們應該如何尋找合適的流動電話計劃[1]呢?試想像你現在到達了一個網絡供應商門市,有關營業代表[2]上前歡迎你。

---

1. 一些常見的英國網絡供應商包括有:EE, Vodafone, O2, Three, GiffGaff, Sky mobile, Tesco Mobile, BT Mobile, Virgin Mobile, Talk Talk。

2. 店舖營業代表及銷售人員我們會叫作 salesman、sales representative 或 salesperson，大家不要以香港慣用的 "sales" 或 "sale 士" 稱呼他們。

S = 營業代表 (Sales Representative) C = 你/顧客 (Client/ Customer)

S: **How are you sir? How may I help you?** 你好嗎？我可以怎樣幫助你？

C: **I need a SIM card. Do you have any good deals?** 我需要一張 **SIM card**。你有沒有甚麼好的優惠推廣 **(good deals)**？

S: **Certainly! We have:** 當然! 我們有：**The prepaid SIM card / Pay-as-you-go plan.**

1. **Prepaid SIM card allows you to start using your phone with internet access as soon as you purchase the card. You need to top up your account month by month to continue using the services. It does not come with a contract so you are free to switch to another data packages as you wish.** 預繳費用的電話卡 **(prepaid SIM card)** 容許你在你購買卡後立即讓你連線上網。你需要逐個月 **(month by month)** 為你的戶口增值才可以繼續使用服務。你不會受合約 **(contract)** 限制，所以你可以隨心轉用其他數據套餐 **(data package)**。

2. **However, the rates are much more expensive than our monthly plans and there are overage charges if your usage reaches our bandwidth cap[3].** 可是，費用會比我們的月費計劃昂貴得多 **(much more expensive)**，而且你的網絡使用超過我們的頻寬限制 **(bandwidth cap)** 後，會有超額使用的收費 **(overage charges)**。

C: **What does bandwidth cap mean?** 頻寬限制是甚麼意思？

S: **It's the amount of data you are allowed to use each month.** 那個是指你每個月可使用數據量。

3. "Cap" 本身可以解作「蓋」或「帽子」，在上述句子卻有「限制」的意思。這個現象可以有兩個解說：試想像1.5GB數據是一個蓋子，你的用量自然不可以超過1.5GB；另外，"cap" 也可以當作是容量 "capacity" 的簡稱，與限制的意思相近。

C: **On the other hand, contract plan are designed for...** 另一邊 (**on the other hand**)，合約計劃是為以下人士而設......

1. **People who use their phones a lot, especially those who always go online, watch YouTube videos, do live streaming, or those who use Google Maps often to get around the city.** 合約計劃是為那些經常使用電話人士而設，尤其是那些需經常上網、觀看 YouTube 影片及進行網上直播的人，又或是經常使用 Google 地圖在城市裏遊走的人。

2. **It comes with a super data package which includes 20GB of data, 2000 minutes of local calling and unlimited texts to local numbers – all that just for 15 pounds per month! The amount is deducted from your bank account monthly by autopay. As a bonus, unused data will be rolled over to the next month.** 這個計劃包括一個超級數據套餐 (**data package**)，包括 20GB的數據，2000分鐘本地電話通話時間及無限制的 (**unlimited**) 本地電話號碼文字通訊 – 這麼多項目都只是15鎊一個月！這個金額 (**amount**) 會在每個月 (**monthly**) 透過自動轉帳 (**autopay**) 從銀行戶口扣除 (**deducted**)。還有一個額外好處 (**bonus**)：未使用的 (**unused**) 數據可滾存 (**rolled over**) 至下個月使用。

C: **How long does the contract last?** 合約維持 (**last**) 多久？

S: **This is a...** 這是一個......

1. **36-month fixed-term contract** 這是一個36個月的固定合約。

2. **60-day rolling contract. That means the contract will be automatically renewed once every 60 days until you cancel the service. The cancellation notice period is a minimum of one month.** 這是一個六十天的滾動合約 (**rolling contract**)，意思是合約將每六十天會自動延長 (**automatically renewed**) 一次，直至你可以取消服務為止。取消服務通知期 (**cancellation notice period**) 為一個月或之前。

C: **Do you have any plans with unlimited data? Also, am I allowed to share my internet connection via personal hotspot? My wife sometimes uses my data on the go.** 你們有沒有無限數據的計劃呢？另外想問我是否可以透過個人熱點 (personal hotspot) 共享 (share) 網絡？有時我的太太外出時 (on the go) 會用我的數據。

S: **We offer family plan that would probably suit your needs. One of them comes with 2 SIM cards and family members can share the same pool of data. Here's a leaflet and a brochure for a comprehensive comparison of our plans.** 我們提供的家庭計劃很可能切合你的需要 (suit your needs)。其中一個有兩張電話卡共用同一堆數據。這裏有一份單張 (leaflet) [4] 及一份小冊子 (brochure) 讓你全面地比較我們的計劃。

4. 雖則坊間沒有既定統一的說法，但我們可以概括認識不同類型宣傳單張的叫法：Leaflet、Handbill及Flyers通常是一些一頁紙的宣傳單張。Pamphlet 大約二至四頁，風琴式摺起或釘裝在一起。Brochures 比較多頁數，像書本一樣使用兩顆釘或以上釘裝在一起。

C: **I am not sure whether if my residential area has good internet coverage. How do I know if your company is the best among all internet service providers?** 我不確定我的住宅區 (residential area) 是否擁有良好的網絡覆蓋 (coverage)。我如何知道你的公司是否眾多網絡供應商 (internet service provider) 中最好的？

S: **You may go to www.ofcom.org.uk and input your residential address.** 你可以前往www.ofcom.org.uk及輸入你的居住地址。這樣你便可以知道那個網絡供應商是最好的了！

溫故知新：
在對比不同計劃、價錢或其他元素的時候，可以使用以下詞彙及例句。

1. **A is more expensive than B.** A比B較為昂貴。

   "than" 會放在形容詞後作為比較詞語。

2. **When I compare between A and B, B is better.** 當我比較A及B時候，B比較好。

3. **Plan C is the cheapest among Plan A, B and C.** 對比計劃A、B及C的時候，計劃C是最便宜的。

- 當比較兩個不同的選擇時，會用"between"；當出現三個或以上的選項時，就要轉用"among"。

  我們明白between、among、than這些對比詞彙後，我們會根據對比的程度使用相關形容詞。大部分一個至兩個音節的形容詞只要加上 "-er" / 或 "-est" 就可以了。例如：cheap便宜只有一個音節，cheaper就是比較便宜，而cheapest是最便宜。

- 一般來說，三個或以上音節則需要加上 "more" 或 "most"。例如：expensive昂貴有三個音節 (ex/pen/sive)，more expensive是比較昂貴，而most expensive是最昂貴。

- 也有形容詞完全不跟以上的文法規矩。例如：good 好，做比較時會變做 better 好些及the best 最好；而 bad 差則會變 worse 差些及 the worst 最差。

網絡供應申請中常見的英語詞彙

Data allowance 數據限額 / **Coverage** 覆蓋範圍 / **Recommend** 推薦

Option 選項 / **Unlimited** 無限 / **Automatically** 自動地 / **Hotspot** 熱點

Web browsing 瀏覽網站 / **Music and video streaming** 音樂及影片串流

Online games 網上遊戲 / **Social media applications** 社交應用程式

Download and update applications 下載及程式更新

合約常見英語詞彙

1. Fulfil/ honour a contract 遵守合約
2. Breach a contract 違反合約
3. Terminate a contract 終止合約。名詞是 termination。
4. Comply with the terms and conditions 遵守 (comply with) 條款及細則
5. Offer and accept 給予及接受
   例如：offer a special discount 給予特別優惠；accept the price 接受價錢
6. Negotiate the terms 商議條款
   另外 "bargain" 有相似的意思，但對比之下有「勝負以及有誰對誰錯的爭拗」
   含意，而非像 "negotiate" 尋求雙贏 "win-win" 的局面。
7. Postpone the date 延遲日期
8. Deadline 限期

無論是公營機構服務、網上訂閱 (online subscriptions) 或其他長期使用的服務，
收費都是以每月或每年收取的。以下是一些形容頻率的叫法：

每日	每星期	一星期兩次	每兩星期
• Once per day • Daily • On a daily basis	• Weekly	• Twice in a week	• Bi-weekly
每月	每兩個月	每三個月一次/ 每季一次	每年
• Monthly	• Bi-monthly	• Four times a year • Once every three • months • Quarterly • Seasonally	• Yearly • Annually • Per annum

除了以上與日、月或年相關的周期性表達之外，在英語會話中還有其他詞彙表達事情的頻率。

頻率或密度	詞彙	例句
100%	Always	• John always sends flowers to Susan. • John 時常給Mary 送贈鮮花。
85%	Usually	• I usually eat bananas after exercise. • 我運動過後經常吃香蕉。
75%	Frequently	• John frequently goes to the library. • John 時常前往圖書館。
60%	Often	• Carmen often misses the English Class. • Carmen 經常缺席英語課堂。
50%	Sometimes	• Sometimes we go out and eat. • 有些時候我們出外用膳。
40%	Occasionally/ Once in a while	• I see him occasionally at the café. • 我周不時在咖啡店看見他。

30%	Rarely	• Dave rarely listens to the radio. • Dave 並非經常聆聽收音機。
20%	Seldom	• He seldom goes to workout at the gym. • 他極少前往健身室健身。
10%	Hardly ever	• I hardly ever have time for television. • 我非常少有時間看電視。
0%	Never	• I never go out after midnight. • 我絕不會半夜出外。

我們可以在以下的朋友對話中看見以上詞語的運用。

A: **Long time no see![5] How are you lately?** 很久沒見！你最近過得好嗎？

5. "Long time no see" 是一個比較特別的語句，正正與我們廣東話常說的「好耐冇見」一樣。在外國人圈子，他們也會以這個方式互相問候對方。

B: **I have been very unlucky recently. Work has been really stressful.** 我最近非常不好運！工作令我感覺很大壓力 (stressful)。

A: **Oh no, what happened?** 發生甚麼事了？

B: **Well, I've just changed my job and I often need to work really late at night. Sometimes I even have to stay overnight at the office. I have never worked under so much pressure.** 我剛轉了工作而需要經常 (often)

工作至夜深。有些時候，我甚至乎要在辦公室過夜 (stay overnight)。我從未 (never) 試過有這麼大壓力 (pressure)之下工作。

A: **That's really cruel!** 這個太殘忍 (cruel) 了！

B: **Indeed! I used[6] to go swimming on every Saturday and once in a while I'd go hiking. Now I rarely have the time to meet up with my old colleagues.** 正是！我以前每星期六去游水，周不時我也會去行山。現在我絕少有時間與我的舊同事相聚。

6. Use 這個動詞解作「用、使用」。但在這裏加上 "-ed to"「以前」，再在前面加 "get"，便是「習慣、適應」。

　例子一：I used to go workout at the weekend. 我以前於週末前往健身。

　例子二：I am trying to get used to the cold winter. 我正在努力地適應寒冬。

A: **That's true! You don't know what you have missed! Gathering with your old colleagues can keep you up-to-date with the job market.** 你不知道你會錯過了什麼！與你舊同事聚會可讓你緊貼就業市場。

除了頻率的詞彙之外，在對話中也經常使用以下三個字 should、would 以及 could。我們一起看看它們各自的用途。

1. **Should:** Give advice 給予意見；Show expectancy 陳述將會發生的事情

　例子一：You should take English lessons. 你應該參與英語課堂

　例子二：He should be here anytime soon. 他應該很快會到。

2. **Would:** Make hypothesis 陳述假設；Make polite offers 給予禮貌的提議

　例子一：I would pick the red shirt if I were you. 如果我是你我會選擇紅色的那一件衣服。

　例子二：Would you like some tea? 你想要茶嗎？

3. **Could:** Show ability 陳述能力；State a weak possibility 陳述微弱的可能性；Politely request or ask for permission 有禮貌地請求或要求批准

例子一：I could run fast when I was young. 我年青的時候可以跑得很快。

例子二：Even though it is sunny right now, it could still rain in the afternoon. 雖然現在陽光普照，但下午仍有機會下雨。

例子三：Ccould you help me? 你可以幫我嗎？

英國常用成語

Look after your pennies and the pounds will look after themselves
「照顧好你的便士，你的英鎊會照顧好自己」
這裏的意思解作當你好好處理小額銀碼的時候，你的財富會自然累積。

To feel under the weather 「天氣之下的感覺」
這裏有「輕微覺得不妥當或意志消沉」的意思。例子 "I am sorry I cannot come today. I'm a bit under the weather right now." 抱歉我今天未能前來，我現在覺得有點兒不妥當。

To add insult to injury 「在傷口上加上『侮辱』」
做一些，或說一些事情令到已經惡劣的情況更加壞，這些情況尤其是對人的時候發生。例子 "John were required to prepare for the presentation, and to add insult to injury, his supervisor didn't provide any directions or instructions to him." John被要求準備演說，and insult to injury, 他的主任沒有提供任何方向或指示。

To go Dutch (Dutch 本身解作「荷蘭人」)
我們常說的各自各「埋單找數」：AA制

Rain or shine 「無論風吹雨打或陽光普照」
這裏指一些無論任何時候都堅持不改的習慣；例如 "He jogs 10 km every morning, rain or shine"。無論風吹雨打或陽光普照，他每天早上會漫步10 公里。

The tip of the iceberg 「冰山一角」
tip: 頂點或頂角 / iceberg 冰山──意思像冰山頂點一樣，有更多的部份埋藏在海洋深處 - 我們看到的只是一小部份，更多有待我們發掘。

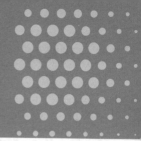

銀行帳戶申請及處理

本單元主題

      處理個人銀行帳戶，最理想當然由一個能說自己語言的職員跟進。但往往在情況未許可時，我們需以英語進行簡單溝通及查詢；這章節讓讀者在銀行開戶時所面對的一些問題；包括處理私人或聯名戶口、外地及本地匯款、櫃員機常見英語、及其他信用卡申請或報失等情況逐一列舉出來，讓讀者參考當中詞彙、用語及叫法。

本章目的：

1) 讓讀者了解銀行處理中將會面對的問題；由建立不同戶口及申請提款咭、信用卡遺失到其他匯款等所需要留意的英語；
2) 處理銀行事務中常見的英語詞彙及例句；讓大家對申請資料有一個基本的概念。
3) 以模擬情境讓大家感受當中遇到的難題及所需支援。

進入銀行的第一天

      無論你準備出發或已抵達英國當地，我們都需籌劃及處理金錢及資產財務安排等事宜。而其中一個主要環節包括在銀行與相關職員查詢戶口、提款咭或信用卡申請、了解申請程序及所需要的文件；有見及此，此章我們將解構所需的英語提問及與銀行職員交談；以下對話參考過往銀行服務運作而列舉的一些例子，實際情況需根據現實環境及個別銀行申請程序而定，請大家留意。

B: **Good morning Sir, how may I help you?** 早晨！我可以如何幫你？
A: 就實際情況，大家可用以下方式提出問題：

- **I plan to open an account with your bank.** 我計劃在你們銀行開設一個戶口。
- **I would like to open a joint bank account with my wife. Do you have any information for such application?** 我希望與妻子開設一個聯名戶口，你有沒有相關申請的任何資料？
- **I am going to open a savings account, may I have the application form please?** 我打算開一個儲蓄戶口，我可否有一份申請表？
- **I would like to enquire about opening a bank account.** 我想查詢有關銀行開戶事宜。

B: **Right, have you got all your application documents ready?** 你準備 (ready) 好你全部申請文件 (application documents) 未呢？

NO. 假若你還沒有準備好有關申請文件 (No, I do not!)
A:
- **I don't have that with me right now.** 我現在沒有那些文件。
- **May I know what documents do I need?** 我想知道我需要什麼文件。
- **I have no idea. / I have no clue.** 我沒有頭緒。
- **Can I have a list so I know what to bring on my next visit?** 有沒有一個清單可以提供讓我在下一次前來時知道應帶什麼文件？

B: **Sure, here you go!** 當然，這個給你！

** 本身"go" 意思是「去」，但係當三個字 "here you go" 放在一起的時候意思是「這個給你」

OR

B: **No, unfortunately we don't have a list but I can tell you the required**

items here. 我們沒有清單但我可以在這裏告訴你所需的項目。

** 這裏的 "items" 是指文件，"items" 多時候都可以取代 "things"。

例子參考

1. **Proof** (證明) **of your current residential address**(居住住址) **such as your tenancy agreement or any utility bills in your name** 你現在的居住住址證明 (**proof**)，例如你的租約 (**tenancy agreement**) 或有你名字的水電煤賬單；

   ** "Utility" 本身是解作「公共事業」；這裏是「水電煤賬單」

   ** "Proof" 是名詞，與動詞 "prove" 串法不一，但意思一樣

2. **Your contact number** 聯絡號碼 / **mobile number** 手提電話號碼；

3. **Salary statements or your home bank statement in the last three months** 過去三個月你的收入結單 (**salary statements**) 或本地銀行月結單 (**home bank statement**)；

   ** "Home" 這裏是指你原本的居住地

4. **Other proof of income** 其他收入證明；

5. **You and your spouse's** （伴侶）**identification documents** （身份證明文件）**such as passports or driving licenses** 你或你的伴侶身份證明文件，例如護照或駕駛執照；

   ** "Spouse" 是一個沒有分性別 (gender neutral) 的詞彙

6. **Other bank statements that you have when you were in Hong Kong.** 你在香港其他的銀行月結單。

YES. 假若你已準備相關申請文件 (Yes, I do!)

A: **Here you are!**

B: **Right. Are you a UK resident** （居民）？

A: **Yes, I am! / We arrived in the UK through the BN(O) special visa scheme.**

我們透過BN(O)計劃前來英國 / **I enter Britain through the HKSAR passport**
**有很多英國人不知道甚麼是BN(O) 的。BN(O) 全名是 British National (Over-seas)，意思是海外英國居民。 而香港特區護照則是 Hong Kong Special Administrative Region (HKSAR) passport.

B: **Okay! What type of account are you looking for?** 你想開辦什麼樣的戶口？
　　** "Looking for" 這裏會解作「尋找」或「想要」
A: **I'm not sure. What type of accounts do you offer？** 我不是太肯定；你們可以提供甚麼類型的戶口？

職員會這樣回覆:
B: **We have:**
1. **The basic account**（基本戶口）**where you'll get a cheque book**（支票簿）**as well as a debit card** (提款卡) **for our cash machines** (英式提款機叫法）．
　　** "ATM" (Automated Teller Machine) 這個是美式叫法。
2. **The savings account with higher interest rate**（利息）**but mostly it's not for day-to-day transactions** (交易). 我們有較高利息的儲蓄戶口但主要不在於日常交易使用。
　　** 視乎銀行而定，不同銀行有不同的戶口稱呼/名稱
　　例如 Lloyds Bank戶口有基本的 Classic account 及對上的 Club Lloyds / Platinum Account - 不同戶口客戶將享有不同福利及優惠。
A: **I guess the basic account is what I need now.** 我想我現在比較需要的會是基本戶口。
B: **Sure! You may fill out** (填寫) **our forms** (表格) **here if your documents are ready. Or, you can take the forms home and come back later.** 如果你已準

備好文件可以現在填寫這些表格，或者先帶表格回家，準備好之後再回來。

A: **Great, thanks!** 太好了，謝謝！

其他相關詢問事項或查詢

1. **Is there a minimum amount**（最低金額）**required for opening an account?** 請問開戶口有沒有最低的金額？

   ** "minimum" 意思是指「最少」；相反詞是 "maximum"「最大」

2. **Sorry, I'm not fluent**（流利）**in English. Do you have any Cantonese**（廣東話）**or Mandarin**（普通話）**speaking staff who can assist me with my application?** 我的英語會話並不流利。你們有沒有說普通話或廣東話的同事可以協助我的申請？

3. **Do you know if there are any cash machines in the shopping centre?** 請問你知不知道購物商場裏有沒有櫃員機？

4. **How do I know which cash machine will accept my card?** 請問我如何知道哪些櫃員機會接受這張卡？

   職員可回覆：Only those（意思是「那些」，這裏指櫃員機）with our logo（標誌）will accept your card. 只有有我們標誌的櫃員機才會接受你的提款卡。

5. **I would like to change some money. May I do it here?** 我想作一些找換。我可以在這裏找換嗎？

   職員可回覆：Yes! You can do it at the Bureau de Change（找換 - 英式）/ currency exchange（找換-美式）counter（櫃位）. 可以，你可以在我們的找換櫃位兌換貨幣。

6. **May I check the exchange rate**（匯率）**of Hong Kong Dollars to British Pounds?** 可以幫我看一看港元兌英鎊的匯率嗎？

7. **Can I login**（登入）**and access**（使用）**the online banking services?** 我可以登入相關網上銀行服務嗎？

職員可回覆：

i. **Certainly!** (當然可以) **All our accounts come with online banking options** (選項). 當然可以！我們的客戶戶口都包括網上銀行選項。

ii. **You can download our app** (程式) **and carry out certain** (某些) **transactions** (交易) **on your phone.** 你可以下載我們的程式，在手提電話中執行某些轉賬。

iii. **Sorry, that service comes with an additional charge** (額外收費). 不好意思，這些服務是要額外收費的。

iv. **If you are interested, please fill out this form and we'll handle** (處理) **your application.** 如果你有興趣，請填寫表格，我們將處理你的申請。

8. **Are there any surcharges** (附加費) **that I should know about?** 有沒有其他的附加費 (surcharge) 我應該要知道？

   ** 除了 "surcharge" 這個字，銀行、公共或其他私營機構服務也有類似的詞彙，例如：handling fee、additional fee 等。每一個額外收費有個別意義或特定的範圍，例如: 當我們購物時，如希望以信用卡繳付（而非現金）時，店員會要求額外附加費（如貨品價錢的3%），這個費用我們可稱之為 "convenience fee"。

9. **When will my account be effective** (生效)? 我的戶口將會從何時生效？

   ** "effective" 平日解作「有效用」，於與日期及時間相關的情況解作「生效」

10. **Can you tell me the latest** (最近期) **interest rates** (利率)? 你可以告訴我最近期的利率嗎？

    ** "Current"、"latest"、"recent" 這三個字有什麼分別？"Current" 簡單解釋為「事件或現時這一刻的瞬間狀態」；"latest" 可以解釋為「最後更新」，含意與 "update" 接近；而最後 "recent" 這個字可解釋為「已發生但並非很久之前」。所以在查詢利率時，使用 "current" 或 "latest" 均可以接受。對比

"recent" 這個字由於沒有說明清晰的時段，因此在查詢匯率變化上並非一個適合的詞彙。

11. **I have a local savings account at HSBC in Hong Kong, how can I electronically transfer money to this new account?** 我在香港擁有一個本地的匯豐儲蓄戶口，我如何電子匯款到這個新戶口？

   ** 我們常常聽見的 e-commerce（電子商務），e-payment（電子繳費）以致大家所稱的電子廢料 e-waste 的 "e" 就是這個字 "electronic"。

12. **I would like to open a joint account** (聯名戶口) **with my wife.** 我想與我的妻子開設一個聯名戶口。

   ** "Joint" 解作「共同」和「聯合」。除了戶口以外常見的有 "jointly own" 共同擁有的；"joint tenant" 就是相關物業擁有共同業權、利益及責任的一個法律名詞；而 "joint venture" 是由兩個或以上公司共同投入不同的資源以務求達致某一個目的的商業安排。

匯款至英國當地家人

以下情景講述一個有關由香港匯款到英國的查詢；實際情況將因應個別銀行處理手法及營運而有所分別，請留意！

A: **Hi! I would like to know if there are any bank fees for receiving international transfers** (國際匯款) **if my husband in Hong Kong sends me funds to deal with me and our children's living expenses** (生活開支) **here in the UK?** 假設我的丈夫由香港匯款給我以應付我和我們小朋友在這裏的生活開支，銀行會因處理國際匯款收取手續費用嗎？

B: **Yes, but the amount depends** (視乎) **on how much he is going to send.** 有的，但金額視乎他轉賬多少而定。

A: **He will be sending me around 150 pounds this week.** 這個星期，他將會轉賬約150英鎊給我。

B: **I see. The recipient fee would be 1 % of the total amount.** 費用將會是總數的1%。

　　** "Recipient" 解作收「接收人」；"recipient fee" 則是「收取費用」

A: **So it is 1.5 pounds?** 那麼是1.5 英鎊嗎？

B: **Yes, but our minimum charge is 2 pounds. So you will be paying 2 pounds.** 沒錯，但我們的最低收費是兩英鎊，所以你需要付兩英鎊。

A: **What information** (資訊) **do I need to give to my husband for him to complete the transfer?** 我有什麼資訊要給我的丈夫讓他完成轉賬呢？

B: **He needs your IBAN and the bank's SWIFT code. You can provide me your name or your account number and I can give you that number.** 他需要有你的IBAN 及銀行SWIFT編碼。你可以給我你的名字或你的銀行號碼，我可以給你相關號碼。

A: **Sure. How long do international transfers usually take?** 國際轉賬通常要多少時間？

　　** 另一個講法是 "How long is it going to take?"。

　　職員可回覆：

- It should get here in one to two days. 到達這裏需要一至兩天；
- It really depends on other factors. 這個視乎其他因素；
- It usually less than 4 business days. 通常少於四個工作天；
- Mostly it takes less than a week. 通常不多於一個星期；
- In most situations, less than 10 days. 大部份情況少於10日。

IBAN & SWIFT全寫

IBAN : 國際銀行之間所定標示號碼存名
INTERNATIONAL BANK ACCOUNT NUMBER
SWIFT : 匯款識別代碼
SOCIETY FOR WORLDWIDE INTERBANK FINANCIAL TELECOMMUNICATION

英國當地常見的銀行名稱

匯豐銀行 (HSBC) / 巴克萊銀行 (Barclays) / 蘇格蘭皇家銀行 (RBS) / 國家西敏寺
銀行 (Natwest) / 桑坦德銀行 (Santander) / 勞合銀行 (Lloyds Bank)

報失信用卡或提款卡的電話對話

A: **Hi! Is this Lloyds Bank's customer service? I would like to report a lost ATM card / Credit Card.** 這裏是勞合銀行客戶服務部嗎？我想匯報一宗提款咭/信用卡遺失事件。

B: **Could you give me your name or your account number, please?** 可以提供你的名字或你的戶口號碼嗎？.........

B: **Done. We have pulled up** (抽出) **your account information. Can you tell me your latest / most recent transaction with that card please?** 完成，我們已抽出你的戶口資訊，你可以告訴我們你最後一次 / 最近期的交易嗎？

** "Pulled up" 是一個比較常用的講法，有「從資料庫中提取、抽出」的意思。當然可以簡單地說 "I got your information with me now"「我現在掌握你的資料」或說 "On our screen, it shows"「在我們的螢光幕顯示⋯⋯」

就有關最後使用的紀錄，我們可以這樣說:

1. I used the card and withdrew 100 pounds yesterday morning at the

cash machine on High Street. That was the last time I used it. 我昨天早上在 Hight Street使用了這張卡從櫃員機提取100英鎊，這是我最後一次使用提款卡。

2. I used the card and purchased（購買）two bottles of fizzy drinks（汽水）at Tesco at the South Westminster Shopping Centre. 我使用這張卡在South Westminster購物商場中的Tesco購買兩瓶汽水。

3. I used the card for some online shopping on (the website of) Peter of Kensington. 我在 Peter of Kensington（的網站上）作了一些網上購物。

4. I don't recall（記憶）any transaction（交易）made in the last two weeks. 在我記憶中，我已兩星期沒有作任何交易 。

5. I couldn't remember the last time I have used the card. 我不記得我最後使用這張卡是何時。

B: **Well, from our records, the card has not been used after the last activity that you'd just told us.** 記錄顯示除了你剛告訴我們的最後一次使用之外，這張卡並沒有再被使用過。

** "Has not been used" 即解作為「沒有被使用過」；另外一個講法是：Since your last activity on (date日期) , the card has not been used by anyone. 自從你對上一次（某月某日）使用以外，這張卡沒有被任何人使用過了。

B: **We will go ahead and deactivate** (使失效/無效) **your card and the new one will be sent to you shortly.** 我們將立即使遺失的卡失效，新卡將會很快寄給你 。

** "Activate" 本身解作「開動、使運作」。 這個名詞在一些機器操作、系統性等運行中的程序常會出現。在之前加上'de'，意思即失效或無效。在這裏可解釋為暫停信用卡運作及效力。

A: **That's wonderful! Thank you so much!** 太好了！謝謝！

銀行英語詞彙

- **Money order** 匯票
- **Traveller's Cheque** 旅行支票
- **Credit Card** 信用卡
- **Cheque book** 支票簿
- **Bank monthly statement** 銀行月結單

戶口處理動詞詞彙（當中詞彙在櫃員機顯示中有機會接觸到）

- **Make a deposit** 存款
- **Make a withdrawal** 提款
- **Cash a cheque** 兌現支票
- **Apply for a loan** 申請貸款
- **Open a safe deposit box account** 開保險箱戶口
- **Transfer funds** 匯款
- **Compare different types of bank accounts** 比較不同種類銀行戶口
- **Company account** 公司戶口
- **Personal account** 個人戶口
- **Make enquiry**（戶口）查詢
- **Check account balance** 查看戶口結餘
- **A crossed cheque / crossing of cheque** 劃線支票

為何提款卡稱為debit card而信用卡稱為credit card？

香港人較熟悉的提款卡叫法 ATM card（ATM = automatic teller machine），在其他國家例如英國會叫作debit card。要了解Debit以及Credit兩者的分別，首先要知道他們的含意。Credit本身解釋為「信用、額度」；因此信用卡的定義為銀行給予某一客戶指定的信用額（又稱之為可簽帳額），這裏給予你的便是這個Credit。但條件是當事人必須在指定還款日繳付相關簽帳或最低還款額。相反，debit 這個字則有「借、扣」的意思。因此，Debit card只可以提取在本身銀行戶口內持有的存款。而用戶不可以「先使未來錢」，消費超過銀行戶口存款所有的銀碼。

Chapter
4

緊急求助

SOS

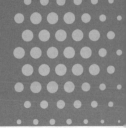

交通意外及道路支援英語會話

本章主旨

　　發生突發事故時,我們需向相關人士或官方部門 (authorities) 尋求協助及提供資料。以下我們將透過模擬不同種類的意外,示範如何以最清楚及準確的方式敘述事發經過。我們會於這一節先討論交通意外的處理方法,在往後的章節再講解如何要求緊急醫療支援。

一些常見的交通及駕駛用語

1. **Bumper-to-bumper/ Traffic congestion/ Heavy traffic** 交通擠塞
   "Bumper"本身是汽車前後方的保險杆/緩衝器。詞彙字面的意思是汽車的前保險杆很貼近其他汽車的後保險杆,用以形容車子密密麻麻的景象。

2. **Cut someone off** 切線爬頭

3. **Head-on collision** 迎頭相撞

4. **Car crash** 撞車

5. **Pileup** 幾輛汽車連環相撞

6. **Tailgate** 緊貼前邊車輛

7. **Slam on the brakes** 緊急煞停車輛

8. **Flat tyre** 爆軚

9. **Jaywalk** 胡亂橫過馬路

10. **Buckle up / Fasten the seat-belt** 緊扣安全帶

11. **Run a red light** 衝紅燈

12. **Drunk driving** 醉酒駕駛

13. **Honk/ Sound the horn** 響安

14. **Parking ticket** 泊車罰款，廣東話俗稱食"牛肉乾"
15. **Drug driving** 吸毒後駕駛
16. **Drink driving** 酒後駕駛
17. **Reckless driving** 魯莽駕駛
18. **Negligent driving** 疏忽駕駛
19. **Dangerous driving** 危險駕駛

向有關單位匯報意外

很多時候，我們需要向有關政府部門例如消防處、警察、醫護人員或保險公司清晰敘述事發經過。描述時，我們所使用的英語表達應該以簡單、直接及準確為最基本要求。在英國遇上緊急情況，我們可以像在香港一樣致電999，而非緊急情況則致電111。接線生（dispatcher）將根據求助性質轉介個案至相關政府部門或其他專業人士，包括拖車公司、保險公司等。

Dial 999 about a car accident 就交通意外致電999專線
D: = Dispatcher/ Call operator 接線生　V: Victim 受害人

V: **Hi! I need to report a car accident that just happened. The accident involved my car and the truck behind me.** 我想匯報 **(report)** 一個剛剛發生的交通意外。這意外有關我車及尾隨我的貨車 **(truck)**。

D: **Sure.....**

1. May I have your full name and current location? 我可否知道你的全名及所在位置？(描述準確位置可參考之前章節。)

2. May I know if anyone is injured or require immediate medical attention? 請問有沒有人受傷 (injured) 及需要即時醫療援助 (require immedi-

ate medical attention)？

3. Is the driver conscious or unconscious? 請問司機是清醒 (conscious) 還是不省人事 (unconscious)？

4. Did the driver sustain severe or minor injuries? 請問司機是嚴重受傷 (sustain heavy injuries) 還是輕微受傷 (sustain minor injuries)？
   - 如果無人受傷可以形容為受驚 (in shock)，或受驚但沒有受傷 (shaken but unhurt)。
   - 無人死亡可以叫 "no casualties" 或 "no fatalities"。

5. Is there anyone else involved in this accident? 還有沒有其他人與這場意外有關連 (involved)？

6. Were any pedestrians hit at the scene? 有沒有行人 (pedestrian) 受傷？

除了回答以上問題，你還需要根據你的認知簡單描述事件。但由於每種情況各異，實際將不能一概而論。以下這些例子只供參考，句子需根據實際情景互相調動或替換。

Victim 受害人:

1. **The road was slippery when I was driving down a ramp. My car skidded[1] forward and I braked to a stop.** 由於道路濕滑 (slippery)，我駕車落斜坡 (ramp) 時，我的車子向前 (forward) 滑行 (skid) 了後我便剎車 (braked to a stop) 了。

   1 "Skid" 是專門形容車子不受控制地滑行的動詞。

2. **The car in front of me skidded backwards and I rear-ended his car. Since we didn't go very fast, it wasn't a bad accident. The bumper on my car cracked and the other driver's license plate fell off.** 前方車子溜後

(skidded backward)，因此我撞到他的車尾。由於我們雙方並非高速行駛，所以不算是一個很嚴重的意外。我的保險杆 (bumper) 裂開 (crack) 了，而另外那輛汽車的車牌 (license plate) 則掉下來 (fell off) 了。 沒有人受傷。

3. **As the driver was rounding the corner, he lost control of his car and ploughed into the other lane. The car was overturned.** 當司機的車輛轉彎 (round the corner) 時，他的車失控 (lost control) 衝進 (plough) 了另一行車線中 (the other lane) 的汽車。車子反轉 (overturned) 了。

4. **As the driver was overtaking another, he went through a red light.** 當司機超越前面的車子 (overtake) 時，他衝過紅燈。

5. **A lorry jack-knifed, spilling its load all over the road.** 一輛貨車被撞彎成 V型 (jackknife)，貨品散落 (spill) 在道路上。

6. **A car skidded on a wet/ oily surface and the driver lost control.** 車子因濕滑 (wet)/ 有油漬 (oily) 的地面，導致司機失控。

7. **The car driver misjudged the distance and crashed into the car in front of him.** 司機錯誤判斷 (misjudge) 距離而撞上了前面的汽車。
   - 當某些動詞加上"mis-"的時候，會為字詞加上「錯誤」這個意思。例如：misjudge 錯誤判斷、miscalculate 錯誤計算、mismatch 錯配。

向朋友詢問道路支援 (Roadside assistance) 公司服務

道路支援是指車輛發生故障所需要的拖車 (towing) 或路邊緊急維修 (maintenance)，購買形式有如汽車保險 (Car insurance)。英國有兩家較大型的道路支援服務公司可以選擇，分別是 AA 及 RAC。 以下我們會模擬查詢道路支援服務資訊，但相關語句於也可以形容在其他英語對話中，例如與朋打聽健身會籍 (gym membership) 或比較 (compare) 兩間不同公司的服務等情景。

Mary: **Hey, Dave! I just bought a second-hand car from AutoTrader². I am going to purchase roadside assistance services. Which one should I go for: AA or RAC?** 你好呀，Dave！我正準備去購買道路支援服務。我應該選擇哪那一個？

2. AutoTrader 是英國當地一個受歡迎的網上綜合分類銷售平台，提供不同種類產品及服務的分類廣告，當中包括二手車 (second-hand car/ used vehicle)。"Second hand" 這個字正是我們常常說的「二手」。「二手煙」可稱為 "second-hand smoking" 或 "passive smoking"。

Dave: **Both companies are highly rated by their customers and have customer retention rates³ up to 95%. Also, both of them use GPS technology to locate your position. People are generally happy with their roadside assistance companies so I guess the difference is negligible. If you are worried, go check the customer reviews on their average response time when you call them for help, especially during rush hour/ peak hour, as you probably need to wait longer for assistance at those times.**
兩間公司都受到客人的很高的評價 **(highly rated)**，而保留客戶的比率 **(customer retention rate)** 更超過95%。兩間公司能夠用衛星定位技術 **(Global Positioning Satellite/ GPS)** 找到 **(locate)** 你的所在地。大家似乎對兩間公司十分滿意，所以我看分別應該微乎其微 **(negligible)**。 如果你有擔憂，可以先去查看客人評價 **(review)** 了解向他們求助時的平均回應時間 **(average response time)**，尤其是繁忙時間 **(rush hour/ peak hour)** ，因為一般那些時段的等候時間較長。

3. "Retention rate" 指保留下來的比率，反義詞是流失率 (turnover rate)，適用於描述公司客戶及員工的去留。

Mary: **I see. What about the price then?** 明白，那麼價錢呢？

Dave: **It depends. These plans offer different degrees of breakdown coverage and supports.** 這視乎情況 (It depends)。始終這些計劃提供對故障 (breakdown) 有不同程度 (degree) 的保障 (coverage) 及支援。**You may also consider similar services provided by Auto[4] Insurance Companies, car manufacturers or even the credit card companies.** 你也可以考慮 (consider) 由汽車保險公司 (Auto Insurance Companies)、汽車製造商 (car manufacturers)，甚至乎信用卡公司 (credit card companies) 所提供的類近計劃。

4 ."Auto" 可以是自動 (automatic) 的簡寫，也可以代表汽車 (automobile)。

Mary: **Great Information. Thank you.** 非常好的資訊。謝謝你。

Calling Roadside Assistance Over a Car Breakdown

你的車子在公路上壞了，你正召喚公路援助......
C = Car owner 車主　D = Dispatcher 接線生

C: **Hi! Is this roadside assistance? My car broke down and it won't start.** 喂，是公路援助嗎？我的車子壞了，不能開動。

D: **Okay! May I have your name or your membership number so I could cross check your information with our database?** 請問我可以索取你的名字或會員編號，讓我把你的資料與我們數據庫 (database) 反覆核對 (cross check) 嗎？

C: **Sure. My name is Lee and my membership number is 1234123.** 我的名

字是 Lee，會員編號是 1234123。

D: **Got it! May I confirm the information with you: your car is the red sedan Toyota Corolla 2021, is that correct?** 收到！讓我核實你的資料：你的車子是一輛2021 Toyota Corolla 的紅色四門房車[5]，對嗎？

5. 汽車類別名稱：sedan 四門房車 / coupe 兩門房車 / sports car 跑車 / station wagon 旅行車 convertible 開篷車 / sport-utility vehicle (SUV) 四驅車 / minivan 小型貨車 / lorry 貨車

C: **Yes, correct.** 是的，正確。

D: **So what seems to be the problem with your car?** 你的車子看似有什麼問題？

常見汽車問題（僅供參考）

1. **I got a flat tyre. It must have run over some sharp objects.** 我的車爆軚了，一定是經過一些尖銳的物件。

2. **I cannot start the car/ engine. The battery is probably dead. I need another car to help jump start my car.** 我不能開動車子/ 引擎，一定是電池沒有電 (dead battery) 了。我需要另外一兩架車輛協助開動我的車。(廣東話俗稱「過江龍」接駁。)

3. **There is a lot of smoke coming from the front of my car. I suspect there is a sputtering engine.** 我的車頭冒煙。我懷疑引擎發出劈啪的聲音。

4. **The car ran out of fuel/ gas, petrol. I need gas delivery.** 車子沒有燃油 (fuel/ gas/ petrol) 了。我需要燃油運送服務。"gas" 在這裏解作「燃油」，其他情況可解作氣體。

5. **I accidentally locked the car while the key is inside.** 我不小心地 (accidentally) 鎖了車子，鎖匙還在車裏。

6. **I need a tow service.** 我需要拖車服務。

7. **I need transportation assistance for the stranded driver and its passengers.** 我需要交通支援協助滯留 **(stranded)** 在公路上的司機及乘客。

8. **I heard squeaking sound when I applied the brake.** 當我嘗試剎車 **(apply the brake)** 時,聽見吱吱聲。

英國經典成語

I can't get my head around it.
我實在搞不懂。

We don't see eye to eye.
我們意見不一致。

It blew me away.
這實在讓我太深刻印象了。

It's a no-brainer.
這個想都不用想吧....

He has a short fuse.
他很容易會暴躁憤怒。
(可以解作一些很小小的事情就可以激他;情況就好似保險絲一樣很容易就給燒掉。)

Let me sleep on it.
讓我再多一點時間慢慢想想。

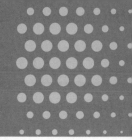

求助及緊急支援英語會話

本章主旨

　　這一章的挑戰在於我們實踐時必須根據對現場的認知及觀察短時間內組織好句子、使用準確而清晰字眼說明事發經過及所需要的協助。情況就好像我們廣東話常常說的「需要執生、臨場發揮」。

　　在這些情況下，我們尋求協助的對象包括鄰居、途人或其他相關政府單位。而致電999向政府部門求救時，我們需準確表達發生意外的性質、位置、受影響的相關人士、緊急或嚴重程度等其他資料。請緊記，當我們尋求協助時，相關敘述的重要元素包括簡單 (simple)、直接 (direct) 及準確 (accurate) 這三大範疇。

在開始之前，讓我們先重溫有關「危急」及「緊急」的形容詞及名詞

Urgent 急切 / Emergency[1] 緊急 / Non-emergency 非緊急 / Lethal 致命性的 / Life-threatening 有生命危險的 / Fatal[2] 致命的

1. "Urgent" 是形容詞，形容事情需要急切處理；而 "emergency" 是名詞，這個字解作「緊急性質的事情」。有時候，當我們想形容一些需要我們立刻處理的事情，例如公司召開緊急會議，這個時候我們可以說這些需要討論的話題叫 "urgent matter" 或 "pressing issue"。"Pressing"本身解作「按著」但這裡解作急切。
2. 上述 "lethal" 以及 "fatal" 兩個字都解作「致命的」，但 lethal 這個字主要用於形容一些物件，例如武器、藥物等。例如致命武器 "lethal weapon"。而 "fatal" 這個則是指意外、疾病、事件為多，例如致命的意外 (fatal accident)。此外，"deadly" 這個字是由 dead (死亡) + "-ly" 組成，也解作「致命的」，形容致命物件和意外均可以。

你知道嗎？

在英文術語中有常常說的 "Time is of the essence"，這裡是指「時間就是生命」、

「時間是整件事情的關鍵」、「時間最寶貴」這幾個含意。

緊急情況分類

Hi, I would like to report the following accident... 你好，我想匯報以下意外……

火警

- There's a fire. 這裏起火了。
- The building's on fire. 大廈起火了。
- I can smell something burning. 我聞到一些燒燶味。
- Call the fire engine! 快叫消防車！

罪案

- There's a theft. 有盜竊案發生。
- There's a robbery. 有搶劫發生。
- There's a burglary/ break-in. 有爆竊案發生。
- My car/house has been broken into.有人闖入我的車子/房屋。
- Something has been stolen. 有東西不見了。

以下語句用 "I" 開首，句子都是被動句 (passive voice)，出現的動詞都是變做了過去分詞 (past participle)，用於不幸被第三者襲擊、侵犯等情況。大家千萬不要不小心用了主動句，否則會被當成罪犯處置！

- I've been robbed. 我被搶劫。
- I've been mugged. 我被攻擊及搶劫 (mug)。
- I've been attacked/ assaulted. 我被攻擊了。
- I've been raped. 我被強姦。
- I've been molested. 我被性侵犯了。

- I've been stabbed. 我被插一刀。
- I've been shot. 我被槍擊。
- I'm bleeding. 我正在流血。
- I think I've broken a bone. 我想我骨折了。
- I am being followed. 我被跟蹤。
- Someone's tailing me. 有人跟蹤我。
- Someone's peeping on me through the window. 有人從窗戶偷窺我。
- Someone nicked my wallet. 有人偷 (nick) 了我的銀包。

相對非緊急情況

- I'm lost. I don't know where I am. 我迷路了。我不知道我在哪裏。
- I've forgotten where I'm staying. 我忘記了我的居住地均。
- I've forgotten the name of my hotel. 我忘記了我的酒店名稱。
- I've lost my wallet/purse/keys. 我遺失了我的錢包及鎖匙。
- I've locked myself out of (my house/car). 我不小心把自己反鎖了在屋外或車外。
- I can't find my keys. 我找不到我的鎖匙。
- I can't get into my house. 我不能進入屋企。

家居問題

- Burst / broken pipes 水喉爆裂
- Overflowing toilet 廁所水倒灌
- Broken windows 窗口破裂
- Leaking water heater 熱水爐漏水
- Ceiling leak 天花板漏水
- Power outage 電力供應中斷
- Ant/ mice Infestation 蟻患或鼠患

請求緊急救援

詳細敘述事發經過時，我們應先提供發生事情的起因及指出有關人士。之後，我們可根據觀察 (observation) 對事件作粗略及簡單的分析，讓醫護能理解事發意外的成因、嚴重程度及急切性作準備。

V: Victim's family 受害者家屬　D: Dispatcher 緊急指派員

D: **You've reached 999. What is your emergency?** 你已成功打通 999。你遇到甚麼緊急情況？

V: **It's my son. He's just passed out.** 是我的兒子（需要協助），他剛剛暈倒 (passed out)。

D: **What was he doing right before he passed out?** 那麼在暈倒之前他正在甚麼？

V: **He had just returned from his school's sport day. He told me he was having trouble breathing[3].** 他剛從學校運動會回來。他告訴我他有呼吸困難 (trouble breathing)。

3. 如果形容氣促及呼吸緊密，我們可以說 "shortness of breath"。形容呼吸聲更可以細分為以下幾種，例如一些較低音調的呼吸聲我們會叫作 "rhonchi"(低音調的呼吸音)，高音調叫 "crackles"，還有由支氣管狹窄引起的高音哨聲 "wheezing" 及 由上呼吸氣道狹窄引起的刺耳的振動聲 "stridor" 等。

D: **We will send an ambulance over to your place. What is the address?** 我們會安排救護車前往你家中。地址是什麼？

V: **No. 5 High Street. We are on the fifth floor, Room D.** 我們住 High Street 5 號5樓D室。

D: **The paramedics are on their way. Please be prepared to let them in. Also please bring along your son's proof of ID[4].** 救護員 (paramedics) 已經

在前往途中 **(on the way)**。請準備讓他們進來。也請帶你兒子的身分證明文件。

4. "ID" 全寫 "Identity"，解作「身份」。"Proof" 是名詞，解作「證據」，動詞是 "prove"「證明」。HKID: Hong Kong Identification Card 香港身份證

V: **Thank you! I am nervous and worried about him.** 多謝你。我為他感到十分緊張及擔憂。

D: **Just stay calm and wait for the ambulance. Is there anything else you would like to report to us?** 請保持鎮定，等候救護車。你還有什麼事情要告訴我們？

V: **No. that's it. Thank you.** 沒有了，謝謝。

你知道嗎？

接線生有機會查詢當事人慢性疾病 (chronic disease) 記錄、藥物敏感 (drug allergy) 及病歷 (medical history) 等情況。為確保準確及沒有遺漏，我們應就家庭成員的健康狀況準備好有關文件證明及健康記錄，為醫療人員提供相關資訊。

其他需要救護車的緊急狀況

緊急情況種類繁多，以下提供一些經常發生的家居意外。在緊急聯絡救護人員時可提供以下相關資料或相關事發經過及當事人現在狀況

1. **Unconscious/ loss of consciousness** 失去知覺/意識
2. **Passed out** 暈倒、不省人事
3. **Chest pain** 胸口痛
4. **Breathing difficulty / trouble breathing** 呼吸困難/ 呼吸有問題
5. **Shortness of breath** 呼吸急促及緊密
6. **Non-stop bleeding** 流血不止

7. **Allergic reaction** 過敏反應

8. **Burn** 灼傷

9. **Electric shock** 觸電

10. **Fell down** 倒地

11. **A slip/ fall accident** 滑倒/ 倒地意外

12. **Nausea / vomit** 嘔心/嘔吐

13. **Dizziness** 頭暈

14. **Have a (high) temperature/ fever** 發(高)燒

15. **Choke on food** 哽親食物

家居爆竊報案

V: Victim 受害者　D: Dispatcher 緊急指派員

V: **I am calling to report a burglary. My home has been burgled.** 我致電報告一宗爆竊。我的家被爆竊了。

D: **May I have your home address please?** 你可以告訴我你的家居地址嗎？

V: **12 Main Street.** 地址是 12 Main Street。

D: **Done! When did you discover the burglary?** 你何時發現爆竊的？

V: **I got home ten minutes ago and found out my house had been ransacked. Everything's scattered around and it's a mess!** 我於10分鐘前到達居所，發現家居被洗劫 (ransacked)。所有東西散落 (scattered) 一地，真是混亂 (mess)。

D: **Was anything stolen?** 有甚麼東西被偷走？

V: **I just discovered that my telly and my laptop computer disappeared.** 我剛發現我的電視及手提電腦不見了。

D: **How did the burglar get in the house?** 那爆竊者如何進入住所的？

受害者可以這樣回答：

1. **They likely got in from the backyard. That door was broken.** 很大機會他們從後面進入。那道門破壞了。其他可能性：車房門 **(garage door)**、側門 **(side door)**、天窗 **(skylight)**

2. **The front door was unlocked. That's where he got in.** 前門沒有鎖上，他經那裏進入。

3. **I suspect they got in through the bathroom window on the second floor by climbing the tree.** 我懷疑 **(suspect)** 他們沿爬樹經我們2樓的浴室窗進入屋子。

4. **I don't know how he entered the house. Our home surveillance system had been destroyed.** 我不知道他如何進入屋子，我們的家居監視系統 **(surveillance system)** 被破壞 **(destroyed)** 了。

D: **Right. An officer will be with you within 10 minutes. Please try not to touch anything.** 好，我們警員會大約10分鐘之內 **(within)** 到達，請不要觸碰任何東西。

與在場到達警員對話

V: Victim 受害人　P: Police officer 警員

P: **Mr. Lee, I am the Officer Jones. May I know what happened here?** 李先生，我是警員 Jones。可否告訴我這裏發生甚麼事？

V: **My place's been robbed. I arrived home around half an hour ago and** found out my backyard door was forced open. I tried not to touch anything except the door frame and the doorknob. So far I could see the television and my laptop computer were lost. 我的地方被搶劫了。我於半小時前到達家中，發現我的後院門被強行打開 (forced open)。我嘗試避免觸碰任何東西除了 (except) 門框 (door frame) 及門鎖 (doorknob)。暫時所見，我的電視以及手提電腦不見了。

P: **Okay. I'll inspect your house and see if I can get any fingerprints. What time did you leave home today? Also, I need you to make me a list of lost items. That includes any valuables, cash or other gadgets. Just record anything you find missing.** 好，我將仔細 (inspect) 你的屋子及看看可否搜索到任何手指模 (fingerprint)。你今天甚麼時間離開住所？還有，我需要你給我一份遺失物件清單。這包括任何貴重物件 (valuables)、現金 (cash) 或其他電子產品 (gadgets)。只需記錄低任何你發現不見了的東西。

V: **I left home early this morning at around 6:30 a.m.. I will give the list to you later.** 我今天早上6:30 一早離開屋子。我會遲些給你這份清單。

P: **Good. Thanks for your cooperation and we'll see what we could do. In the meantime, my partner will question⁵ the neighbours and see what we can find.** 很好，謝謝你的合作，我們會看看可以怎樣做。在這段時間，我的夥計將向附近鄰居查詢，看看有什麼發現。

5. 一般查詢、詢問都會使用 "ask" 這個動詞，但當涉及正式調查甚至是質或審問時，我們會 "question" 作為動詞。

非緊急維修情況

除上述一些要求救援或支援的緊急協助外，一些涉及家居生活及其他維修情況時，我們也需要準確地描述情況。

尋求水喉匠處理滴水問題

H: Home owner 業主 P: Plumber 水喉匠

P: **Hello! This is Smith Maintenance and Repairs. How can I help you?** 你好！這裏是 Smith 維修公司。我可以如何協助你？

H: **I've got a broken pipe in my kitchen and I need help. I don't know how to stop the leaking.** 我需要幫忙，廚房內的喉管損壞了。我不知道如何停止漏水 (leaking) 的狀況。

P: **Have you turned off the kitchen tap?** 你有沒有關掉廚房水龍頭？

如果你的答案是 Yes

H: **Yes, it's off and the water stopped pouring out now . There is water all over the kitchen floor.** 整個廚房地板周圍都是 (all over) 水。

P: **Can you see where the water was leaking from?** 看見哪一個位置漏水嗎？

H: **Yes, It's coming from the pipe under the sink.** 有，漏水來自洗手盤下的喉管。

P: **I see. We will arrange a plumber to your place shortly. Will you be at home at 2:00 p.m.?** 我們會安排 (arrange) 水喉工匠 (plumber) 前往你家。你下午2:00在家嗎？

H: **Yes, I will be home. Thank you. How much would it cost?** 我會在家。請問要多少錢？

P: **There will be a call-out fee with additional hourly rate. Also, we will charge you for any materials** (材料) **required to complete** (需要完成) **the repair.** 將會有出勤收費 (call-out fee) 以及額外 (additional) 每小時的收費，而且我們會收取所需要完成維修材料 (materials) 的費用。

如果你的答案是No

H: 1. **Yes, it's off but the water keeps leaking. I cannot find out where it's from.** 已經關上但水依然繼續漏出，我不能找出水從哪裡來。

   2. **I can't reach the switch.** 我未能接觸到開關掣。

   3. **I have no idea where I can find the switch.** 我不知道開關掣在哪裏。

   4. **Can you show me where the switch is located?** 可以告訴我開關掣在哪裏嗎？

H: **It seems urgent. Can you come and have a look as soon as possible?** 這看似 (seems) 緊急，你可以盡快 (as soon as possible) 前來看一看嗎？

P: **I see. We will arrange a plumber to your place now.** 明白，我們現在安排水喉匠前往你家中。

H: **Great, thank you.** 太好了，謝謝！

與大廈管理處經理對話

在當地一些住宅，大閘或大門鎖匙是有指定的配額的。而這些鎖匙很多時已刻上編碼，並於有關保安公司登記。在未得業主書面同意 (written consent)，租戶不能憑此鎖匙前往其他第三方店舖配置。因此，假若租客計劃配置鎖匙給家人出入時，需聯絡大廈管理或其保安公司，提供個人證明以索取鎖匙編碼等資料配置鎖匙。另外口頭同意則叫做 (verbal consent)。

B: Building Manager 大廈管理員　T: Tenant 租客

T: **Hi! I need to speak with the manager, please.** 我需要同經理對話。

B: **Yes, this is the manager. How may I help you?** 我是經理，我怎樣幫你？

T: **We are having problems getting into our apartment.** 我們進入我們的住所時出現困難。

B: **Is this your first time trying this key since I gave it to you?** 自從我給你鎖匙之後，這是否你第一次使用它？

T: **No, it worked perfectly before today.** 今日之前還沒有問題的。

B: **Does the key go into the lock okay?** 這些鎖匙能進入門鎖嗎？

T: **It fits in the lock just fine.** 這些鎖匙順利插入門鎖。

B: **Let's try it one more time. Just try to gently slide the key into the key-hole and turn it to the right.** 我們嘗試多一次吧。嘗試溫柔地把鎖匙慢慢插入門鎖然後轉右。

T: **It still doesn't work.** 都是不行。

B: **Okay! I will come up and help you right away. I'll bring another key and try again.** 好，我馬上 **(right away)** 會前來協助你。我再嘗試帶另一條鎖匙試一試。

與鎖匠 (Locksmith) 的英語對話

在英國，假如你居住在平房、相連屋或一半相連屋，你未必可以聯絡任何管理公司尋求協助。所以你應該準備一個二十四小時鎖匙匠——或廣東話俗稱「開鎖佬」——的緊急聯絡電話，以備不時之需！

L: **Locksmith** 鎖匠　T: **Tenant** 租客

T: **Hi! We have problems getting into our house** 我們未能進入住宅。

以下例子將講述有關不能進入的原因:

1. **We cannot find our key.** 我們找不到鎖匙。

2. **We lost our key.** 我們不見了鎖匙。

3. **We left our keys at home.** 我們遺留了鎖匙在家裏。

4. **We broke our keys.** 我們損壞了鎖匙。

and therefore I would like to see if you can come and help us. Our address is Unit C, Meek Street. 所以 (therefore) 我希望你可以前來幫助我們，我們的地址是 Unit C, Meek Street。

L: **Okay. Can you send me a photo of your lock so we may know the type of lock you have.** 你可以傳送一張你的門鎖圖片給我，讓我們知道你門鎖的種類嗎？

T: **Sure. May I know how much it would cost?** 當然可以，可以讓我知道這個要多少錢嗎？

L: **Yes, we have a minimum call-out fee plus a surcharge after 7:00pm. We will quote you the charge if there are other materials needed for the job. Are you outside your place now?** 我們將有一個最低的出勤費用及一個七點後的額外收費 (surcharge)。如果需要其他材料完成工程，我們將會給你一個報價 (quote)。你現在在住所外面嗎？

T: **Yes.** 是的。

L: **I see. We will arrive in 45 minutes.** 我們將於45分鐘後到達。轉頭見！

對鎖匠提出問題：

我們建議讀者在電話中問清楚有關費用，正如上述內容，可能有出勤費用、某個時段的額外費用、緊急費用或其他附加費。

1. **How much would the minimum call-out fee be?** 最少出勤的費用是甚麼？
2. **How much is the call-out fee?** 出勤費用是多少錢？
3. **Are we charged by hourly rate?** 是否以每小時收費的？
4. **How much would it cost me in total?** 總共大約要多少錢？
5. **Can you reach here within 15 minutes?** 你可以在15分鐘內到達這裏嗎？

Speak of the devil......
與中文常說的「一講曹操，曹操就到」意思一樣 (devil = 魔鬼)

It's a piece of cake. 輕而易舉
主要形容事情要解決時的一種睇法。

I smell a rat. 我覺得有點可疑。

Get a grip on yourself. 請你冷靜一點。
對一個崩潰，不停大吵大鬧的人會這樣說。"Grip" = 本身解作「捉拿」及「緊掌握着」的意思；在這裏是指請當事人冷靜一點，有重新掌握自己情緒的意思。

It slipped my mind.
我忘記了。

Better late than never.
遲到總比不會來好。

You're barking at the wrong tree. 向錯誤方向發展、追究或調查。
這裏就 (從字面上) 比如一些狗隻聽到樹上的雀鳥聲，於是向樹木大叫一樣，樹木並不會叫而是樹上的雀鳥。

Chapter 5

求醫會話

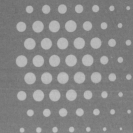

面對牙醫的英語會話

本章主旨

本章我們將討論與專業醫療人員，包括醫生、牙醫的對話。

與牙醫的英語會話

與牙醫的對話主要圍繞牙肉、牙齒結構等相關敏感狀況。此章節將討論一般牙醫
例行檢查的查詢、形容牙齒狀況及處理口腔護理的英語用詞。

P = Patient 病人 / 你　D = Dentist 牙醫

P: **Good morning, Dr. Jones. I got some gum pain recently. The gum
becomes sensitive, especially to cold water.** Dr. Jones早晨！我最近的牙
肉 (gum) 痛。尤其是接觸凍水的時候，牙肉變得敏感 (sensitive)。

D: **We'll have a look at that in a minute. So, did you have any routine
check-up with your dentist in Hong Kong?** 我們稍後將會看一看；那麼，
你在香港時有沒有牙科醫生定期 (routine) 為你檢查 (check-up) 牙齒？

P: **Yes. We have check-up once per year.** 我們每年都會檢查一次。

其他說法包括：

• **Once every two years.** 每兩年檢查一次。
• **I don't recall the last time I did the check-up.** 我已經忘記對上一次檢
查的日子。
• **I lost track of the date of my last visit to the dentist.** 我忘記了最後一
次拜訪牙醫的日子。

D: **It's fine. Now, would you please lie down and open your month.......
Well, I could see the colour of your gums. There is some gum inflamma-
tion in your upper jaw. It looks like you may have a few cavities as well.**
沒問題。 現在請你躺下 (**lie down**) 及張開你的嘴巴。我可以看見牙肉的顏色。
上顎 (**upper jaw**) 牙肉有點發炎 (**inflammation**)。就這樣子看來，你有數隻蛀
牙 (**cavity**)。

P: **But I brush my teeth every day and use dental floss from time to time. I
also make sure my toothpaste contain fluoride.** 但是我每日都有刷牙及周
不時使用牙線 (**dental floss**)。我還確保所使用的牙膏 (**toothpaste**) 含有氟化
物 (**fluoride**)。

D: **Don't worry. They look superficial[1]. I suggest we take x-rays to identify if
there are other decays between the teeth.** 不用擔心，蛀牙情況並不是十分深
入。我建議我們做X光檢查看一看以確保 (**identify**)牙齒之間沒有其他蛀牙情況。

1. "Superficial"意思與 "shallow" 相近，都解作「淺」或「表面」，形容人的時候更有「膚淺」的意思。

進行了X-Ray之後......

D: **It seems fine to me. I don't see any signs of further decay. Now, I will
repair your teeth with dental fillings and get your teeth cleaned after-
wards. You will hear the sound of dental drills[2] in the process. Please
bear with me.** 一切很好，我並沒有看見其他更多蛀牙跡象 (**sign**)。現在，我會
先以補牙 (**dental fillings**) 的方式為你修補 (**repair**) 牙齒，跟着給你的牙齒洗
乾淨。你將會聽到牙科電鑽 (**dental drill**) 的聲音。請忍耐一下。

2. "Drill" 電鑽是處理牙齒琺瑯質損壞或蛀牙情況的工具。

P: **Thank you, Doctor.** 謝謝你，醫生。

常見英語詞彙：

• Tooth牙齒(單數)；Teeth牙齒(眾數)牙齒的種類

Front tooth / incisor 門牙	Canine 犬齒	Premolar 小臼齒
Molar 臼齒	Wisdom tooth 智慧齒	Baby tooth / milk tooth 乳齒
Adult tooth / permanent tooth 恆齒		

• Toothache 牙痛
• Cavity 因蛀牙形成的洞
• Drill 用電鑽移除蛀牙位置的細菌
• Fill 使用化學物質填補牙窿
• A cap / crown 填補牙窿後補上的牙冠
• Scrape 刮掉在牙齒上的污垢
• Root canal therapy / endodontic therapy 根管治療，廣東話俗稱「杜牙根」，用於處理已深入牙齒神經或牙髓的蛀牙
• Anaesthetic / numbing agent 麻醉藥，所產生的麻痹感覺稱作 "numb"

面對醫生的英語會話

醫生解釋及形容身體反應及症狀是個大挑戰。我們需清楚講述家族的病歷，當中包括遺傳病 (hereditary disease) 或其他慢性疾病 (chronic illness) 等資料。當然，最理想是由一個能操流利中文醫生主理，或有口譯員 (interpreter) 幫忙。

但我們要有能力在緊急情況向當值醫生清晰及準確地陳述身體不適及傷患。

你知道嗎？

"Doctor" 是醫生的統稱。我們在英國最常接觸到的是家庭醫生 (general practitioner)，簡稱 "GP"。他們負責處理常見的病症。當病症嚴重時，病人會被轉介 (refer) 至專科醫生 (specialist)。當治療牽涉手術 (surgery) 時候會由外科醫生 (surgeons) 處理。

General guidelines of what to tell the doctor 陳述身體基本狀況
我們需要給醫生提供以下幾方面的資訊：

1. **Affected area and location**

   出現問題的範圍與位置 - 包括身體感覺位置及外在傷口

2. **Feeling and intensity**

   感覺及嚴重程度 - 例如腸胃不適、便秘、持續痛楚等

3. **Occurrence, duration and frequency**

   甚麼情況會發生、持續時間及頻率

4. **Medical history**

   個人病歷 - 包括舊患及慢性疾病 (chronic disease)，過往意外或手術、其他與病情並非有直接關係的心理或生理情況

5. **Drug allergy**

   藥物敏感

6. **Family history**

   家族病歷

7. **Vaccination record**

   接種疫苗紀錄 - 由於近幾年的新冠疫情，我們需要提供自己及家人感染歷史或已接種疫苗的名稱及已接種的次數。

有關五官及肢體的常用動詞

大家要留意：如果句子主語是我 (I)、你 (you)、我們 (we)、他們 (they) 或其他眾數動詞，我們不需要對動詞作任何改動。

　　例子一：I go to the beach. 我前往沙灘。

　　例子二：You eat a cake. 你吃蛋糕。

　　當涉及他 (he)、她 (she)、它 (it)，動詞就需加上 "s" 或 "es"。

　　例子一：He goes swimming on Sundays. 他逢星期日前往游泳。

　　例子二：She enjoys shopping a lot. 她享受購物。

Verb 動詞	Body Part 身體部份	Example 例句
Blink 眨眼	Eyes 眼睛	He blinks rapidly under the sun. 他在陽光下快速地 (rapidly) 地眨眼。
Glance 一瞥	Eyes 眼睛	He glanced at the document and signed it. 他望了一眼文件便簽署了。
Stare 凝視	Eyes 眼睛	He has been staring at the windows for an hour. 他凝望窗口已經1小時了。
Wink 擠眉弄眼 / 眨眼	Eyes 眼睛	He winked at me to signal that he understood the situation. 他給我一個眨眼表示他明白了情況。
Point 指	Fingers 手指	He points to the mistake on the whiteboard. 他在白板上指出了錯處。
Scratch 刮 / 抓	Fingers 手指	Don't scratch the wound with your nails when it's itchy. 痕癢時請勿用指甲刮傷口。

Clap 拍	Hands 手	The audience clapped when the actor appeared. 觀眾在演員出現時鼓掌。
Punch 毆打	Hands 手	The boxer tried to knock out his opponent by punching him in the face. 拳擊手嘗試通過打對手的臉來擊倒對手。
Shake hands 握手	Hands 手	People shake hands when they greet each other. 人們在互相問候時握手。
Slap 掌摑	Hands 手	Don't ever slap a child even if you are angry with him. 即使你很生氣，也不要掌摑孩子。
Smack 拍打	Hands 手	He smacked the table and broke it. 他拍打桌子，把它打碎了。
Nod 點頭	Head 頭	He nodded his head and agreed to what the professor had said. 他點頭同意教授 (professor) 的話。
Shake head 搖	Head 頭	He shakes his head to show his disagreement. 他搖頭表達他不同意。
Kiss 吻	Lips 嘴唇	He kisses his wife softly on the lips and hugs his son. 他輕吻他的妻子及擁抱 (hug) 他的兒子
Whistle 吹哨	Lips / Mouth 嘴唇 /嘴巴	He whistles his favourite tune when he wins a match. 當他在比賽中勝出時，他吹口哨吹著他最喜歡的 (favourite) 曲子。
Mutter 喃喃自語	Mouth 嘴巴	He muttered something about his wife and left. 他喃喃自語有關他的妻子後便離開了。
Talk 談論	Mouth 嘴巴	They talked about the old times of the basketball team. 他們談論籃球隊的舊時光。

Taste 品嚐	Mouth 嘴巴	He tastes the vintage wine with relish. 他津津有味地品嚐著陳年酒。
Whisper 低聲說話	Mouth 嘴巴	He whispered his secret into her ear. 他在她耳邊低聲說著他的秘密。
Breathe 呼吸	Nose 鼻子	Just breathe deeply if you are feeling stressful. 如果您感到有壓力，請深呼吸。
Smell 聞	Nose 鼻子	I could smell the scent of the roses. 我能聞到玫瑰的香味。
Sniff 嗅 (用力)	Nose 鼻子	He is sniffing various perfumes to pick one for his wife. 他正在嗅著各種香水，以挑選一款給他的妻子。
Shrug 聳肩	Shoulder肩膊	My son shrugged when I asked him why he failed his examination. 當我問兒子為甚麼考試不及格時，他聳了聳肩。
Bite 咬	Mouth 嘴巴	Don't go near that dog, it bites. 不要走近那隻狗，它會咬人。
Chew 咀嚼	Mouth 嘴巴	You should always chew your food thoroughly before swallowing. 您應該在吞嚥之前徹底咀嚼食物。
Stub (your toe) 撞傷腳趾	Toe 腳趾	He stubs his toe on the corner of the wall. 他的腳趾撞到了牆角。
Lick 舔	Tongue 舌頭	The little boy licks his ice-cream. 小男孩舔了舔他的雪糕。
Swallow 吞	Throat 喉嚨	He swallows the food. 他吞下了食物。
Choke 噎	Throat 喉嚨	The old lady who choked on a fish bone was sent to the hospital. 那位噎到魚骨的老婦人被送進了醫院。

見醫生的一般流程

1. **The doctor greets you and asks about your problem**
   醫生與你打招呼及詢問你有甚麼問題

2. **You describe your problem to the doctor**
   你跟醫生形容你的問題

3. **The doctor confirms your symptoms and ask you when it first happens**
   醫生會確認你的症狀及查詢它們何時開始

4. **The doctor enquires about your habits and your family's medical history**
   醫生查詢有關你的生活習慣及家族病歷 - 習慣包括吸煙、酒精、飲食、作息及運動時間等等；常見病歷查詢則包括肝炎 (hepatitis)、糖尿病 (diabetes) 及哮喘 (asthma)

5. **The doctor offers you his/her diagnosis and discusses your treatment**
   醫生給你他/她的診斷 (diagnosis) 及與你討論治療 (treatment)

常見身體檢查程序

1. **Measure your height and weight**
   量度你的高度及體重

2. **Take / check your temperature**
   檢查你的體溫

3. **Check your blood pressure, pulse and SPO2 (oxygen saturation)**
   檢查你的血壓、心跳及血液含氧量

4. **Take your blood sample**
   抽取血液作樣本 – 用作檢查血糖(blood glucose)、膽固醇 (cholesterol)、脂肪肝 (fatty liver)、乙型肝炎 (hepatitis B) 等

5. **Press your abdomen**
按你的腹部
6. **Examine your eyes, ears, nose and throat**
檢查你的眼睛、耳朵、鼻子及喉嚨
7. **Listen to your heartbeat and breathing**
聆聽心跳率及呼吸
8. **Take a chest X-ray**
照胸部X光

形容病症

1. **Symptoms related to flu and cold 傷風感冒症狀**
   - has a runny nose 流鼻水
   - has a cough 咳嗽
   - has a sore throat 喉嚨痛
   - has a fever / a temperature 發燒
   - has a headache 頭痛
   - has chills 發冷
   - has fatigue / tiredness疲倦
   - feeling dizzy / light-headed 頭暈
   - has phlegm / mucus in my throat 喉嚨有痰 (phlegm) 或黏液 (mucus)

2. **Symptoms related to stomach and intestines 腸胃不適症狀**
   - has a stomach-ache 肚痛
   - has heartburn / acid reflux 胃酸倒流
   - has diarrhoea 肚瀉
   - has constipation便秘

- has no appetite 我沒食慾
- has nausea 反胃
- has been vomiting / puking / throwing up 嘔吐
- has indigestion 消化不良
- feels bloated 胃部漲痛

醫生在特殊情況會查詢我們糞便 (stool) 的形態。我們可以使用這些形容詞表達最近如廁時情形：

- pebble poop / lumpy stool 便秘情況下的小粒狀糞便
- sausage-like with cracks on surface 類似腸仔 (sausage) 形狀但表面 (surface) 有裂縫 (crack)
- long, soft and smooth 長身、柔軟及順滑的
- watery / liquid 水狀

Sample descriptions of wounds and injuries 描述傷口示例

- I slipped yesterday. I could feel a sharp and shooting pain of my ankle. Is it a sprained ankle? 我昨天濕滑跌倒 (slipped)。我感覺劇烈 (sharp / shooting) 的痛楚。是否扭傷 (sprained) 了的腳踝 (ankle)？
- I bumped into the wall. The elbow is sore and swollen. I cannot carry my handbag now. 我撞上了 (bumped) 牆壁。手踭 (elbow) 酸軟 (sore) 和腫脹 (swollen)。現在不能拿起我的手袋了。
- I fell from my bicycle. There are some cuts and bruises on my left leg. 我從我的單車倒下。我的左腳上有割傷和瘀傷。
- I pulled my muscle yesterday when I jogged. 我昨天慢步跑時拉傷了肌肉。
- I guess I have a dislocated[3] shoulder after my boxing training. Should I go for an x-ray and check for fracture? 我懷疑我拳擊訓練 (boxing training) 之後

肩膀脫臼 (dislocated) 了。我是否要去照X光看看有沒有骨裂 (fracture)？

3. 動詞 "locate" 解作「放置」；其名詞 "location" 解作「位置」。在前面加上 "dis-" 的時候，其意思便有相反的含意。因此 "dislocate" 可以解作「將物件帶離開原來的位置」，加上 "-ed" 變成過去分詞就是在這裏的「脫臼」。

- My muscle went to sleep[4] / goes numb / stiff because my puppy dog took a nap on my lap. 由於我的小狗在我的膝部睡着，所以我的肌肉現在麻痹了。

4. "Went to sleep" 照字面解釋，可以理解為「去睡覺」，在這裏的意思可演繹為「肌肉而失去了知覺，沒有反應」，亦即「麻痹」。

Sample descriptions of pain 形容痛楚示例

- I have a dull ache on my chest. 我的胸口隱隱作痛。
- The pain is mild and achy. 痛楚是輕微 (mild)，而且是持續性的隱隱作痛 (achy)。
- The pain is acute / sharp. 痛楚是強烈的。
- I have been having menstrual cramps for over a week. Is that normal? 我的經痛 (menstrual cramps) 已經持續了超過一個星期。這是否正常？
- I am experiencing some on and off pain in my abdomen for the past few days. 過去數天，我的腹部感受到間歇性的 (on and off) 痛楚。
- I felt a stabbing[5] / stinging pain on my foot when I stepped on the LEGO brick. 當我踏到LEGO積木時，我的腳感覺到刺痛。

5. 動詞 "stab" 可解釋為用刀或其他尖銳物件刺傷，甚至乎刺死別人，變成現在分詞 ""而詞組 "Stab someone in the back" 字面意思是「背後插人一刀」，意即「背叛」。

- My lips chapped even I drank a lot of water. 我飲了很多水，但我的嘴唇依然龜裂 (chapped)。

與醫生的模擬對話

P = Patient 病人 / 你　D = Doctor 醫生

D: **Good evening. What brings you here today? / How are you today?** [6] 晚安！你今天因甚麼事來訪？/你今天好嗎？

> 6. 不少行業接到客人查詢時他們一般會先詢問他們如何能協助你，句子 "How can I assist you?" 或 "How may I help you today?"。

P: **I've been experiencing some pain in my abdomen since last Tuesday. I have no idea what causes it.** 自從上個星期二，我持續感受到腹部痛楚。我對導致腹痛的原因沒有頭緒。

D: **What does it feel like? Can you describe the pain a bit more?** 那些感覺是怎麼樣，你可否詳細形容 (describe) 給我聽？

P: **It's mild and achy. It's gets intense and acute[7] during the night around 10 pm.** 是輕微及持續性的痛楚。晚上大約10時後，痛楚變得劇烈及嚴重。

> 7. 形容你的痛楚及病徵 (symptoms) 時，可以描述在哪一個時段感覺輕微 (mild)、和緩，而那一個時段則轉趨為嚴重 (serious) 及無法忍受 (unbearable)。

D: **Does it happens after the meal? Any constipation or diarrhoea?** 那麼說痛楚在餐後發生？有沒有便秘或肚屙？

P: **Yes. Mostly after dinner with no constipation or diarrhoea.** 痛楚主要在晚餐之後。沒有便秘及肚屙。

D: **What about fever or runny nose? Do you feel tired all the time?** 有沒有發燒 (fever) 或流鼻水 (runny nose)？你會否時常感覺到疲倦？

P: **Yes, I had those symptoms two weeks ago. I think it's not relevant, is it? By the way, I had my second jab of the COVID-19 vaccination before I arrived in Britain in June 2021.** 對上兩個星期有這些症狀。但我相信沒有關

係，對嗎？我在 2021 六月到達英國之前，接種了第二劑新型冠狀病毒疫苗。

D: **We should run more tests to identify your issue here. It's difficult to say anything at this stage. The pain that you are experiencing can be the result of a number of conditions from Gastroenteritis to even stress.**我們需要做一些檢查以確定 (identify) 你的問題 (issue)，現階段 (at this stage) 很難說是甚麼問題。你現在所經歷的痛楚可以來自數個情況；由腸胃炎以至壓力所引致。

P: **Thanks, Doctor.** 謝謝你醫生。

D: **You're welcome. Please wait outside. Our nurse will contact you in a minute. You have your NHS number with you?** 不用客氣，請在外面等候。我們的護士將稍後聯絡你。你有預備你的NHS號碼嗎？

P: **Sure. Thank you.** 當然，謝謝你。

入院及出院的叫法

He was admitted[8] to the hospital. 他入住了醫院。

> 8. 動詞 "admit" 解作「承認」或「容許」某一些人進入一個地方。而有別於去醫院 "go to the hospital"，"admit" 這裏有住院及或因某些原因需要留院的意思，而 "go to the hospital" 並非一定是住院，還可以是探望別人。

He was hospitalised. 他被送入院；大家要留意 "I am at the hospital" 及 "I am in the hospital" 的分別在於使用 "at" 的時候代表我在醫院探望人/ 或在醫院工作等；而 "in" 則有所不同，這裏的意思表示我在醫院接受治療/留院。

He was discharged from hospital. 他獲准離開醫院。

"Discharge" 是一個非常有趣的動詞，有很多個意思。
- 噴出、排出；例子：A large amount of waste are discharged by the factory.大量的廢物被工廠排出。

- 履行；例子：The government official must discharge their duty to the public. 政府官員須對公眾履行他們的職務。
- 發射（子彈）例子：Some 30 rounds has been discharged. 大約30發子彈被發射。

NHS 醫療號碼是甚麼?

英國NHS醫療號碼會在你第一次與家庭醫生登記 (register) 後獲得的，用於幫助醫護人員閱覽你的病歷。你可以從所登記的診所、NHS手機應用程式及醫療相關文件知道你的NHS號碼。如果你沒有與GP (General Practice) 登記，你不會有一個NHS號碼。

Register : 登記

之前的章節也提及過；當我們第一次加入或成為會員時，我們需登記個人資料，這個時候我們會叫Register。但當我們有相關資料而再次登入時我們需要提供登入 (login) 名稱及密碼 (password)。除了這個字之外有些時候也會使用Sign up (登記) & 登入會使用 (Sign in)。Sign這個字是動詞，解作「簽署」，名詞我們會叫Signature。

常用英語成語

A penny for your thoughts – 給你一個便士要求你的想法
意思：求他人的意見或想法 例句: "I'll give you a penny if you tell me your thoughts." (如果你告訴我你的想法我給你一個便士)

An arm 手臂 **and a leg** 腳 - 一手一腳
當你埋怨/投訴某些事物太過昂貴. 例子: "This lady handbag costs me an arm and a leg!!" 這個女裝手袋太昂貴了！(這個女裝手袋要我一手一腳！)

The ball is in your court - 球在你的球場裏
解作由你決定下一步該怎樣做。你可以幻想成:「球在你手,何時開波由你決定!」

Beat around the bush - 在草叢周圍敲打着
這裏是指你有目的地避免觸及題目,而不正面討論。

Biting more than you can chew - 咬 (bite) 住多個你可以咀嚼 (chew) 的
嘗試完成一些對你太過困難的事情。

Best thing since sliced bread - 切片麵包之後最好的事情
英國人往往認為最好的事情就是切片麵包。 在這裏解作一些很好的發明、創意或計
劃。

You can't judge a book by its cover - 你不能單靠書本封面而決定內容好與否
不要單單靠外表而判定一些人或事情的好與壞。

Curiosity killed the cat - 好奇害死貓
表示不要因太過好奇 (尋根究柢) 要知道答案,而最終害了自己。

Don't count your chickens before your eggs have hatched - 在你的雞蛋孵
化 (hatched) 之前不要點算雞的數目。
不要為一些不可能發生的事情而計劃 (不要浪費精力或時間)。

Don't give up your day job - 不要放棄你日間工作
常用的說法暗示你並不專長 (或做得好) 某一件事,因此不用太認真或甚至乎不要開
始。

藥房與藥劑師對話

本章主旨

　　本章將討論身體狀況、疾病、症狀等醫療相關的英語會話，透過與藥劑師及醫生的模擬對話，認識如何表達及形容身體病徵。請大家注意，本章旨在教英文，課文內容不能代替專業的醫療建議、診斷或治療。

本章希望達致：

1. 了解基本身體感覺的相關詞彙及表達方式。
2. 理解藥物的使用時段、服用劑量及數目。
3. 透過與藥劑師對話，了解如何向其他人表達身體感覺、自我觀察及病歷。

與藥劑師的英語對話

A pharmacy sells drugs and medicine; a drugstore sells drugs and other commodities such as cosmetics and even stationery. The person with the relevant qualification to dispense drugs and medication is formally known as "pharmacist", but it is common for the Brits to call them "chemists" as well. "Pharmacy" 只售賣藥物；而藥店 "drugstore" 則售賣其他藥物及其他類別的貨品 (commodities)，例如化妝品 (cosmetic) 以至文具 (stationery) 等。持有專業資格派發藥物的專業人士我們正式叫藥劑師 (pharmacist)，但不少英國人 (Brits) 會叫他們做 (chemist)。

Drug, Medicine & Medication 這三個字有甚麼分別？

Drug: Anything other than food that we ingest (進食) that will create changes in human beings. Generally, it is a term which includes both medicine and restricted or illegal drugs. It can also be a verb that describes an action of using drugs to make a person or an animal lose its consciousness.

通常是指除了食物以外，進食 (ingest) 了可引起人體生理變化的物質。"Drug"是一個籠統的詞語 (general term)，涵蓋藥物、受管制藥物 (restricted) 及非法毒品 (illegal drugs)。這個字也可以作為動詞，解作「使用藥物讓其他人或動物失去感覺或知覺」- "to drug someone"。

Medicine: Those that specialize in curing or preventing certain diseases. Most of them are created through development or research, and it commonly refers to oral medication.

專門 (specialised) 預防 (prevent) 及治療 (cure) 疾病的藥物，大部分都是經過開發 (development) 及研究 (research)，大部分情況是指口服藥物 (oral medication)。

Medication: It is very similar to medicine, but includes other means[1] of treatment, like topical medication.

"Medication"與 "medicine" 意思相近，但包括其他治療 (treatment) 方法 (means)，例如外用藥物 (topical medication)。

1. "Mean" 意思眾多，除了解作「意思是......」，還可以指「平均數」，甚或形容人非常刻薄。當加上 "s" 後，會變成解作「方法」的名詞。

與藥劑師對話 I - 有關頭痛、發燒等症狀查詢
C: Customer / You 你 / 客人　P: Pharmacist / Chemist 藥劑師

C: **I need some medicine for my headache.** 我需要一些止頭痛的藥物。

P: **Sure! Is it just for headache, or for cold and flu symptoms as well?** 當然可以！你想要一些只是止頭痛，還是可解決傷風 **(cold)** 或感冒 **(flu)** 症狀 **(symptoms)** 的藥物呢？

C: **I don't seem to have those symptoms.** 我好像沒有那些感冒症狀。

P: **For headaches, I would recommend this one from ABC Brand. Please be reminded that this is for pain relief[2] only. If you have both fever and aches, I would suggest XYZ Brand instead.** 如果你只有頭痛，我會推薦這種ABC Brand 的藥物，但請留意這些只是能舒緩 **(relief)** 痛楚。如果你有發燒 **(fever)** 及其他痛症 **(aches)**，我會建議購買XYZ Brand。

2. "Relief" 是「舒緩」的名詞，而 "relieve" 是動詞，與「相信」的動詞 "believe" 及名詞 "belief" 原理一樣。因此舒緩痛楚可寫成 "relieve the pain" 或 "pain relief"，也可以用 "relieve" 的同義詞 "alleviate"，合成做 "alleviate the pain"。

C: **I see. Well then, I will go for that one instead. Just in case I come down with a fever later.** 我明白，我要XYZ Brand那一個，以防我之後發燒。

P: **Sure. Here you go. You can pay over at the cashier.** 當然可以。這個給你。你可以前往收銀處付款。

與藥劑師對話 II – 藥物服用劑量及數量的叫法

C: Customer / You 你 / 客人　P: Pharmacist / Chemist 藥劑師

C: **Hi. Are there any gel caplets for this medicine? This one is regular tablet, which is difficult for me to swallow.** 這種藥物有沒有啫喱 **(gel)** 膠囊 **(caplets)**？這個是一般藥片 **(tablet)**，對我來說有點難吞嚥 **(swallow)**。

P: **Yep. We have gel caps.** 我們有啫喱膠囊。

• Take one pill every four hours. Four times a day. 每四小時服用一粒。一日

四次。

- Take one per day only. 每日只服用一粒。
- Take one after each meal. I would suggest one after breakfast and one after dinner. 在每一餐之後服用一粒。我會建議吃過早餐後一粒及晚飯後一粒。
- Take one on an empty stomach. 空肚服用一粒。
- Take one as needed only. You cannot take more than twiceo per day. 只是有需要時才服用一粒。你不能一日內服用多於兩粒。

口服液態藥物

- Take one tea spoon each time. 每次服用一茶匙。
- Take 5 ml each. 每次服用五毫升。

C: **Great. Thank you**. 太好了。謝謝你。

P: **You're welcome. If you develop a fever that persists for more than 2 days, make sure you go and see a doctor.** 不用客氣。假如你開始發燒，並持續 (persist) 超過兩日的時候，切記要前往看醫生。

你知道嗎？

閱讀以上的模擬對話時，你可能會留意到 "take" 出現了很多次。有別於廣東話，英國人不會說「食藥」(eat the medicine)，而會用 "take" 表達「服用」。

與藥劑師對話 III - 有關咳嗽、皮膚症狀查詢

C: Customer / You 你 / 客人　P: Pharmacist / Chemist 藥劑師

C: **What would you suggest for coughing and sore throat?** 你會建議有咳嗽 (coughing) 及喉嚨痛 (sore throat) 服用的甚麼藥物？

P: **You can try this cough syrup or the lozenges. Some people would prefer the throat spray instead.** 你可以嘗試這一款咳嗽糖漿 (**cough syrup**) 或喉糖 (**lozenges**)，有些人會比較喜歡喉嚨噴霧 (**throat spray**)。

C: **Great! I would also like to know if your store sells any itch relief cream.** 很好，我想知道你們的店有售賣止癢藥膏 (**itch relief cream**)。

P: **What kind of itch is it? May I have a look?** 你的痕癢是甚麼類型？我可以看一看嗎？

C: **It's just a small rash on my arm.** 我的手臂出疹 (**itch**) 了。

P: **Yes. I could see that red area. It is pretty dry and scaly. It could be a result from allergy to certain food, chemicals like detergent or soap to even stress.** 我看見那個位置紅了，有乾燥 (**dry**) 及脫皮 (**scaly**) 現象。這可能是敏感 (**allergy**)，有機會源於食物、例如清潔劑 (**detergent**) 或番梘 (**soap**) 的化學品，甚至乎壓力 (**stress**) 所導致。

I can give you some medication to relieve the symptoms. You can apply a small amount on the affected area after your bath and before going to sleep. It should help relieve the itching. 我可以給你一些藥物減輕症狀。你只要在沐浴後、睡覺前塗少量在受感染的位置 (**affected area**)，它可以幫助舒緩痕癢。

C: **Thank you. The itching happens in dry seasons.** 謝謝你。在乾燥的季節 (**dry season**) 痕癢就出現了。

P: **I suggest you apply some moisturizer to your skin every day. If your situation does not improve, you should consider seeing a dermatologist. It could be bacterial skin infection.** 我建議你每天在皮膚上使用保濕劑 (**moisturizer**)。如果你的情況沒有改善，我建議考慮看皮膚科醫生 (**dermatologist**)。有可能是皮膚細菌感染 (**bacterial skin infection**)。

以下幾類潤膚產品 (Gel, Ointment, Cream & Lotion) 有甚麼分別？

以下成份及比例只供參考，實際將根據個別產品、牌子及包裝有所分別。
- Gel 啫喱： 主要由水、酒精及植物纖維素組成，通常不含油脂。
- Ointment 軟膏：80% 油脂加20% 水份。
- Cream 護膚霜：50%油脂加50%水份。
- Lotion 潤膚露：20% 油脂加80% 水份。

出國小錦囊

You are suggested to place your medicines in their original[3] packaging so they can be easily identified at airport screenings[4]. Be sure the prescription prepared by your doctor is written in English and the medicine's generic name is given instead of the brand name. 建議大家把需要攜帶的藥物放在原裝包裝 (original Packaging)，令海關在機場檢查 (airport screening) 時更容易識別藥物。另外建議確保醫生給你的處方 (prescription) 是以英文顯示，而有關處方包含的是藥物的學名而不是品牌名。例如：「Panadol 必理痛」是品牌名字，「paracetamol 撲熱息痛」才是成份名稱。

3. 名詞 "origin" 指「原產地」，而形容詞 "original" 是指「原裝」、「原有的」。
4. "Screen" 除了解作「螢光幕」及「顯示屏」外，還可以描述「檢查」、「掃描觀察」的行動，加上 "-ing" 後便成為了名詞。例如 "COVID Screening" 意思是「新冠肺炎檢測」。

與藥劑師對話 IV – 與英國藥劑師討論香港醫生處方
C: Customer / You 你 / 客人　P: Pharmacist / Chemist 藥劑師

C: **Hi! Will you fill this prescription for me please?** 可以幫我「執藥」 (fill a prescription) 嗎？

P: **Certainly. May I take a look at your photo ID?** 當然可以。 可否給我印有你照片的身份證明文件嗎？

P: **Great. Please take your ID back. The instructions are printed here for your reference. Please note there may be mild side effects. You might feel slightly dizzy and drowsy. Also, it is not suitable for pregnant women.** 很好，請收好你的身份證明文件。這裏有使用說明的影印本供你參考。請留意藥物有輕微 **(mild)** 副作用 **(side effects)**。你會有少許 **(slightly)** 暈眩 **(dizzy)** 或昏昏欲睡 **(drowsy)** 的感覺。而且，懷孕女士不應該服用這藥。

C: **Thanks. I am well aware of that.** 我完全清楚 **(well aware of)** 這個情況。

藥房可以購買的成藥名稱

Aspirin 阿士匹靈	Ointment 軟膏	Cold tablets 感冒藥片	Cream / lotion 乳霜/乳液	Cough syrup 咳嗽糖漿
Pain reliever 止痛藥	Vitamin 維他命	Capsule 膠囊	Cough drops 止咳糖	Nasal spray 鼻塞噴劑
Pill 藥丸	Anti-inflammatory 消炎藥	Antibiotics 抗生素	Eye drops 眼藥水	

一些簡單的身體症狀及疾病

Headache 頭痛	Shortness of breath 氣喘	Toothache 牙痛	Stomach-ache 胃痛
Insect bite 昆蟲叮咬	Runny nose 流鼻水	Bloody nose 流鼻血	Blister 水泡

Vomit / throw up 嘔吐	Nausea 作嘔作悶 / 嘔心的	Rash 疹	Dizzy 頭暈
Backache 背痛	Chills / shivers 打冷震	Bloated 肚脹	Sore throat 喉嚨痛
Hiccups 打嗝 廣東話：打嘶嗌	Congested 鼻塞	Fever / temperature 發燒	Cramps 抽筋
Sneeze 打噴嚏	Cold 傷風	Diarrhoea 肚瀉	Eczema 濕疹
Flu 感冒	Chest pain 胸口痛	Heartburn / Acid reflux 胃酸倒流	

一些皮膚及關節受傷

Twist / sprain 扭傷	Scratch 刮傷	Scrape 擦傷	Bruise 瘀傷
Cut 割傷	Dislocate 脫臼	Swollen 腫脹 /浮腫	Bone fracture 骨裂

英語常用成語

Don't put all your eggs into one basket

不要把所有的蛋都放在同一個籃子裏，這裏意思是要分散風險

Are we on the same page?

我們是否在同一個觀點？

It's really the last straw.

真的受不了 (就好比我們常常說的「壓垮駱駝的最後一根稻草」)。

The situation got out of hand.

事情已經發展到脫離可控制範圍了。

Have a taste of your own medicine.

自食其果，惡有惡報。

附錄

文化衝擊 – 適應新環境、歧視及思鄉的討論及分享

本章主題

　　我們會在本章由基本天氣或日常興趣、閑談慢慢拓展到文化差異討論，當中可能會涉及一些較為敏感 (sensitive) 及具爭議性的題目 (controversial topics)，例如種族歧視及文化衝擊等。請留意本章目的不在於不同立場的爭辯。本章純粹透過議題加強同學對相關話題詞彙、內容類別及表達方法的理解。大家會學習文化 (culture) 元素 (element) 包括信仰 (religion / religious beliefs)、價值觀 (values)、習俗 (customs) 及行為 (behaviour)。英國是一個由多元文化 (culturally diverse) 的國家，有來自歐洲及世界各地的新移民、尋找工作或生意商機的專業人士 (professionals)、留學生 (international students) 以至難民 (refugee) 等等。與不同種族的朋友、同事或新夥伴溝通時，除了生活日常或其他瑣碎事務討論外，還有機會進行更深入的交流，其中一個話題便是文化及個人背景。以下是一些常見的話題：

1. Anything you have to get used to since moving to the UK?
自從你搬到這裏後，有沒有甚麼東西你要重新適應？

　　天氣 – 你可以從之前的課題重溫有關天氣的詞彙，表達你對當地天氣的感受及查詢當地人如何面對及適應。我們也可以透過問題作結尾，持續對話的交流。

- **Adapting to the weather in the UK is challenging. It's humid most of the time.** 適應 (adapting to) 英國的天氣是一個挑戰 (challenging)。大部份時間都非常潮濕 (humid)。
- **I'm interested in knowing how the locals adapt to it.** 我有興趣知道本地人如何適應的。

- It's challenging for the elderly, isn't it? 我想這對長者來說是一個挑戰，對嗎？
- Is it true we have to bring along a brolly with us at all times? 我們是否真的需要長時間帶着雨傘 (brolly)？
- How do you spend your weekend when the weather is bad? 天氣惡劣時，你會如何度過週末呢？

飲食文化：
透過你在當地餐廳、小食攤檔或市集經歷分享你學習如何適應當地生活。

- The food here is different from what I used to have in Hong Kong. 這裏的食物與我在香港的有很大分別。
- I am not used to having sandwich as lunch. 我不習慣以三文治作為午餐。
- I am having trouble adapting to the opening hours of the restaurants here. 我在適應餐廳營業時間時出現困難。
- I prefer Chinese dishes to western food and snacks. 我比較喜歡中式菜多於西方食品及小食。
- I love exploring different restaurants and try different cuisines. 我喜歡發掘不同餐廳及嘗試不同菜式。

所見所聞：
對於人或事情的觀察。由於大家並未熟悉當地文化及家庭觀念，我們可以先說出過往經驗，然後詢問當地人的想法或習慣。

- I'm surprised by the level of alcohol consumption of my colleagues

at the weekends. They were throwing up all over the place. Some of them even drink to the point of blacking out![1] 我對同事們在週末的酒精飲用量感到驚訝。他們嘔吐至一地都是,不省人事。

1. Blackout 亦即是我們香港人所說的「斷片」。

- **In Hong Kong, we used to remove our shoes before entering someone's house. Is it common in here?** 在香港,當我們進入他人屋子前一般會脫下鞋子。在這裏普遍嗎?
- **We used to having a close relationships with our families. Is it the same amongst the British?** 我們習慣感情緊密的家庭關係。英國人也是一樣嗎?
- **In Chinese culture, to show our humbleness, we used to deflect a compliment when praised. Is it insulting and inappropriate in here?** 在中國文化,為表達我們的謙虛 **(humbleness)**,我們會在被別人稱讚 **(praise)** 時嘗試否定 **(deflect)** 這些讚賞 **(compliment)**。在這裏是否被認為是侮辱性 **(insulting)** 及不恰當 **(inappropriate)** 嗎?
- **We used to ask "Where are you going?" if we bump into friends on the street. I heard it's rude to ask the same question here, is that true?** 當我們在街上碰見朋友時,我們會經常問「你前往哪裏」。我聽聞在這裏這是被視作為無禮 **(rude)**,是真嗎?

與朋友討論在英國及在香港的歧視情況

Sam: **Is racism common in Hong Kong?** 香港的歧視情況十分常見嗎?

Ian: **I don't see there's a big issue as Hong Kong society is actually quite multicultural. We have new immigrants from Mainland China, peo-**

ple from different regions of the southern Asia, ethnic groups from the middle east as well as expats from western countries. 由於香港也很多元文化 (multicultural)，所以我並不覺得香港社會歧視情況是一個很大的問題。我們有來自中國內地的新移民、來自不同南亞地區的人士、來自中東不同的種族 (ethnic) 團體以至其他西方國家的僑民 (expat)。

Sam: **I see. That's good to hear!** 明白，這太好了。

Ian: **Yes. However, there are some ways of implicit bias. That is, local people may treat foreigners differently depends on their accents, skin colours, education level, and even their occupations and wealth.** 但是也有某程度上潛在 (implicit) 的偏見 (bias)。就是本地人會將根據外來人士不同的口音 (accents)、膚色 (skin colour)、教育程度 (education level) 甚至乎職業 (occupations) 及財富 (wealth) 而有不同的對待。

Sam: **So, it really exists everywhere!** 所以歧視真的甚麼地方都有。

Ian: **Yes. I believe it happens in every country and every corner of the world. Recently, I have been trying to understand the race² relation-ships in the UK too.** 對，我相信在每一個國家、世界每一個角落都有。最近，我也嘗試了解在英國不同種族的關係。

2. "Race" 在這裏並不是解作「競賽」，而是解作「種族」。

Sam: **So, have you ever been treated unfairly just because you're an Asian?** 那麼，你有沒有在這裏因為你是亞洲人而受到不公平 (unfairly) 的對待 (treated)？

Ian: **Not for me, but I have friends from Hong Kong who told me they've experienced some kind of racial discrimination here. However, some say they haven't noticed any. Is there any racism around**

here? 我沒有，但一些來自香港的朋友告訴我他們曾經經歷過某類型的種族歧視。但是有些朋友卻說沒有注意到任何歧視的狀況。你覺得在這裏有歧視情況嗎？

Sam: **Honestly, it really depends on many factors. There are people from different areas including people from Irish, Scottish, Gypsy, Welsh people, Celts, Cornish people and people from different parts of Asia. So, to some extent, it's quite difficult to sum up these cultural differences in a just few words. Each one has their own long history and cultural background[3] , with different languages and even their own dialects.** 老實說，真是取決於很多不同因素。英國有來自不同地區的人士，包括愛爾蘭人 **(Irish)**、蘇格蘭人 **(Scottish)**、吉卜賽人 **(Gypsy)**、威爾斯人 **(Welsh)**、凱爾特人 **(Celts)**、康瓦爾人 **(Cornish)** 以至不同亞洲地區的人前來。所以某程度上 **(to some extent)**，好難三言兩語 **(in just a few words)** 概括 **(sum up)** 到各地文化差異**(cultural differences)**。每一個文化都有他流長歷史、文化背景 **(cultural background)**、語言 **(languages)** 甚至是方言 **(dialect)**。

3. 新移民申請去一個國家時，地方政府會進行 "background check"，正是常常說的「背景審查」。

Ian: **I see. Tell me more later!** 明白，遲些告訴我多些吧！
Sam: **Sure!** 當然！

其他不同族裔人士或稱呼

Middle East 中東 / Jews 猶太 / Oriental 東方 / Asian 亞洲 / African 非洲人 / African American 非洲裔美國人 / African British 非洲裔英國人 / Hispanic 西班牙裔/ Latino 拉丁裔 / Native Hawaiian 夏威夷原居民 / Pacific Islander 太平洋

群島原居民 / White or Caucasian 白人

Have you ever faced discrimination?你有沒有被歧視？

歧視可以分為數個類別：性別歧視 (sex or gender discrimination / sexism)、種族歧視 (race discrimination / racism)、殘疾歧視 (disability discrimination)、年齡 (age discrimination) 以至性取向 (sexual orientation) 或財富歧視 (wealth discrimination) 這些類別。由於這是一個較敏感 (sensitive) 的話題，在討論時大家應盡量保持中立 (neutral)，以持平的態度分享個人經驗 (share your personal experience) 或第三方所見所聞。避免一些較主觀 (subjective) 的觀感或評語 (comments) 影響他人感受。

你知道嗎？

我們常常聽見的 LGBTQ 全寫為女同性戀 (lesbian)、男同性戀 (gay)、雙性戀(bisexual)、跨性別 (transgender) 及仍然在尋找自身性取向 (questioning)。有一些說法則界定 "Q" 為同性戀的 "queer"。而近年在 "Q" 後也加上了 "I" (inter-sex) 以及 "A" (asexual)。

與身邊朋友分享經歷

- I believe it's more or less a problem in every country. 我相信在每一個國家或多或少 (more or less) 都是一個問題。
- I have not heard of any racist incidents that are related to COVID-19. 我沒有聽見一些與新冠疫情有關的歧視個案。
- Everyone is so friendly here and I have not experienced discrimination or any sort. 在這裏每一個人都非常友好，而我沒有經歷過任何形式的 (of any sort) 歧視。
- My friend complained he had difficulties integrating into the new culture.

He always claims he's a victim of discrimination and unfair treatment. 我的朋友向我抱怨他融入 (integrate) 新的文化時遇到困難 (difficulty)。他經常自稱 (claim) 是受害者 (victim) 及受到不公平對待 (unfair treatment)。

- Yes I have, it happened just last week when I was at the supermarket. 我有，事情就在上一個週末在超級市場中發生……
- I got a friend who is biracial and she is easily annoyed when people keep checking her nationality. 我有一個朋友是混血 (biracial) 的。當別人不斷查問她國籍 (nationality) 的時候，她會容易覺得煩擾 (annoyed)。

對歧視的看法

- There are laws and regulations concerning different kinds of discriminations in my country. Is there anything similar in the UK? What would people usually do when they come across these kinds of problems? 就有關不同種類的歧視，我們國家有相關法例 (laws) 及條例(regulations)。英國有沒有類似的 (similar) 法例呢？當人們遇到 (come across)[4] 這類型的問題時，他們一般會如何處理？

4. "Come across" 通常用於遇到難題或需要解決的事情的情景。

- In earlier years, sexual orientation was once a controversial topic. I guess people are more open to discussing this topic nowadays. 早年，性取向曾經是一個較爭議性 (controversial) 的話題 (topic)。現在，我相信人們比較開放 (more open to) 討論這個話題。
- Some say women are bad at driving. I believe it's a stereotype[5] and people should stop saying that.有些人說女士不善於駕駛汽車，我覺得這是一個被定型的觀念。人們應停止這樣說。

5. "Stereotype" 意思是被標籤、被定型或帶有成見，當中最常見的是性別定型 gender stereotype。

• In some countries, the black people are often racially profiled. For example, they are often being labelled as less educated people. I think this is not acceptable. 在一些國家，黑色人種上被種族標籤化 (racially profiled)，例如他們常常被標籤 (labelled) 為較低教育 (less educated) 的一群。我相信這是不能接受 (not acceptable) 的。

• We are all global citizens. We should work closely together and narrow the differences[6] among us. 我們是世界公民 (global citizen)。我們應該緊密合作及減低彼此的分歧。

6. "Difference" 不同，這裏解作「分歧」。

• Any form of discrimination is not acceptable. We should strive for a better, fairer and sustainable future. 任何形式 (any form) 的歧視也不能接受 (not acceptable)。我們應該致力爭取 (strive for) 更好、更公平 (fairer) 及可持續的 (sustainable)。

Do you miss Hong Kong? What do you miss most about it?
你會掛念着香港嗎？你最掛念甚麼？

• I miss Hong Kong's snacks such as egg puffs or egg waffle, faux[7] shark fin soup, rice noodle roll and cow offal. 我非常懷念香港的小食，例如雞蛋仔 (egg waffle/ egg puffs)、碗仔翅 (faux shark fin soup)、腸粉 (rice noodle roll) 及牛雜 (cow offal)。

7. faux 發音類似 'foo'/'富'

- I get homesick when I think of my friends. 當我想起朋友時便思鄉 (homesick) 了。

- I try to hang out with the locals and blend into the local culture. At the same time, I plan to join some expats' communities. 我嘗試與本地人聚會 (hang out) [8] 及融入 (blend into) 當地文化。同一時間,我計劃參與僑民 (expat) 群體。

   8. "Hang out" 可以解作「見面」及「聚會」,合在一起的 "hangout" 是有同樣意思的名詞,所指的通常是較輕鬆的場合,而不是正式及莊重的。例如: Let's hang out some time. 讓我們有空聚一聚。

- My boyfriend's working in Hong Kong and the long-distance relationship[9] is quite challenging. 我的男朋友在香港工作。維持這段遠距離的關係是充滿挑戰的 (challenging)。

   9. 相隔異地的戀情關係一般可稱為 "long-distance relationship",也有人簡稱 "LDR"。

- I am adaptable to new environment and always look at the bright side[10]. 我容易適應 (adaptable) 新環境及經常向正面的方向去看待。

   10. "Bright" 本身解作「光猛」,在這裏形容「正面」。

- I am a "fernweh"[11] and like to travel and explore the world! Therefore, homesickness isn't bothering me at all. 我是一個喜歡旅行及探索世界的人 ("fernweh"/ wanderer),所以我不會受思鄉的情緒困擾 (bother)。

   11. Fernweh 是一個有趣的名詞,原自德文,當中的意思剛好與「思鄉」相反。本身含意帶有「渴望遠行、旅行及發掘新地方」。類似的詞彙還有 "itchy feet",(""itchy"本身解作「痕癢」」,加上腳就很生動地形容「坐不定」的人。

- Video conferences keep me updated with my family and friends. It helps alleviate my feelings of loneliness. 視像會議讓我接收家人及朋友的最新資訊。它可以幫助我舒緩 (alleviate) 孤獨 (loneliness) 的感覺。

• I believe feeling isolated is a subjective belief. It's all about how you work on your positive thinking and get away from those negative emotions. 我覺得孤立的感覺 (feeling isolated) 是一個較主觀 (subjective) 的信念 (belief)。所有事情關乎於你如何在正向思想 (positive thinking) 方面努力及遠離那些負面情緒 (negative emotions)。

有關「懷緬過去」及「表達情感」的形容詞及詞彙：

Sentimental 感性 (感情用事的) / Empathy 同理心 / Strong feeling to something對⋯⋯有強烈感覺/ Emotional 情緒化的 / Nostalgic[12] 懷舊的 / Childhood memory 童年回憶

12. "Nostalgic" 形容對過去的懷緬及嚮往。例如：She remained nostalgic about the good old days. 她對於往日的美好時光非常懷念。

與鄰居討論你的適應情況

　　我們從以下模擬對話可以看到有三種不同類型的適應環境程度：太太的不適應、自己初步適應及孩子們完全融入新生活。大家可以用身邊家人作引子，帶出對新環境的觀感及感受。相對表達個人感覺，從觀察表達第三者是否適應新環境某程度上較為簡單、容易及直接。相反，表達個人的看法則需要加上更多個人感情、第一身感覺或其他較複雜的思想。

Joe: **Hey! How are you settling in? So far so good?**[13] 你適應得還好嗎？到目前為止還好嗎？

13. "So far so good" 是一種輕鬆詢問問候，像我們廣東話常說的「一切冇問題嗎」、「搞唔搞得掂?」。當中的 "so far" 意思是「到目前為止」、「直到現在」。

Ian: **Yes, thank you. After a few months here...** 經過了數個月之後......

- **I believe we passed the honeymoon stage when everything was new and wonderful.** 我相信我們已經過了 (pass) 這裏的蜜月期 (honeymoon stage)、每一件事情都是非常新鮮 (new) 及美好 (wonderful) 的階段。
- **My wife's still trying to adapt to this new environment. She feels stressful when talking to strangers, especially in English. She's also a bit homesick and miss her old friends.** 我的妻子應嘗試適應這裏的新環境。與陌生人用英語溝通時感到到很大壓力 (stressful)。她還有一點思鄉及掛念着她的老朋友。

Joe: **Yes! It's not easy to fit in. How about you then?** 是!要融入 (fit in) 並不是容易，那你怎麼樣?

Ian: **I guess I am settling into the new environment. I experience far less cultural shock than when I first arrived. I know I need to fit in and get a job, no matter what**[14].我估計我已經開始新環境了。我比剛到埗時經歷更少文化衝擊 (cultural shock)。我知道無論如何，我需要盡快融入以及尋找工作。

14. "Matter" 解作物質、事情，但 "no matter what" 的意思「無論如何」。

Joe: **Yes. Consider this a new page of your life and try to adapt to the new environment. Things work quite differently in the UK. People may have different priorities on different tasks and areas of their lives.** 就

當作是你生活的新一頁嘗試去適應這新環境。英國不少事情在運作起來很不一樣。人們對於不同的工作及生活領域會有不同的優先處理次序，我也需要用數年時間才能適應 **(get used to)**。

Ian: **You're right.** 你說得沒錯。

Joe: **So how are your kids doing?** 那麼你的孩子怎麼樣？

Ian: **They blend in[15] very well! The school helps them adapt to / integrate into the new environment. They feel comfortable[16] and make a lot of new friends at school.** 他們融入得非常好。學校協助他們適應 **(adapt to / integrate into)** 新環境。他們很自在地在學校認識很多新朋友。

15. "Blend in" 指融合，本身的 "blend" 指「攪拌」。
16. "Comfortable" 本身譯作「舒適」、「舒服」，在這裏可以解作「自在」。

Joe: **Woah! That's nice to hear! At least, you have one less thing to worry about!** 這太好了，最起碼你少一樣事情需要擔心！

Ian: **Exactly!** 正確！

英國常用成語

Elvis has left the building - 貓王已經離開了大廈
事情已經完結。

Hit the nail on the head - 把釘子揼在頭上
解作一些事情說了或做了，正正中了某一個人的感覺或期望。

Hit the sack - 撞進大袋
準備去睡覺的意思。

It takes two to tango - 需要兩人跳探戈
意思是指一些事情需要兩個人合力解決，就好像跳探戈一樣兩個總比一個好看。

Method to my madness
雖然表面看似古怪及不合常理，但往往背後有一些特別原因事情會那樣處理。

Not playing with the full deck - 並非以整副撲克牌玩耍
解作某一些人沒有智慧及邏輯常理去處理一件事情。

See eye to eye - 眼望眼對望
當人們眼對眼望的時候，代表他們就觀點表示同意/ 認同。

Steal someone's thunder - 偷取他人的「雷電」
將他人的辛勤工作或付出歸功於自己。

Your guess is as good as mine 你的估算與我一樣
這裏並沒有「大家想法一樣」的意思，真正的解說為「你基本上沒有任何頭緒」。

移民英語

100日融入生活攻略

作者　　：JW LEUNG
出版人　：Nathan Wong
編輯　　：尼頓
設計　　：叉燒飯

出版　　：筆求人工作室有限公司 Seeker Publication Ltd.
地址　　：觀塘偉業街189號金寶工業大廈2樓A15室
電郵　　：penseekerhk@gmail.com
網址　　：www.seekerpublication.com

發行　　：泛華發行代理有限公司
地址　　：香港新界將軍澳工業邨駿昌街七號星島新聞集團大廈
查詢　　：gccd@singtaonewscorp.com

國際書號：978-988-75976-2-9
出版日期：2023年3月
版次　　：第一版
定價　　：港幣128元

筆求人
Seeker Publication

PUBLISHED IN HONG KONG